Cartas y nuevas
cartas al
Ecuador

[厄瓜多尔]本雅明·卡里翁 —— 著

常州大学外国语学院西班牙语系/拉丁美洲研究中心 —— 译

致厄瓜多尔

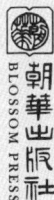

朝华出版社
BLOSSOM PRESS

著作权合同登记号 图字：01-2021-0533

图书在版编目（CIP）数据

致厄瓜多尔 / 再致厄瓜多尔 /（厄瓜）本雅明·卡里翁著；常州大学外国语学院西班牙语系，拉丁美洲研究中心译. -- 北京：朝华出版社，2020.12
（常州大学西葡拉美译丛）
ISBN 978-7-5054-4745-5

Ⅰ．①致… Ⅱ．①本… ②常… ③拉… Ⅲ．①散文集－厄瓜多尔－现代 Ⅳ．① I776.65

中国版本图书馆 CIP 数据核字 (2020) 第 263754 号

致厄瓜多尔 / 再致厄瓜多尔

作　者　[厄瓜多尔] 本雅明·卡里翁
翻　译　常州大学外国语学院西班牙语系／拉丁美洲研究中心

责任编辑　吴红敏
特约编辑　潘媛媛
装帧设计　王 攀
责任印制　陆竞赢

出版发行　朝华出版社
社　址　北京市西城区百万庄大街 24 号　　邮政编码　100037
订购电话　(010) 68996050　68996522
传　真　(010) 88415258（发行部）
联系版权　zhbq@cipg.org.cn
网　址　http://zhcb.cipg.org.cn
印　刷　文畅阁印刷有限公司
经　销　全国新华书店
开　本　710mm×1000mm　1/16　　字　数　205 千字
印　张　13
版　次　2020 年 12 月第 1 版　　2020 年 12 月第 1 次印刷
装　别　平
书　号　ISBN 978-7-5054-4745-5
定　价　45.00 元

前言

《致厄瓜多尔 / 再致厄瓜多尔》
一部顶尖散文作品的中文版①

人们总是会在生命中的某个时候开启一段历史性的旅程。

厄瓜多尔大使馆谨以本国文学界最具代表性的人物之一，作家本雅明·卡里翁的两部作品的合集《致厄瓜多尔 / 再致厄瓜多尔》献给中文读者。这是20世纪厄瓜多尔最为经典的散文作品之一。

"尽管这种情况在厄瓜多尔的历史上并不常见，但我们不得不说20世纪是属于卡里翁的世纪"②，这一断言体现了他作为20世纪厄瓜多尔出类拔萃的艺术家、杰出的散文家以及文艺事业推动者，在国民生活中无可比拟的重要地位。他还曾投身厄瓜多尔政坛，担任过部长、共和国参议员以及驻哥伦比亚、智利、法国和墨西哥的外交官，同时他也是厄瓜多尔社会党的活跃党员。

为了促进国家建设进程，他于1944年创立了厄瓜多尔文化之家，也因此成为该机构的第一任主席。"厄瓜多尔文化之家深深植根于厄瓜多尔人民的切实喜好

---

① 原作品为本雅明·卡里翁的两部散文作品，《致厄瓜多尔》（1941—1943）、《再致厄瓜多尔》（1959）。
② 费尔南多·蒂纳赫罗、索菲亚·布斯塔曼特、吉列莫·马尔多纳多等选编《厄瓜多尔政治思想》，2013，第12页。

之中，即文化和自由"。卡里翁曾经这样说过："在多年以前我们就曾阐明过文化之家的职能：我们致力于在精神领域、道德层面、健全制度以及生活安泰等方面成为一个颇有建树的民族。我们追求一支有深厚文化底蕴和民主威严的军队。沿着这些我们有能力开凿出的道路，我们会成为值得被全世界尊重、关注和钦佩的民族，我们虽然是个小国，却也同样伟大。"简而言之，我们要强调的是，他是美洲大陆上致力于世界研究的最伟大的散文家之一，他非同凡响的作品有：《新美洲的创造者》（1928年）、《美洲地图》（1931年）、《拉美文化的根源和历程》（1965年）。他先后撰写了《致厄瓜多尔》和《再致厄瓜多尔》，这两部作品正如他本人写到的那样："是对坚定建设祖国、毫无顾虑地推动厄瓜多尔民族性发展的行为的纯粹反映。"在其中，他勾勒并深入阐述了他的"小国蓝图"，"可以自豪地说，厄瓜多尔是一个小国，但她是一个伟大的小国"。作品中也第一次谈到建设厄瓜多尔文化之家的精神动力以及从作为"国家文化日"的一部分时就开始进行的广泛的文化建设工作。①

对于一个冉冉上升的国家而言，我认为有必要继承厄瓜多尔独立革命的政治先驱、伟大的欧亨尼奥·埃斯佩霍在18世纪发表的有关未来厄瓜多尔共和国诞生的宣言："这个国家将来有一天必会复兴。但是那些竭尽全力维持她的生机和活力的人，当然不会是那些把三分之一的生命浪费在微不足道的事物上的人，他们无法把才华倾注到未知而细致的研究中去；而会是那些如今满腔热血、孜孜不倦的学生。他们将重振习俗、文学和爱国热情这些构成政治体系的精神要素。"在20世纪中期，本雅明·卡里翁在为巩固厄瓜多尔的共和政体出谋划策时，提出了"小国信仰行动"。他说："如果说我们无法也无须成为一个政治、经济、外交，更不用说军事上的强国的话，那么就让我们成为一个伟大的文化强国吧，我们会因此得到认可，我们的历史会赢得喝彩。"

我要感谢授权出版和翻译这部作品的尊敬的卡里翁·梅纳家族，同时也感谢常州大学外国语学院西班牙语系和拉丁美洲研究中心为这个项目的翻译做出的努力。这是我们中厄两国之间在文化外交领域合作的一个重要成果，值得一提的

---

① "国家文化日"设立于1975年，系厄瓜多尔文化之家成立周年之际设立。自设立之初起，"国家文化日"就和厄瓜多尔文化之家周年庆祝紧密联系在一起。1943年11月11日，阿罗约·德尔里奥总统下令建立厄瓜多尔文化学院。后在1944年8月9日，在本雅明·卡里翁博士的推动下，厄瓜多尔文化之家建成，该机构宗旨为促进、引领和协调真正的民族文化发展。

是，今年也是两国建交 40 周年（1980—2020）。

最后，我要感谢埃斯特万·索特雷博士和厄瓜多尔大使馆文化专员克劳德·拉腊。感谢他们的专业工作，使得这样一个文化项目得以开花结果，毋庸置疑，中国读者会喜爱这本书的。

厄瓜多尔驻华大使
卡洛斯·拉雷·达维拉博士

目录

再致厄瓜多尔

致厄瓜多尔

01 关于"文学糖果"、视若无睹和牢骚满腹

墨西哥三流作家唐·弗朗西斯科·布尔尼斯发表抨击性文章《真正的胡亚雷斯①》时，米兹特克偶像（又被称为"无动于衷的人"）的崇拜者们都为之愤怒。他们提出抗议是因为这位改革者拥有战胜了小拿破仑以及哈布斯堡的马克西米利安等战果，而反动的诽谤者竟然对他发表了不敬的言论，且揭露他人性的弱点。于是顽固又刻薄的布尔尼斯发起了血腥的反击，事实是墨西哥人民吞食了如此之多的"文学糖果"而变得消化不良，他们的胃已经没有能力消化真相了。

除此之外，形势还是非常乐观的。从我们总统田园牧歌般的名字（这个堪称诸神为幸福的乌托邦世界里，温顺的羊群们选中的天之骄子的名字），到官方宴会和爱国团体的妙语连珠，都让我们感觉自己的生活极其奢靡。在这个富裕的国家，我们需要把嘴紧闭起来，这样香甜可口的番荔枝和金色的黄油炸薯条才不会落到我们的口中。

这里是关于"糖果"的完美论证：

在政治上，我们热爱民主，因为我们生活在一个绝对完美的体制里，就像在罗马民主的公民大会（出自普鲁塔克的文章）上一样，马尔库斯·加图、埃米利乌斯·保卢斯、穆修斯·斯卡沃拉走向自由的公民，向他们拉选票，他们纷纷争取无私地为国家做出贡献，他们竞选的职位是罗马法官、市政官、诉讼官和执政官。投票选举是我们政治生活的基础，统治者是人民根据意愿选出来的。谈论选举腐败、公民缺乏选举热情、选举舞弊或者要求政治自由都是不对的，坦率地说我们拥有的政治自由已经太多了……

---

①贝尼托·胡亚雷斯（Benito Juárez，1806—1872），曾任墨西哥总统（1858—1872年在位）。

厄瓜多尔没有任何社会问题。试图创造社会问题就是蛊惑人心、缺乏爱国情怀。印第安人？野蛮的印第安人享有的一切已经超过他们应得的了。我们的社会存在贫穷现象，饥饿正在严重影响我们的社会？这简直就是夸张，想要诋毁厄瓜多尔的国际形象。因为这些乐观主义者相信，在国外，大家都认为我们厄瓜多尔人像天使一样，不仅没有经济压力，而且心地善良。如果我们叫喊着说这里有印第安人，还有贫困，国外的人会怎么评价我们呢？不，这里没有印第安人或者贫困现象。怎么可能会有呢！这里有的是漂亮的教堂（印第安人300年前就建造了它们）和一些掌握教堂内财富秘密的绅士们。先生们，我们这里有钦博拉索山和圣巴勃罗湖。这里有的是幸福。

在文化方面，我们已经达到了完美的境界。我们每天都应该晨祷：我们的国家有埃斯佩霍①、奥尔梅多②、蒙塔尔沃③、冈萨雷斯·苏亚雷斯④和克雷斯托·多拉尔等名人，其他的就不重要了。我们不需要太严格。我们还有一所像宫殿般的学校，大门口堆满了半身雕像，但是却没有女孩子们休息的庭院。我们还有一所"中央大学"，按理说它本该在市中心，因为如果不是这样，何谈是"中央"大学呢？学校里面建了一座漂亮的礼堂……（只是他们不想把钥匙交给校长，因为礼堂一定会被男孩们弄脏了，当美洲各国的财政部长来到这里时，这里必须是干净整齐的。）

在农业方面呢？我们是一个以农业为基础的国家。我们的国家由尊贵的、油头粉面的绅士委员会和农业中心组成，他们经常会晤。他们在那里打台球，参加农民俱乐部聚会……

在国际上呢？开玩笑，我们国家英雄辈出，在紧急关头，他们会奋勇杀敌，并发誓要为保护神圣的领土主权而流尽最后一滴血。⑤

---

①欧亨尼奥·埃斯佩霍（Eugenio Espejo，1747—1795），厄瓜多尔思想家、政治家、史学家，厄瓜多尔独立运动时期重要人物。文学作品与当时传统的神学思辨不同，大多反映社会问题。
②何塞·华金·德·奥尔梅多（José Joaquín de Olmedo，1780—1847），厄瓜多尔诗人、政治家，曾在1845年担任厄瓜多尔临时总统，著有长诗《胡宁的胜利：玻利瓦尔的赞歌》。
③胡安·蒙塔尔沃（Juan Montalvo，1832—1889），厄瓜多尔文学家，是西班牙语美洲文坛最杰出的代表之一。具有浓重的反教权思想，并反对时任总统加西亚·莫雷诺和伊格纳西奥·德·贝特米利亚的统治。
④费德里科·冈萨雷斯·苏亚雷斯（Federico González Suárez，1844—1917），厄瓜多尔主教，历史学家，对这一时期的厄瓜多尔民族文化做出重大贡献的作家。
⑤本段文字提及的内容充满讽刺意味，但四个月后，当厄瓜多尔被入侵、击败的时候，这些子虚乌有的美好的承诺都没有兑现，只有惨败的结局。——作者注

糖果和……消化不良。

与"文学糖果"截然相反的是更加普遍、广泛，也许也是更加有害的态度：悲伤、彻底失败主义和爱抱怨。

他们的观点如下：

我们是一个正在走向解体的迷失的国家。到处充满灾难、盗窃、无知、背叛、无能和犯罪。这里指的是人为因素。但自然因素更糟糕：土地贫瘠，矿产匮乏，天气恶劣，蚊子、疟疾、肺结核蔓延……

佐证如下：除了教堂之外，在基多①附近我们还拥有为数不多的几个山谷，这是我们之前可以为游客提供的唯一的景点，游客经常会感染上最糟糕的疟疾，感染率即使没有百分之百也有百分之七十五……

在政治上，他们信奉一个永久的、无可争议的真理：掌权者，无论是总统、指挥官或是独裁者，都是小偷，完完全全、彻彻底底的小偷。（当然我们也经常看到，有些前任总统或是前首相过得很拮据，但这并不重要。被大家诽谤最多、公认为最有可能是"小偷"的人，其中之一是阿尔贝托·格雷罗·马丁内斯，他临终时贫困交加。）

据说这个国家是世界上最不幸的国家。我们拥有的为数不多的矿产被美国人偷走了，我们所拥有的土地不仅仅贫瘠，还被游手好闲的大地主霸占着，他们自己不耕种也不让别人耕种……

所有的一切，雨水、奇洛斯山谷里可怕的疟疾、欧洲的战争、英国资本主义以及德国纳粹主义都应该归因于这群当权者。他们补充道，一定要消灭这些把这片不幸的土地当作自己的封地的团伙。

我们总是抱怨、抗议。虽然有时候已经忍无可忍，我们还是会压抑自己的愤怒。在宣泄愤怒时我们又胆怯起来，我们只是小声地哭诉或是表现出我们仅仅有一些受挫而已。我们正面临着巨大的不幸，但是我们又因为担心失去仅有的残羹冷炙而不敢大声疾呼。既然我们如此贫穷，有这么多小偷，又喜欢夸大其词，举

---

① 基多（Quito），厄瓜多尔的首都，位于国家北部。

止粗鲁，那这一切又有何意义？

参加体育赛事？如果我们总是最后一名，那为什么我们还要参加这些比赛呢？我们在波哥大奥林匹克运动会，利马游泳锦标赛，里约热内卢、布宜诺斯艾利斯或纽约的网球赛中取得胜利并不重要。这些都是巧合。

当代国家知识分子又是怎么样呢？一场灾难，一小群色情作家、左派作家，他们的目的就是诋毁厄瓜多尔，告诉"文明"世界一个可耻的秘密：在这片悲惨的土地上有印第安人和穷人的存在。我们不难发现那些作家的图书在欧美国家非常畅销，他们的作品被翻译成多种语言。当代厄瓜多尔作家所达到的高度是前所未有的，这些被"蔑视"的作家们在美国最重要的出版社举行的比赛中获胜。这些都是巧合。

在国际上呢？如果没有外部势力征服我们，那是因为我们完全没有任何价值。任何可能的敌人只要半小时就能将我们毁灭。用一个气球和一盒火柴，瓜亚基尔①就能被烧毁。除了安蒂奥基亚的办法之外，我们没有其他解决方案。如果老虎愿意，就让它吃了我们，或者我们集体自杀，这一定是再好不过的办法了……②

还有相当一部分厄瓜多尔人对国家问题漠不关心，并对此不以为然，他们的种种借口虽然情有可原，但却不合情理。

这部分厄瓜多尔人被要求去参加即将举行的选举（这些人不在少数），向政府、国会输送有能力、聪明、爱国的人才，使这个国家走向正轨。为了什么，他们不愿回答。选举结果已经被政府操控完成，未来的总统早已内定，代表和议员名单已经暗箱操作好了。如果你坚持，他们会友善地提醒你：这一切都会是徒劳，朋友，别掺和了。参与进去可能会被认为是阴谋家或是共产主义分子，哪怕是为大主教工作，也可能会被投入监狱、被监禁或是流亡。如果你和跟你有同样想法的人走在大街上，他们会毫不留情地射击你。这种事情也已经屡见不鲜了。

在这个国家，你必须保持沉默，朋友。我记得易卜生笔下的一个情景：整

①瓜亚基尔（Guayaquil），厄瓜多尔最大城市，南美洲太平洋沿岸主要海港之一。
②这个观点在里约热内卢投降中获胜，他们会烧了我们的瓜亚基尔。在国会、咨询委员会和爱国协会中都有人说过。——作者注

个房子都必须是安静的，孩子们不能玩耍，妻子的缝纫机不能发出声音。爸爸在那里，躺在沙发上，闭着眼睛，冥想给我们带来财富和幸福的伟大发明……笑话……我想起了我的发现。

但是还有很多厄瓜多尔人，他们不喜欢"文学糖果"、牢骚满腹或是对一切都视若无睹。这是一群追求真理的厄瓜多尔人。他们追求一个绝对真理，既不是盲目乐观也不是一堆陈词滥调的真理。当然也不是耶利米①的悲观主义，就像一个哭泣的男孩找抽一样，更不是一切事不关己、对国家的兴衰荣辱都视若无睹。

我们需要真理来指导我们的行动。这个真理需要对厄瓜多尔问题研究和梳理后得出，对我们自身发展有建设性作用。有时，甚至很多时候，这个真理是惨痛的，却并不是无法弥补的。而且有时候，在探索中，我们会发现这个真理也许会令人鼓舞，因为我们的年轻人正在创造它，这让我们的国家因为辛勤劳作、热爱和平而变得受人尊敬。

在寻找真理的道路上，我们希望通过提出这些问题来为国家做出贡献。我们每个人的点滴努力都是为国家发展探索道路，都将成为国家建设的基础。

译者：韦倩

---

①耶利米，天主教译为耶肋米亚，是《圣经》中犹大国灭国前，最黑暗时的一位先知。

02 关于国家气候：我们引以为豪的热带主义①

> 热带是真正的天空，唯一的天空，热带水果的品质是最佳的：香甜的菠萝、杧果。热带的植物硕果累累，可以称之为人类的食粮，单单是香蕉树一个品种就可以哺育人类。热带的河流本不应该被赋予名字，光是亚马孙河这个词的韵律就可以给人以强大的水体感。
>
> ——加夫列拉·米斯特拉尔②

如果说厄瓜多尔作为一个独立的共和国在一系列必然的历史条件下产生，这个说法就像海市蜃楼，风雨飘摇。厄瓜多尔共和国建国也不是由地理条件决定的，更不用说经济条件了，因为我们至今仍然没有解决如何调整经济布局，例如人力、资本等问题。

这些必要条件本应该促使这些各自为营的南美洲国家联合起来，但就像新格拉纳达和委内瑞拉的诞生一样，厄瓜多尔的诞生也是与玻利瓦尔③的梦想背道而驰的。在这位一统拉美的解放者势力薄弱之时，厄瓜多尔的军人们占地为王，各自为营。种种原因造成了中美洲五国纷纷独立，秘鲁以及之后的巴拿马也相继步入后尘。

1830年厄瓜多尔共和国成立，这是"基多王国"的历史巅峰（史学家对此说法有争议）。这段与神话和现实相互交织的历史，就好像西班牙的《熙德之歌》、法国的《罗兰之歌》、德国的《尼伯龙根之歌》。叙述这段历史的是厄瓜

---

① 出自1928年《新美洲的缔造者》序言部分。——作者注
② 加夫列拉·米斯特拉尔（Gabriela Mistral，1889—1957），智利女诗人。出生于智利首都圣地亚哥市北的维库那镇。她自幼生活清苦，未曾进过学校，靠做小学教员的同父异母姐姐辅导和自学获得文化知识。1945年，她获得了诺贝尔文学奖，成为拉丁美洲第一位获得该奖的诗人。
③ 西蒙·玻利瓦尔（Simón Bolívar，1783—1830），拉丁美洲革命家、军事家、政治家、思想家，他为南美洲脱离西班牙帝国统治，争取独立发挥了关键作用。

多尔第一位小说家、先驱者韦拉斯科神父①。

事实证明，计划和领导哥伦比亚独立的委内瑞拉领导人甚至不记得"基多"这个能够代表我们地区特色的名字了，西班牙征服者和殖民者却一直尊重这个名称。这个名字沿用至今，可谓是抵御邻国侵占的最佳证据。基多最早是一个王国，之后又经历了哥伦布前文明、印加帝国时代、殖民时代，它的固有领土从卡克塔到亚马孙的最南端，毫无争议。

第一任总统胡安·何塞·弗洛雷斯②选择了"厄瓜多尔"作为国家的名称，而不是基多。厄瓜多尔这个名字给人一种辽阔、不可捉摸的感觉。它不像伊比利亚或日耳曼这些名称带有种族主义印记，不像英格兰或荷兰这些名字标识着地域范围，也不像玻利维亚或罗得西亚这些名字带有历史典故，跟货币单位也没有关系。厄瓜多尔也不像瓜亚基尔、卡尼亚尔甚至是基多那样源于神话传说。

尽管没有上述特点，我们国家的名字"厄瓜多尔"却拥有一些非常珍贵的价值，它的意思是气候，给人一种温暖、炙热的感觉。这种客观、无法给人即视感的名字展示了我们这个地区的特色，它展示深化了我们的美德和最大的缺陷：热带主义。

热带主义给人的感觉比传说更真实，比种族更有效率、更实际，比历史更持久，它代表气候。气候，即土地和空气；气候，由纬度决定；气候，即水和光。在一定气候下生长的农产品哺育着人类，这一切都从生物角度创造并改变着人类。拉采尔曾经说过："人是地理环境的产物。"

面对地球的状况和人类的活动，每个国家对环保的要求日益提高。虽然人类学理论正在逐渐退出历史舞台，高比诺、瓦谢·德·拉普热、希特勒等提出的不人道的种族排他主义的谬论也被驳斥，气候问题却越来越受到广泛关注。瓦斯康塞洛斯的愤怒转向了长枪党③、纳粹，他是热带运动的先知，认为一切伟大的文明发源于热带并最终回归到热带。这位思想家的论断后来被瓦勒度·弗兰克和凯瑟琳等高山温带地形论的支持者们反复重申、引用，这是厄瓜多尔的福音。瓦斯

---

①胡安·德·韦拉斯科（Juan de Velasco，1727—1792），耶稣会教士，一位具有批判精神的现实主义作家。他的巨作《基多王国史》是了解厄瓜多尔文学的必读物。
②胡安·何塞·弗洛雷斯（Juan José Flores，1800—1864），厄瓜多尔共和国创建者，第一任总统（1830—1835、1839—1843、1843—1845在位）。
③长枪党，西班牙法西斯政党，成立于1933年2月15日，是由西班牙数个法西斯主义政党和组织组成的政治联盟。

康塞洛斯补充道："热带地区、亚马孙热带地区不仅有农业还有工业。我知道，即使是居住在热带地区，不乏有人认为我们的文明（我们当下所理解的文明）发展程度远不及温带地区。但是，这些为数不少的人的观点让我想起了《圣经》里面的一个比喻：我把他们看作是盐柱，他们看不到过去更考虑不到未来。"他进一步解释，一切伟大的文明发源于热带并最终回归到热带。然后又补充道："应许之地，包括整个巴西，再加上哥伦比亚、委内瑞拉、厄瓜多尔、秘鲁、玻利维亚和智利的部分地区以及阿根廷北部地区的区域。"

人类及其意识形态都会随着气候的变化而改变，北欧和中欧的哥特式天主教堂和南欧的巴洛克、拜占庭式教堂在形式和精髓上都大相径庭。在沙特尔或科隆，一切都笼罩在沉寂之下，我听到罗马圣佩德罗大教堂小广场上的叫喊："教皇万岁，领导人万岁，圣方济各万岁。"一个早就脱离了列宁主义的西班牙或拉美裔的共产主义和日耳曼共产主义乃至法国的超爱国共产党是不同的，更别说是威严的、等级森严的英格兰殿下的共产主义了。纳粹主义在日耳曼气候下产生是可以理解的，但若产生在这些叛乱和个人主义盛行的气候中就无法理解了。

热带主义不仅是一个广义的修辞学概念，更是扎根于深刻的社会现实的概念。热带主义就是厄瓜多尔的民族性。

热带主义是我们真实的、无可辩驳的国家标志，但它却被欧洲这些所谓的文明人无情地践踏。

我们来自热带。我们是勇敢、自豪的热带人。因为这是我们的客观现实，我们的生物现实，我们的经济现实，我们的整体现实。如果你想用历史证据来佐证我们是精神上的懦夫，我们可以快速而深刻地回顾我们的历史。热带历史上伟大的日期：8月10日[①]，10月9日[②]，3月6日[③]。热带历史上丑恶的血腥的日期：11月15日，1月28日，8月6日。11月28日这一令人讨厌的日期不属于我们热带，出于懦弱和邪恶，派斯进行了有预谋的冷酷大屠杀。埃斯佩霍、奥尔梅多、蒙塔尔沃和冈萨雷斯·苏亚雷斯、克雷斯托·多拉尔也是我们热带的标志。

我们一直都是热带人。国内外反动势力试图诋毁我们的热带地区，加夫列

[①]指1809年8月10日，厄瓜多尔首都基多宣布独立，是厄瓜多尔独立运动的开端。
[②]指1820年10月9日，瓜亚基尔市宣布独立。
[③]指1845年3月6日，三月革命爆发。这是反对时任厄瓜多尔总统胡安·何塞·弗洛雷斯的一场运动，也是厄瓜多尔共和国成立后爆发的第一场武装运动。

拉·米斯特拉尔对此提出坚决抗议，就像她1928年为我的书《新美洲的创造者》作的序一样。

加夫列拉写道：

> 热带是真正的天空，唯一的天空，热带水果的品质是最佳的：香甜的菠萝、杧果。热带的植物硕果累累，可以称之为人类的食粮，单单是香蕉树一个品种就可以哺育人类。热带的河流本不应该被赋予名字，光是亚马孙河这个词的韵律就可以给人以强大的水体感。但是，蚊子、毒蛇和其他野兽回答我们说，摩尼教徒将其归因于恶魔的行为，因为在某种程度上这片土地上的色彩、气味和神奇的物产都有一定的代价。你尝一口这里的火龙果，它的果肉甜美多汁，那我们也要接受眼镜蛇也想尝尝我们的鲜血这一事实。

除了上述缺点，还有两个主要因素破坏我们的形象，疟疾和好斗的酋长。这些问题也正慢慢得到解决。热带还有一些可恶的负面形象，比如蝎子、肥头大耳且懒惰的士兵。这是一片植物覆盖的土地，只有最好的人才配得上在这里生活！

厄瓜多尔、秘鲁或墨西哥人都拥有宝贵的大自然资源（热带水果、充足的阳光和参天大树），谁又愿意去做一个德国人、英国人或瑞典人呢，他们的不毛之地唯有靠化学制品才能长出植被。

一个非常不友好，但毫无疑问很聪明的加泰罗尼亚人欧亨尼奥·德·奥尔斯[1]在纳粹法西斯佛朗哥的罪行发生之前就提出一个观点：我们杀死了我们的西班牙。他呼吁："忘记历史，开疆辟土！"

华金·科斯塔[2]进行了全面系统的翻译：让我们牢牢守住熙德的陵墓。上述言论都表现出我们对现实的担忧。但奥尔斯觉得地理比历史更重要，他要求我们聆听和服从土地和气候的命令，而不是顺从既定的历史，应该保持稳健的步伐继续前行。

---

[1]欧亨尼奥·德·奥尔斯（Eugenio d'Ors），西班牙作家、散文家、记者、哲学家和西班牙艺术评论家，20世纪初加泰罗尼亚的政治文化运动的发起人。
[2]华金·科斯塔（Joaquín Costa，1846—1911），西班牙历史学家。

我们的地理现状是，我们生活在热带。我们应该研究热带以及人类如何更好地生活在亚马孙，尤其是亚马孙西部。它连接着通往世界的太平洋，从埃斯梅拉达斯①到通贝斯②平原，地域辽阔，可以接受大量移民，特别是西班牙移民，他们已经充分证明了其在热带地区生存的能力。被纳粹法西斯佛朗哥暴行逼迫远走他乡的这些西班牙移民勤劳勇敢……

　　抱着对热带主义的信仰，我们利用丰富的想象力进行创新。我们抵制因为被惯性思维左右而把"热带"当作贬义词来用的人，这个词是西班牙语词汇中最具有厄瓜多尔民族性的单词。我们的客观现实是温热的气候，如果把我们自卑情结归因于我们身处热带，那就再荒谬不过了。此外，这个客观现实也不可改变。

　　我们应该把热带主义作为我们的信念，坚信我们可以在这里过上幸福的生活，建立一个民主、富强、公正的国家。

译者：韦倩

---

①埃斯梅拉达斯（Esmeraldas），厄瓜多尔的一个省，位于西北部的沿海地区。
②通贝斯（Tumbes），秘鲁西北部一个大区，与厄瓜多尔西南部接壤。

03 关于民族性：政治上的激情和对自由的向往^①

> 你们都知道，当一个民族觉醒的时候，每一个词语都是希望，每一个脚步都是胜利。
>
> ——加夫列尔·加西亚·莫雷诺^②

加西亚主义和阿尔法罗主义这两个重要时期形成了厄瓜多尔的民族人格、政治环境并且将厄瓜多尔从迷茫中解救出来。共和主义的崇高序幕在弗洛雷斯的控制下拉开，取代了原先罗卡富埃特热情、富有建设性并且可以称之为模范的统治。

在图尔坎^③和夸斯普德^④的失败之前，弗洛雷斯时期是在加西亚主义中第一个幸存下来的，被征服和殖民的时期。正如加西亚·莫雷诺带着巨大的讽刺意味称弗洛雷斯是杰出的传单作家一样，"卡贝略港^⑤的巨人"这个名字表明他时刻准备好了为了独立，为了不再忙于被这个由他征服的国家拒绝去反抗。这在克里斯蒂娜王后政府的阴谋中得到了证实：面对美洲国家的羞辱，她请求西班牙王室重新将厄瓜多尔作为殖民地。在她和里瓦斯公爵在那不勒斯召开的会议上，她如赌徒般想要加冕一个里安萨雷斯公爵为厄瓜多尔国王……因此，厄瓜多尔和整个美洲以空前团结的姿态，站起来去反抗这种卑鄙的行为。为了唤醒这片大陆的热情，加西亚·莫雷诺大喊道："当弗洛雷斯这个凶手、这个恶人企图向一系列可恨的伊比利亚专制主义低头时，整个美洲大陆的人民却都在沉睡！"如果不是帕默斯

---

① "钻石号"船上，瓜亚基尔，1853年7月12日。——作者注
②加夫列尔·加西亚·莫雷诺（Gabriel García Moreno，1821—1875），厄瓜多尔独裁者，曾在1859—1865年及1869—1875年两度当选厄瓜多尔总统。
③图尔坎（Tulcán），厄瓜多尔北部边境城市，卡尔奇省首府。
④夸斯普德（Cuaspud），哥伦比亚的城镇，位于该国西南部，与厄瓜多尔东北的图尔坎相邻。此处指1863年厄瓜多尔与哥伦比亚在夸斯普德发生的军事冲突。
⑤卡贝略港，委内瑞拉的第一大港。

顿勋爵及时阻止了反叛军的离开，那么可能玻利瓦尔（大家都相信他在海里航行过）的书里就不会有南美这个部分了。

但是在那时，热带美洲奉献了一场精彩的表演。他们带着一种大陆的团结精神起义反抗那些背叛者，然而对于这种精神我们的赞扬还远远不够。热带的人们：罗卡富埃特，他是一个反抗者、一个建设者更是一个诽谤者；加西亚·莫雷诺，当时已有崛起之势，后来位高权重把厄瓜多尔的民族性发展到了新的高度。

在我们的历史上，弗洛雷斯主义于1845年3月6日以热带厄瓜多尔篇章完美落幕。我想称弗洛雷斯主义为厄瓜多尔的治国方针。

就这一点来说，是值得观察的：这片土地上的人们没有忍受或者忍受过的两件事，第一件是那些阻止他们自由的人，第二件是"……傻瓜想做的事"。

人们在8月10日和10月9日对第一件事做出的反应是十分剧烈的。但是对第二件事的反应就没那么激烈了。3月6日的时候，人们为了推翻暴君引起巨大骚动，但是这对于那些长期戏弄民众直到大家都忍无可忍的人来说更是当头一棒……

无论是在高纬度还是低纬度的热带地区，"我不会让自己成为……傻瓜"这句话都能算作是一种完美的热带表达。精神分析方面的理论专家称之为"自卑情结"。

正如所有人都相信我们像昨天般记住今天并且如今天般记住明天一样，厄瓜多尔这个国家是不会容忍专制的，哪怕是暂时的，并且会严厉惩罚那些想剥夺他们自由的人。但是，我觉得更需要记住的是，厄瓜多尔这个国家从来没有而且以后也不会允许"做傻事"。当人们开始相信你在欺骗或者耍什么诡计的时候，当你犯下最大的错误——认为厄瓜多尔人都是傻子的时候，大众的愤怒也就应运而生了。

弗洛雷斯主义被运用到了两个最伤害这个国家的系统中：暴政和闹剧。正如贝特米利亚后来所做的那样，这导致了被称为"复辟"的国内运动大爆发。他所做的一切不过印证了他是一个小暴君，他用谎言与欺骗维持着这个国家。派斯，"老虎凳"里爱开玩笑的人，他先是愉快地拥有了权力，两年后又愉快地失去权力，多么天真的基多人啊！派斯说必须骗左翼的那些傻子们已经和莫斯科建立了关系，而对于那些看似愚蠢的保守派来说，则要把他们带到奎因的圣女像面前才能使他们高兴。

　　但当我们回顾历史时，我们应该说知识青年们使国家的公民责任感达到了最高水平，而这正是我们所寻找用来指引一位共和党模范，边沁[①]的信徒，玻利瓦尔的朋友，英国的霍尔上校。从拉斯·维达斯·帕拉莱拉斯手中逃出的领事馆官员佩德罗·蒙卡约[②]是"厄瓜多尔"护卫运动的首领。从他作品的名字，《自由的基多人》，就能看出他对这片土地的热爱和对自由的追求。

　　众所周知，我们历史上英雄史诗那一章的结局：那些纯洁的民族和民主的捍卫者们被监禁，被流放。霍尔，作为一个使徒和引导者，在黎明的基多广场上赤裸地指责。与此同时，那些"秩序的捍卫者"日复一日地在自己的愚蠢和贪婪的成就中获得胜利，直到他们的审判来临。

　　自从《自由的基多人》中的反对派，弗洛雷斯主义者和民族主义者对吉伦特派的高度意识形态的残暴镇压以来，厄瓜多尔出现了一个最无耻和最血腥的闹剧：人们将权利和那些最无耻的恶意，那些意识形态斗争，那些自由人的企图，那些肮脏凶残的阴谋和那些武装煽动搞混了。无数的例子摆在眼前：前天的、昨天的、今天的……

　　当一种反对的声音呈现于脑海中或笔头上，并且足以在公众的选择面前动摇政权时，那些告密者和侦察者却如机器一般为他们卖命。因此，在这个国家，当一个独裁者提出"维持秩序是首要任务"时，其实是因为他在"宪兵1号"办公室里计划好了一个阴谋，而这通常只是为了给这个阴谋一个体面的名字——总统。最后那些声明就会是：这是属于总统府的"伟大夜晚"，在某某医生的家里，晚上聚集了一帮在外套里携带武器的可疑人员……其中有一名女性，是某某的女儿，正在绣莫斯科国旗的图案并且准备升起它（经过严谨的历史考证，那面旗就是一条为了邻近村子斗牛准备的床单，但是那个女孩的爸爸被流放了）……当一个独裁统治的国家没有宪法存在时，又或者说，就算有了宪法，他们也需要请求国会特别权力机构的帮助时，这些类似事件的捏造，就会成为他们判处他人坐牢和流放的借口。

---

①杰里米·边沁（Jeremy Bentham, 1748—1832），英国的法理学家、功利主义哲学家、经济学家和社会改革者。
②佩德罗·蒙卡约(Pedro Moncayo, 1804—1888)，厄瓜多尔政治家、律师、报刊撰稿人。

这就是这个国家"糟糕"①（这个形容词在厄瓜多尔及一些热带国家的方言中是不可替代的）的地方。对于这些单纯但极其富有洞察力和直觉的民众来说，这场闹剧、这些谎言，不止意味着明显直接的政府势力。他们更喜欢别人像男子汉一样负责任地攻击。没有人支持"他们想做的事情是傻子才会做的"这一观点。你会发现粗鲁、暴虐、嗜血，一个加西亚主义的哈姆贝利和一个阿尔法罗主义的4月25日，但是11月28日是令人恶心的。

如果基多在殖民时期就通过阿尔卡巴拉斯的革命和8月10日的自由呼声完成"热带主义"的光荣表演；如果基多能通过《自由的基多人》这部作品确信并保持对这片土地和对独立的热爱；瓜亚基尔也是如此，根据何塞·德·拉·夸德拉的话，它就是一个"农村首都"，如果瓜亚基尔的人们之前就能对外宣告他们于10月9日的反叛，并且于1845年3月6日完成最光明和最强大的厄瓜多尔篇章——推翻暴君。这是属于我们的一天，这是完完全全属于热带的一天！在这一天，我们终于摆脱了使我们在独立战争中付出巨大代价的外国雇佣兵势力。

我们生活在"专制的最后一天，也可以说是第一天"。瓜亚基尔拥有最高尚、最纯洁的人民，比如奥尔梅多、罗卡富埃特以及那些准备三月革命的人。我们独立生活中最"厄瓜多尔"的日子：群众运动，坚定且明确的民主干预。其原因不过是民族性和自由罢了。这些原因以崇高而光荣的形式，以"瓜亚基尔民众起义"宣布出来，并且可以概括为文章开头的优美语句：拯救共和制度是厄瓜多尔这个国家唯一需要做的事情。它的理由、它的勇敢、它的高傲，是十分必要的："现在的总统因为1841年大会的丑闻而被取缔……""因为这一种奇怪的事物秩序（这里指奴隶制宪章），厄瓜多尔人民不得不生活在一种全新的、奇怪的、陌生的政府形式之下""极其宝贵的新闻自由被那些荒谬且灭绝人性的法律野蛮愚蠢地夺走……""现在的政府想尽一切可能的技巧和方法来维持特别权力机构控制下的极其可恶的政治体制，而那些权力机构通常只会批准顺从他的（对于从属于他们感到光荣的）组织的请求，或者也可以把这看作是宪法中虚假的哥特式建筑装饰……"②奥尔梅多和胡宁的话语如一条鞭子般鞭笞着这些经过深思

---

①原文是"calienta"。
②从那时到现在，这些事情是如何恶化的！——作者注

熟虑写出来的文章。

通过他们以及当时的社会环境，我们能够肯定一个事实——厄瓜多尔于1845年的3月6日起义反抗了弗洛雷斯的外国统治以捍卫这个国家的三个基本原则，而历史也在不断地证明这些原则：第一，维护国家主权；第二，为了自由和基本人权的保证（比如思想自由、新闻自由以及生活和个人层面上的自由）而进行的坚定且勇敢的斗争；第三，对弄虚作假的绝对反对，发现有人想做愚蠢的事的直觉以及用尽一切方法反对这些人做傻事的能力。甚至是对政府进行最公正的做蠢事的报复：取缔它的英雄举措。

这是厄瓜多尔融入人民生活中的三个基本原则。这些原则在真实的痛苦和欢乐中由历史证明。

译者：沈心语

校对：侯健

04 有关我国民主政治的一种可能：比森特·罗卡富埃特①政府

> 得民心者得天下，失民心者失天下。
>
> ——中国格言②

没错。尽管这片不幸的土地曾落入"解放者""陶拉"③和"教士"之手，但掌控她的也不都是厚颜无耻之徒。在这些异国统治者粉墨登场之时，曾有那么一段清明的充满民主希望的时期，是一个浸润着骄阳、提供了无限可能性的时期，即罗卡富埃特政府时期。

罗卡富埃特学识渊博、功勋累累，他和纳利诺④、米兰达⑤一样，有一点"追求解放的探险精神"。他出生在瓜亚基尔，是个典型的热带人。他给我们展示了厄瓜多尔人融贯文化的巨大潜力，尤其是将吸收的文化服务于其他方面的能力，比如组织政治行动、创立建设性目标、拨乱反正等方面。

正值欧洲，尤其是法国和英国，迫不及待地向世界宣传全人类解放并急不可耐地要将之解决的时候，这位瓜亚基尔人去了欧洲。那里有无情嘲讽君主专制的伏尔泰、辛苦钻研且务实的百科全书派，但更加引人注目的是浪漫派的日内瓦人卢梭，他正在启发人类社会的新思潮：一个反君主的分支，与佛罗伦萨天才尼可

---

①比森特·罗卡富埃特（Vicente Rocafuerte，1783—1847），作家、政治家、厄瓜多尔共和国第二任总统（1834—1839）。

②原书注为孔子所说，应是传误。这句话出自《孟子·离娄上》："桀、纣之失天下也，失其民也；失其民者，失其心也。得天下有道：得其民，斯得天下矣。得其民有道：得其心，斯得民矣。得其心有道：所欲与之聚之，所恶勿施尔也。"——编者注

③陶拉（los Tauras），意为"如牛一般的斗士"。厄瓜多尔历史上著名黑人军事团体，效忠于何塞·马里亚·乌尔维纳，奉行恐怖镇压原则。

④安东尼奥·纳利诺（Antonio Nariño，1765—1823），哥伦比亚政治家和军事家。

⑤弗朗西斯科·米兰达（Francisco de Miranda，1750—1816），委内瑞拉军事领导人、革命家。虽然他的西属美洲独立计划没有成功，但是他被认为是西蒙·玻利瓦尔革命的先驱者。

罗·马基亚维利思想分庭抗礼。这样百花齐放的情况充斥了整个欧洲。但丁的呐喊和不可腐化者的警世箴言、吉伦特派的自由主义之歌和《马赛曲》，赢得了这片大地的民心。曾妄图背叛法国大革命但未果的科西嘉刺刀将革命的星火引向了地球上最遥远的人类社会。

在这里，在这个新大陆上，美国人成功地展示了自由带来的丰硕成果。欧洲人纷纷前来学习，并且坚信他们能回到自己的土地上将之传授。

罗卡富埃特和之前的纳利诺和米兰达一样，在这个时期前往欧洲。欧洲当时一直是自由主义的大讲堂，吸引了来自世界各地的学生。这位瓜亚基尔人就是来学习这些新学的。与此同时，他也是西方文化对拉美人影响强大的有力例证之一。这种影响之前在米兰达、玻利瓦尔、里瓦达维亚①和阿拉曼②身上都已经有所体现。而后，这种影响又在加西亚·莫雷诺和博尔达雷斯③，蒙塔尔沃和马蒂④，冈萨雷斯·普拉达⑤和瓦斯康塞洛斯身上有所体现。最后，还有何塞·卡洛斯·马里亚特吉⑥和阿亚·德拉托雷⑦，他们所处的时代、所持的情感、经历的现实、怀抱的热情都与我们更加接近。尽管这两位的思想迥异，但差异更多是源于现实情况而非内在原因，美洲左派绝不能将这两位思辨者分置而论。

热带赋予了我们的罗卡富埃特热情、聪慧。尽管带有一些日耳曼的"超级大男子主义"，但他拥有敏捷的思维和果敢的行动力，这些极具热带特色，他乐于表现的性格完全是我们自己人的特点。而西欧则赋予了他积累几个世纪的智慧、人类付出血与肉才获得的经验、法式的庄重和英国人积极的控制力。在访问欧洲的宝贵时光中，在民主革命激动人心的时刻，他也感染上了人类自由的弊病，这种病症正控制着欧洲专制主义的旧世界。雅各宾主义，即卢梭思想的缺陷正在赢得各方智者的心。直到纯粹理性批判的大师康德宣称："曾有一段时间我骄傲地

①贝纳迪诺·里瓦达维亚（Bernardino Rivadavia，1780—1845），阿根廷共和国第一任总统。
②卢卡斯·阿拉曼（Lucas Alamán，1792—1853），墨西哥企业家、政治家、历史学家、自然学家和作家。
③何塞·博尔达雷斯（José Portales，1817—1875），智利人，教士和历史学家。
④何塞·马蒂（José Martí，1853—1895），古巴诗人、民族英雄、思想家。他从15岁起就参加反抗西班牙殖民统治的革命活动，42岁便牺牲在独立战争的战场上，他短暂的一生完全献给了争取祖国独立和拉美自由的事业。
⑤冈萨雷斯·普拉达（González Prada，1844—1918），秘鲁散文家、思想家、诗人。
⑥何塞·卡洛斯·马里亚特吉（José Carlos Mariátegui，1894—1930），秘鲁马克思主义思想家和工人运动领袖，作家。
⑦阿亚·德拉托雷（Haya de la Torre，1895—1979），秘鲁思想家和政治家。

认为知识才会构筑人类的荣光，从而鄙视那些无知的人。卢梭是那个让我开阔了眼界的人。这种虚幻的优越感已然消失，我学会了尊重人本身。"

不可否认的是，罗卡富埃特带回的除了卢梭的弊病，还有另一个坏毛病，虽然他晚年摒弃了。那就是"专制主义"的坏毛病，起源于那个伟大而瞩目的波拿巴。他在执政时期犯了一系列这方面的错误，但是他关于民主的著作是如此的伟大，就算不能为这些错误洗脱，至少也能抹去或削弱一些负面影响。那是一个混乱主义的时代，就和现在一样。因此我觉得：如果罗卡富埃特落入了专制主义的陷阱，那人们怎么会不落入"极权主义"，被善于玩权术的人蒙蔽。从阿利乌教派到希特勒主义再到长枪党，这些都是伪装起来的绞刑架，我们过去不想要，现在也不想要，因为我们绝不能变成纳粹。幸运的是，现在在美洲内外能代表我们的真正的左派知识界既不会动摇也不会背叛，他们有皮奥·哈拉米略①和豪尔赫·伊卡萨②，豪尔赫·卡雷拉③和阿尔弗雷德·帕勒哈④，贡萨洛·埃斯古德洛⑤，德米特里奥·阿吉雷拉⑥，费尔南多·查韦斯⑦，恩里克·吉尔⑧，劳尔·安德拉德⑨和阿雷瀚德洛·卡里昂⑩等。我想再次表示，就如同殉难了的西班牙一样，真正的热带左派知识界，之前就处在他们唯一的立场上，从未偏移也从未有过怀疑。此外，这群人很喜欢书籍和作家。他们绝不会支持柏林、维也纳、布拉格、马德里等，因为这些地方曾焚毁书籍、兴文字狱。

罗卡富埃特在厄瓜多尔执政时期是一个意义非凡的历史性范例。尽管人们对他取得政权的方式有些非议，因为他在动荡中得权，并且和弗洛雷斯有说不清的交易。但他向我们证明了共和时代可能性；证明了政府也可以有条不紊和清廉，他的政府深受欢迎而且可以和我们固有的社会习惯和谐同存；证明了我们并不

①皮奥·哈拉米略·阿尔瓦拉多（Pío Jaramillo Alvarado，1884—1968），厄瓜多尔历史学家、政治家，1985年被赋予"厄瓜多尔大师标志性人物之一"的称号。
②豪尔赫·伊卡萨（Jorge Icaza，1906—1978），厄瓜多尔小说家，作品主要包括长篇小说、短篇故事和戏剧作品。
③豪尔赫·卡雷拉·安德拉德（Jorge Carrera Adrade，1906—1978），厄瓜多尔作家和诗人。
④阿尔弗雷德·帕勒哈·蒂斯坎塞科（Alfredo Pareja Díez-Canseco，1908—1998），厄瓜多尔作家和历史学家。"瓜亚基尔团体"成员。
⑤贡萨洛·埃斯古德洛（Gonzalo Escudero，1903—1971），厄瓜多尔诗人和外交家。
⑥德米特里奥·阿吉雷拉（Demetrio Aguilera，1909—1981），厄瓜多尔作家、电影人、画家和外交家。
⑦费尔南多·查韦斯（Fernando Chaves，1928—2017），厄瓜多尔作家、工程师和政治家。
⑧恩里克·吉尔·希尔伯特（Enrique Gil Gilbert，1912—1973），厄瓜多尔政治家和作家，"瓜亚基尔团体"成员。
⑨劳尔·安德拉德（Raúl Andrade，1905—1983），厄瓜多尔记者和剧作家。
⑩阿雷瀚德洛·卡里昂（Alejandro Carrión，1915—1992），厄瓜多尔诗人、小说家和记者。

是"无法管理的热带人"，不是易煽动的民族，不是只会手执皮鞭的贪婪将军，亦不是脚踏脏兮兮的军靴、留着长指甲的天不怕地不怕的士官；证明了我们不是一群白痴，不是一帮无知傻帽儿，不是只能被土匪歹徒、鸡鸣狗盗的恶徒利用的愚民。

罗卡富埃特的执政期也证明了我们不是不可救药的游击战士，不坚定的士兵背叛或者因为受贿而暴动也并非我们的常态。我们也不是像土匪和游骑兵那样，没有信念、反复起义的人；也不是焚膏继晷、袖里藏刀的阴谋者，只能生存在叛主投敌、毫不正义的军事政变下。最后，成功而深得民心的罗卡富埃特政权证明了：我们也不是借口禁书谬论之祸、紧闭窗户以隔绝户外光明的阴暗修道院……

这个国家的人民乐意见到当权者代表的是民众的意志，该做的事都做好……他们不能容忍当权者巧舌如簧地佯装优雅地粉饰自己的无能。他们不能原谅将缺乏准备、目标空洞称作是"冷静"。

无论是自我标榜以获得上位的政府，还是通过暴力夺权和营私舞弊这两种司空见惯的方式上位的政府，厄瓜多尔的民众都希望看到他们能多少展示出一些服务人民的意愿。而政府厚颜无耻，常常用极不诚恳的口吻为自己正名：我们接受权力完全是一种自我牺牲，这个职位并不会给我们带来荣光，而是我们点亮了这个头衔。我们都是单纯的公民，我们的一切都是祖国给予的。我们为祖国所做的都是应尽的义务，就好像是欠债还钱一般天经地义。这片土地，乃至全世界任何地方的伟大人物都没有他们这般浮夸，夸张得就像是红灯区妖冶的女郎。这种可怜的"自我牺牲"的言论，只有在真正了不起的人物身上才有说服力。然而，"牺牲自我"来制造动乱，或者用舞弊之法"牺牲自我"爬上权力巅峰的说辞简直令人发指！而有一位真正伟大的人物——尽管他的政见与我的迥然，但同样值得尊敬——他就是加夫列尔·加西亚·莫雷诺。在1861年就职总统时他说："我无法平静，甚至可以说有些为难，似乎是我犯了盲目而轻率的错误，我了解这个职务的艰难之处，而我的能力是那么有限……"

此人与罗卡富埃特一样，我们都知道他做什么、做了多少，他并不冷静、也不崇高，亦不优雅，他是一位强大的历史创造者。就和罗卡富埃特一样，"是一个完完全全的人"。因此，托瓦尔·多诺索先生，当代的历史学研究者、极右翼人士、最高统帅佛朗哥及其长枪党的追随者，善意而公正地评价：

"比森特·罗卡富埃特先生，为统治这个国家准备最为充分的人选，心怀使这个国家富强的热望开始了他的执政生涯，他希望能复兴这个知识和物质水平都低迷不振的国家。他着手开始重建公共教育，执行大规模的机构改革，在机构改革方面只有加西亚·莫雷诺在广度和深度上超越了他。"

厄瓜多尔这个民族不要求也不接受为了民众而牺牲得来不易的平静。曾有一段时间，这片土地上存在过"自我牺牲"的机制：塔马约总统的时期。在那个虚伪的时代，人人都"自我牺牲"。总统本人的确做到了自我牺牲——这是唯一真实的牺牲案例，他用他的尊严和清贫证明了这一点。部长们"自我牺牲"，政局的最不稳定因素也在"自我牺牲"……在部委的前厅，能看到成百上千的人排长队，宁愿日日苦等，也要求得一个"自我牺牲"的机会，比如总督、书记员、门卫……最重要的是，之所以"自我牺牲"，是因为不"牺牲"的人就没有"荣誉"。

但是，我们必须明白：如果接受一个公职是自我牺牲，或者是他们所谓的自我牺牲的话，如果不以充分的热情和凯泽林①式的愿望承担这份公职，不将他们的爱投射到这个职位上的话，他们的行为肯定是毫无效用的。他们的政绩也会是反民众的。

只有满怀行动的热情和创造的炽热之心才能将事情做好。如果一个人将要承担某一个公职，就该倾尽全力，毫不逃避地全身心地奉献给这个事业——哪怕是会危害到他的个人利益。这样的一个人，享受了极大的荣耀，就应该尽全力完成他的工作，倾尽全力，还必须果决而廉洁。

罗卡富埃特，他没有自我牺牲，他做的只是服务。在为这片土地服务的时候，他从没有一丝一毫的追求优雅和冷静的想法。他是个完美的厄瓜多尔治理者——精力充沛、有教养、重荣誉并且思想进步。卸任公职时，他在他的讲话中这样回忆：被围绕在"那些满怀敬重之情和仁爱观念的厄瓜多尔人身边，他们知道珍惜和平、法制和知识"。

---

①凯泽林伯爵（Hermann Graf Keyserling，1880—1946），德国哲学家，首位提出"领袖原则"的人，该原则的一个方面是要求领导者对自己管辖的领域负完全的责任。

对于厄瓜多尔，对于整个美洲，罗卡富埃特就是信心的来源。不管是南部的萨米恩托①，还是我们当地的这位文明人，都给我们带来了取得新力量的巨大希望。他们向我们证实了成为文明的、公正的、自由的美洲人是有可能的。

译者：郭漪娜

---

① 多明戈·福斯蒂诺·萨米恩托（Domingo Faustino Sarmiento，1811—1888），阿根廷总统，共济会会员，政治家、作家、教育家、社会学家。

05 关于加夫列尔·加西亚·莫雷诺：厄瓜多尔主义的塑造、稳固和界定

当豪夺和武力正在摧毁信誉、当暴力倾轧法制的时候，所需要的是热情，是对祖国的热爱……

——加夫列尔·加西亚·莫雷诺

正如题中所述，厄瓜多尔主义是由加西亚·莫雷诺勾勒出来的。厄瓜多尔主义包含国家、精神、政治等方面，也是人文的、唯物的概念。厄瓜多尔共和国的界定——虽然至今在领土乃至其他任何一个方面都不甚清晰——都是由这位厄瓜多尔人开启的，而他至今还未能得到一个最终的评价。厄瓜多尔的界定可以塑造、稳固、个性化这个国家。可惜的是，厄瓜多尔主义正日复一日地被政府的庸庸碌碌所钳制，我们正在渐渐失去它。这种国家个性由罗卡富埃特宣之于众，由加西亚·莫雷诺塑造加固，再由贝特米利亚曲解，最后由阿尔法罗激化发展，尽管这种发展有时误入歧途，但总体而言是进步的。

加西亚·莫雷诺是一位出众的人物，绝对是厄瓜多尔共和制的历史上最出众的。我们可以从他身上看到，这个人物是他所处时代的核心人物和主导者，我们也应该尽力去理解这个时代的人文氛围和特色，在厄瓜多尔日常生活的方方面面寻找加西亚主义和反加西亚主义的信息。

尽管有卡莱尔和尼采，尽管还有法西斯冷血独裁者的崇拜者存在，我不相信个人的力量可以决定某些历史时期的形成。是时代决定和左右人，人才是时代的产物。只有远离了那个时代，换个视角旁观，才能在已经写成的（也可能是全部的）历史中，看清那个时代和时代里的人。

反叛加西亚的力量不仅反对独裁，也反对颇有成效的财政方面，这是一次

"纯粹的反叛"。不是针对财政的腐败，不是针对管理的失职，也不是针对非法手段或者是哪怕最轻微的裙带关系——这一点在后来的日子里让我们深受其害。加西亚的反叛者——不屈不挠、毫不通融——他们完全是反对独裁制度和这个独裁者。

"独裁者"这个词可怕却很有分量，和其他很多词语一样，我们将之用于贬低和诋毁加西亚·莫雷诺。而这个人却秉持坚定不移的道德观念和宗教信仰，投身于匡正祖国的事业中。加西亚·莫雷诺，一个拥有超越法律的道德观念，超越教会的宗教信仰的人；一个希望能以自由为代价，强制提高国民生活水平的人；一个投身治理天性难驯、多疑多虑的民族的人。

加西亚·莫雷诺是天生的、本质上的独裁者。这在他重塑这个国家的措施中表现得很明显。为了展示厄瓜多尔真实的民族个性，他创立了坚韧的独裁制度，针对这个制度而展现出的最突出的厄瓜多尔精神是反叛。

加西亚·莫雷诺的对立面是蒙塔尔沃，他在行为和态度上都和加西亚背道而驰。罗伯特·阿格拉蒙特[①]认为："蒙塔尔沃是一位心理复杂的理想主义者，也是个纯粹的道德家。而加西亚则是心理复杂的暴君和狂热分子。"

蒙塔尔沃是国内反叛势力中最大的呐喊者，加西亚的存在才能彰显他辩论者的实力。蒙塔尔沃面对加西亚·莫雷诺，诠释的是厄瓜多尔主义的一个原始阶段。他深知也一直宣称对手是多么伟大。当有人说他是所有政府的公敌时，他气愤不已："实际上，我这一辈子只和一个人作战，那就是加西亚·莫雷诺……"此外，下面的言论曾带给加西亚·莫雷诺荣耀，也同样颂扬了胡安·蒙塔尔沃："加西亚·莫雷诺！多么伟大的人！没错！多么伟大！生来就注定伟大，但他的天性中却有着向罪恶偏移的力量。他拥有强大的智慧，是睿智的独裁者，性情勇猛，左右逢源，精明却专断，想象力丰富，意志力坚强，是无人能及的征服者。实在可惜！加西亚·莫雷诺本可以成为美洲第一人，他却将他的能力都用于独裁统治和令人发指的镇压反对派的事业中……"

加西亚·莫雷诺和蒙塔尔沃是这片土地上对人文发展起关键性作用的两位人物。但是我认为从他们的人生，从这两位举足轻重的人物身上可以做出唯一的推

---

①罗伯特·阿格拉蒙特（Roberto Agramonte，1904—1995），古巴哲学家、社会学家和政治家，1959年曾任古巴外交部长。

论：将他们两人置于绝对的对立面是一个错误，尤其是从加西亚·莫雷诺的角度来看。就好像七十年后再回看今天，然后说阿道夫·希特勒和托马斯·曼的人生是完全相对的。

加西亚·莫雷诺是独裁者，而且他不仅仅是像路易六世或者腓力二世一样的神权政治家，人们常常将加西亚同他们相比较。加西亚是一个拥有权力的人，而且他的直觉极佳，善于找到实现自己抱负的各方支持力量，让他们为其"权力的意志"服务。在3月6日之前同弗洛雷斯较量合适吗？但他还是不留情面地打击了对方，并最后用言论和文字宣布镇压这个篡位者的必要性。1859到1869年这恐怖的十年间，他认为诱引幸存的独立斗士弗洛雷斯是合理的。因此，他召唤他，将荣耀、头衔和财产归还给弗洛雷斯，并且和这位年迈的委内瑞拉军人一起登上了夸斯普德悲哀而可叹的历史舞台。而那些写给特里尼泰的信呢，他还在信中要求法国的保护？不是什么荣誉保护，而是要将厄瓜多尔置于法国的殖民之下。

"……我不提出（邀请法国成为）荣誉保护国的提议，这无疑是法国的责任……这也符合法国的利益，因为它将成为这个美丽国度的主人，这对她来说不会毫无益处。"加西亚·莫雷诺1859年12月14日写于基多，信用法文写成，收信人为法国贸易负责人特里尼泰。

对于加西亚·莫雷诺来说，蒙塔尔沃不是他的对立面。蒙塔尔沃不是主要反叛阵地巴巴奥约的年轻人。蒙塔尔沃对于加西亚来说，更像是乌尔维纳之于弗洛雷斯。蒙塔尔沃和乌尔维纳只是作为反对者对抗。毫无疑问，蒙塔尔沃宣传册上那些热切的骇人听闻的言论，比如"永不落幕的独裁专制"，在渐渐侵蚀专制的权力。毫无疑问，安德拉德、蒙卡约、奥古斯都那些阴谋者也都这样宣称，他们都在构筑阴谋，都被高喊的口号冲昏了头脑……但是对于加西亚这个自大狂来说，这些反对派的言论不过是一种衬托，尽管会让人觉得很讨厌很碍事。因此虽然加西亚自认为是像尼禄和希特勒这样的顶级专制者，他还是和蒙塔尔沃抢占言论的高地。加西亚在这方面作有《致世界主义蠢驴》以及《致从感性之旅疲惫归来的胡安》两首著名诗篇，后者以这样一句粗鲁的语句结尾："他四肢着地，爬着回到自己的土地——尽管双脚站着离开，最后还是四肢着地、匍匐着回来了"。

这个碍事的家伙最后让加西亚不耐烦了，于是他采取了所有南美独夫都会采用的方式——流放。所有反对派的参与者一直无法摆脱这种武器。

世人很想冷眼旁观地去评价加西亚专制政府，拿他和腓力二世对比也是老调重弹了。他是"西班牙王宫冷淡的君主"，但对于厄瓜多尔来说，却没有比加西亚时代更加热烈而充满热情的时代了，这种氛围不仅在政府可怕的行动上有所体现，也在反对派英雄主义的行动中有所表现。

在少数的天主教、世界主义的人物中，西班牙国王腓力二世是离我们的热带独裁者最遥远的一位。首先，是因为他所处政治时代。从历史角度来看，在西班牙世界范围的强大帝国建成之后，正好由他接手了这个开始衰败的帝国。他在所参加葬礼上的演讲并没有什么新鲜内容，重复了他父亲西方君主卡洛斯五世演说的第二个段落，黑暗而衰微。相反，加西亚·莫雷诺希望用自己的方式，短时间地修复冷漠无情、不连贯而且千疮百孔的政治局面。这个局面由弗洛雷斯造就，道德败坏，政府腐朽，在独立的过程中大家都想用剥削和劫掠的方式大捞一笔。

从西班牙国王腓力二世身上，我们看到的是"族群末日"的病态和疲态，看到的是扭曲而冷漠的政府系统，看到的是几乎愚忠的风潮。从他父亲开始，人民就对统治阶级充满不信任。他下达的命令只会将人民带向毁灭，一旦反抗就是强行镇压，毫无人性。他的治国之策缺乏实际操作的执行者。他热爱烦琐的手续，是其始作俑者。

从加西亚·莫雷诺身上，我们能看到坚定的利己主义、狂热的反叛精神，这些都促使他在获得权力之前进行各种各样的阴谋活动。此外我们还能看到他对冒险的热衷，还有对建设的热望和能力。

如果不考虑天主教，几乎无法理解腓力二世。天主教是这个最强大帝国的有效武器，尤其是严酷的宗教审判所。相反，我们不难想象加西亚·莫雷诺参与自由主义的事业，参与自下而上的政治犯罪，参与牺牲和英雄主义的事业。在大热带地区，狂热的政客会建议使用"布鲁图的匕首"来对付弗洛雷斯，构建严厉的独裁制度，他们很可能会在狂热中丧失宽容的品德。

对于腓力二世而言，最重要的是内容和目的的价值。对于加西亚来说，最核心的是态度，是一种无处排解的狂热力量、权力、统治欲和做派。从历史角度看，这些只有和天主教会一同才能被理解。他正是历史伟大的演员。但如果他是站在历史对立面的人呢，谁知道……

我原本试图书写加西亚·莫雷诺的生平。我认为他的一生是我们历史上影响最深远、最现实和最有戏剧性的。同样，我认为要想在这封信中对他妄加评论是不妥的。这个人物太过复杂、太出人意料。

我能做定论的是，在回溯独裁前后厄瓜多尔的历史时，尤其是独裁之后的历史时，在思考那些全是坏事、几乎没有什么像加夫列尔先生达成的积极成就的时代时，在检视有过独裁者、懦夫、伪君子、小人、道德败坏者的时代时，不可隐藏的是——尽管对于独裁有不少指责——对这个时代情感上的尊敬。这个时代使得厄瓜多尔人民的态度变得积极起来，使得我们的政治斗争有了更多的热情和信仰，这个时代也开启了国家的塑造和界定，也发现和确定了厄瓜多尔的民族特性。这个时代显露了我们祖国政治和人文的真实氛围。为了反对加西亚·莫雷诺狂热而纯粹的专制，这个时代出现了蒙塔尔沃这样充满热情的伟大人物，以及其他坚定的年轻的和高尚的，类似奥古斯都谋士般的人物。这个时代是一个新的篇章，就好像罗马帝国晚年布鲁图的谋划。

译者：郭漪娜

06 祖国危难之时

> 1941年7月5日，当祖国被入侵之时，厄瓜多尔举国都如英雄一般自发抵抗外敌。但是……

我回顾祖国人文发展的过程需要暂停一下，我要在此仔细回顾一下本国最美最真实的行动，在危难之时，人民表现出的英雄主义。

举国的英雄行为就好像聋人梦想的交响乐一样美妙，每一个音阶都是如此。天真的孩童向祖国献上自己的玩具，年长者心怀悲伤，因为无法亲手提枪对抗入侵者的恶行而痛苦不已。年轻人的呐喊，母亲的泪水，挑衅者的吼叫，高举的匕首，还有果断决绝的、准备前赴后继地不断抗争的民众。然而，尽管我们深深热爱着我们的国家，我们依然希望她能在正义和尊严中得到和平。

首都基多是气氛最高涨、情绪最沸腾的地方。街道上人山人海，这些日子完全被沸腾的民众所震动。所有的党派摒弃嫌隙，所有社会思潮和政治分歧都搁置差异。整个厄瓜多尔都处于热望中，他们聚集在政府机构，并通过这些机构向祖国传递自己的援助和毫无保留的奉献。

首都和全国每一个角落的主要城市都听到了振聋发聩的声音，它惊醒了这个充满希望的民族，他们决不接受对他们尊严的伤害、对他们自由的攻击，也不接受国际强盗在自家土地上的暴行。世界历史之路上的古老行道者——敏感多疑和沙文主义幻景的模糊交集——我觉得他们可以证实，我在很多民众的身上看到了巨大的痛苦、强烈的英雄主义和众志成城的志气。但是在这些日子里，国家给我们的是深刻的、超越人性的、先于人性的国家的呐喊，我们这片土地的呐喊，我不知道我们的血液沸腾到了何等的高温，也不知道我们的喊声高到了何等的地步……

而我们的热血对厄瓜多尔的震动同样也包含着反思。正是在那些最热烈的民族身上，我们看到了对人类思考最深刻的时刻。现在到了进行建设性思考的时刻了，到了诠释我们民众巨大呼声的时刻了，到了理解厄瓜多尔人民刚刚积累的经验的时刻了。

我们可以这样总结这次经验：

第一，我们的民族，我们的国家时刻准备好了牺牲自我，在危难时响应祖国的召唤。准备好了回击对国家尊严的倾轧，用生命反抗。

第二，这个民族用事实证明了，当明白为了拯救国家必须团结协作的时候，他们有能力忘记伤痛、忘记蔑视、忘记耻辱。

第三，我们这个民族已经付出了我们所拥有的一切，生活、食物、子女……

这一次紧急的事件体现出了人民的责任感，这责任感相互传播，不仅仅是洪亮的言论，无数的演说。这种传播就好像一石激起千层浪，或者是赋格音乐里应和的多个旋律相互交织、相互凸显。

维克多·雨果在英国上议院时宣称：

> 各位先生，人性是存在的。

在祖国经历苦难和痛苦的时候，正是厄瓜多尔的民众提醒了身处高位的他们：

> 各位先生，我存在。

现在我们都知道，为了祖国，为了自由，为了正义不畏牺牲、不怕杀生的厄瓜多尔民众是存在的。我们可以信赖他们，可以信赖他们接手最高的领导权，保卫祖国……不仅仅是自由者，保守派和社会主义者也显示出他们愿意毫无保留奉献的愿望。在骚动的人山人海，情绪都郁结在喉头，他们都想用咒骂和哭喊来宣泄自己，不仅仅是持有某一党派党员证的政治特权阶层展现了这样的情绪，而是所有人。

1941年7月9日[①]，这片土地上的人民再一次在世界面前展现出了他们的信仰，证明了自己的存在，为自己正名。如今，不管是谁，不管他地位多高，都不

[①]1941年7月，厄瓜多尔和秘鲁间爆发了武装冲突，厄瓜多尔战败，损失大片领土。

可以忽视民众的存在了，他可以依赖群众建设国家。维护和平是一件值得珍惜的事，因为没有民众就什么都办不成；而当和平无法得到保障，就必须依靠民众进行有效的反抗。这种反抗最终应该由民众完成。当民众献出他们全部的家当，乃至他们的生命，他们就不是为了争名逐利才如此。这是悲剧中唯一的真相。

　　厄瓜多尔民众不希望总是被认为是懦弱的民族或者是毫无抵抗的民族。但很不幸的是，现在这些形容词正用在他们身上。他们知道，因为年复一年，他们都背负着贫困，国家收取了沉重的赋税来支持国防。这些赋税是他们结婚时需要考虑的因素，是儿女出生时需要担心的因素，是寻求正义时需要犹豫的因素，是给远方亲人写的信中常出现的话题。民众希望这些年头的付出，可以在国家危难时刻换来一杆有用处的枪，所以最重要的是政府的诚实正直。毕竟，政治狂欢的结尾不应该是预算狂欢的开始，不应该是贪腐狂欢的开始。但一旦看到正直，人们就会一直慷慨地施予他们信任……

　　厄瓜多尔群众，这个奉献一切的群体，不希望被欺瞒，他们希望看到周遭发生的一切，比如共济会会议上说什么、三K党有什么秘密。民众能感受到秘密组织没有任何用处，而且他们也已经证明了这一点。民众可以猜测到在秘密背后，一定有不可告人的或者模糊不清的事情发生。因为这就是欺骗，从来都是。这些"敏感的小事"就只存在于窃窃私语中，是只有前沿的少数精英才能进入的阿里巴巴闪闪发光的山洞，但是这些都瞒着最深切的利益相关方：民众。只有强抢和豪夺，劫掠和匪徒的行为才会被藏在黑暗中，才会缥缈在同谋者的窃窃私语中。意大利领导者波拿巴、俄罗斯叶卡捷琳娜，以及后来的墨索里尼还有可怕的希特勒、强盗帮派的首领、现代的"魔鬼猴"①——只有这样的人才会在暗处筹备自己的攻势。但是我们被正义照亮，我们可以继续这场悲喜剧。他们可以山寨欧洲的小费制度、哲学家、女士的帽子和科技，但是不能学习他们的外交政策和战争欲。从历史上来看，秘密的外交政策一般都是战争的前奏。

　　厄瓜多尔人希望政府能打开他们的窗户，希望阳光和空气可以进入政府，清洁一下里面的环境。厄瓜多尔人民希望祖国能对他们打开大门，不要把他们拒之门外。

　　这个在民众面前的大门，不仅仅是进行听证、发表演说的地方，前者之前从未

---

①法国占领意大利那不勒斯时反抗小头目的别称。被大仲马收入其小说，并被称为"游击队长"。

实现，后者民众也只能作为听众参与，更应该是讲实话的地方，哪怕忠言逆耳。对"糖衣炮弹"的战争，就像我们在第一封信中说的那样。那些最刺耳的真相，不一定都会引向最坏的结果。几乎都是这样，坚实的地基才能筑就高楼大厦。世界上所有的政府都需要坚实的地基，尤其是在特殊的时期，比如，温斯顿·丘吉尔在英国历史上最大的灾难中倾听那些对他言语尖刻的人，并改变了方法，调整了系统和人员配置。丘吉尔先生倾听并且接纳反对派的建议，并不以此为耻。安东尼·艾登同样如此，他曾是这个帝国最优雅的人。

　　积年的错误沉重地拖累着我们现在生活的国度。如果说现在的掌权者会使我们的社会再次陷入困境，那不公平，至少不完全公平。因为如今的很多人都不是当时的那些了，过去的失误是一个分量很大的责任。但是可以明确的是，民众急切而纯粹的叩门，毫无政治野心的叩门，现在的厄瓜多尔人民的叩门，都是在提醒当权者调整政策的急切性。之前的政府可能会以听不到民众的意愿为借口，但是从1910年直到今天，民众的声音一直是如此的洪亮，如此的一致。

　　不听这个声音，坚持有错不改，紧闭大门，意味着接受过往的所有错误，承袭悲剧的结局。我们不相信有任何一个人的肩膀可以承受得了这样的重量。

　　厄瓜多尔人民要寻找他们的信心。群体的信心——只要不是从源头上就被污染的信心——可以帮助他们重新收获诚实正义、光明磊落和清明廉洁，可以重新找到全国协同合作的热切愿望。信心还可以重新打破封闭的锁链。

　　我的先生们，人性是存在的。

　　先生们，厄瓜多尔民众是存在的。这个事实，这个巨大的事实，会成为强大基石，帮助组织切实有效的胜利的抗争。人民都站起来了，准备好了牺牲一切，准备好了拯救祖国。请把真相交给他们，把信任交给他们。在这个时刻，从这个时刻开始，给他们武器。

　　这封信发表于1941年7月14日，当时厄瓜多尔人民在当月的9日开始，在全国范围内奋起反抗，自发向政府献出所有，不在乎政治和宗教立场，只为保卫自己的祖国。

译者：郭潇娜

07 关于厄瓜多尔民族性的第二阶段：埃洛伊·阿尔法罗[①]

自由不是求来的，要把它当作集体的共有内在特质，进而去追寻它。

——埃洛伊·阿尔法罗

在加西亚—蒙塔尔沃时代，人们十分看重厄瓜多尔民族性，可紧随其后的是一个相对混乱的时期。对国民性的认同过程停止了，而民主化的进程也陷入了停滞。10月2日，基多人民表现出了推翻萨拉查家族残暴统治的决心，那是我国历史上最高效且美好的民主运动之一，博雷罗在之后表示自己会参加选举。自由主义为它所犯下的严重错误付出了高昂的代价，可它的追随者依旧想坚持那一路线。不过并不是所有人都想继续贯彻加西亚·莫雷诺提出的发展路线……

博雷罗遭到贝特米利亚的背叛，最终失败了，这中间充满了卑鄙无耻的行径，只有六十年后帕埃斯的独裁统治才可与之相提并论。那段时期国内乌烟瘴气，厄瓜多尔的民族性被人们抛到了脑后。

厄瓜多尔的历史进程让人很难判断这个国家的病症。罗多[②]管我们的国家叫"患病的民族"，阿尔西德斯·阿格达斯[③]曾在他那本描写玻利维亚黑暗政治的书里用过这个称呼，而那位乌拉圭作家后来又用了另一种叫法——"婴儿式民族"……

我对自己说，罗多的说法可能是有道理的，回顾我们国家的历史，例如贝特米利亚的那段历史，就会发现我们的国家确实像阿格达斯书里描写的那样无药可救：我们患了重病，就快要死去了。不过要是单纯从乐观的角度来看的话，那么倒不如接受罗多的说法，承认我们是"婴儿式民族"，这样的话可能反而会生出

---

①埃洛伊·阿尔法罗（Eloy Alfaro，1842—1912），厄瓜多尔政治家，早年参加反对莫雷诺独裁统治的斗争，后被迫流亡巴拿马，经商并参加反对历届独裁政府的斗争。曾在1895—1901及1906—1911年两度当选厄瓜多尔总统。
②何塞·恩里克·罗多（José Enrique Rodó，1871—1917），乌拉圭作家、散文家、文学评论家以及思想家。
③阿尔西德斯·阿格达斯（Alcides Arguedas，1879—1946），玻利维亚作家。

一些希望。因为在婴儿时期人们总会犯错，甚至很多时候会退步，但这并不会影响我们继续成长。婴儿也都会患病，有的病都不用到外面找医生看，只要家里有个好妈妈就能治愈了。

继续按照罗多的标准来分析，贝特米利亚时期就像是我们在婴儿阶段患的病，帕埃斯时期则像肠胃病，而现在的我们不仅难以发声，还噩梦连连。

贝特米利亚之后是卡马尼奥，那是一段乏味的时期，在社会和政治方面都是如此，这一点就和现在一样。卡马尼奥就像是第二个弗洛雷斯，和普埃尔托·卡维略与卡鲁帕诺完全不同，和科尔德罗就更不沾边了。无论是在国内政策方面还是国外政策方面都犯了很多错误，这可能不是因为总统的个人原因，那位总统很有文化，同时是个很保守的人，这事已成定论了。那时的政策没有方向性，也没有延续性，政府没有履行好自己的职责，这使得厄瓜多尔在许多年里都表现得有些迷失方向。

后来，阿尔法罗一次又一次猛烈地敲击着权力的大门。

公众越来越相信是保守主义造成了国家的衰落和失信，科尔德罗政府面临着巨大的危机。厄瓜多尔的民族性和本土性驱使人们反对无能的政府，因为政府没有行动力，政策无序，对公众的态度也很模糊……人们反对这样的政府，想要在经济上找到出路，大家心里都想着要在政治上做出变革。

需要把态度转变为行动。不能只有表态，要让这个国家中的印第安人和混血种人和谐相处。之前的执政者似乎只知道在基多的街头散步，而没有解决过任何实质问题。民众意识到自己被欺骗了太久，他们需要有人展现出态度，但同时也要感受到民族的特性，例如英雄气息和高效的执行力等。

那个被期待了如此之久的人物终于出现了。他就像是从最不可思议的战争传说中走出来的人物一般，要用最具生命力的词汇才能描述他的故事，他和年青一代的关系也很好，是本民族自由事业的忠诚战士。

带来这种新"态度"的人就是阿尔法罗，后来他的名字在我们国家的人文历史上就有了特殊的意义。那时所有人都觉得"蒙塔尔沃的话语找到了最佳的践行者"。不，实际上阿尔法罗能做更多事情，厄瓜多尔的民族性再一次闪耀着光芒……

1895年6月5日①和1845年3月6日一样，对厄瓜多尔民族性的构建具有重要意义。这个国家在历史上已经走过了太多弯路。厄瓜多尔要求——如今它依然有这样的要求——确认自身的民族性，在政治、社会，尤其经济方面都是如此。国家要求进步、闪光点和荣誉感。在那之前国家前进的步伐很缓慢。如果说3月6日对于弗洛雷斯的对外政策而言具有重要价值的话，那么6月5日就代表着对全民族的鼓舞。民族性被激发了出来，人们已经不甘继续堕落下去了，他们对执政者最大的不满是他抛弃了这种国家民族性。

阿尔法罗出现之后，厄瓜多尔的民族性被激发了出来。1895年的变革最初是雅各宾式的，带有类似宗教的性质，在发展过程中才慢慢发生了改变，所有的变革似乎都是这样的。

不幸的是，思想上的局限性限制了6月革命的发展，使它向着单一的方向发展下去，后来还陷入了宗教问题的泥淖中去，在政治和社会方面都出现了问题，因为那时变革还没有积蓄足够的群众基础。和其他发生在厄瓜多尔的变革尝试一样，厄瓜多尔的失败之处就在于对自身特性的遗忘，而只顾模仿外国模式。在那时，厄瓜多尔的雅各宾派盲目地模仿法国历史上最暗淡的时刻：瓦尔德克·卢梭时期的法国。

相反，阿尔法罗和他的同伴们相信民族性。因此，尽管并没有取得巨大的成功，但阿尔法罗还是让厄瓜多尔在文明的道路上前进了一步。为了解决这个国家的基本问题，他采取了两种方法，一是引入外国教师进行教育培训，尤其是军事和艺术方面；二是为厄瓜多尔人提供奖学金，派他们出国学习国家需要的技术。

阿尔法罗看重民族性，他修建铁路和公路，把厄瓜多尔各个村镇连接了起来。在这方面，阿尔法罗和加西亚很像。加西亚·莫雷诺懂得认清局势，在财政方面很有一套，因而得到了许多资源。阿尔法罗接过了担子，把前辈们未能完成的建设任务做完了。哪怕是那些难度很大的项目，例如加西亚·莫雷诺开启的从瓜亚基尔到基多的铁路。

阿尔法罗政府很强势，有时甚至会表现得有些专制。为了在厄瓜多尔推行自

---

①1895年6月5日，厄瓜多尔发生了由埃洛伊·阿尔法罗将军领导的自由革命，这是一个始于瓜亚基尔市的政治和经济变革进程。当时各地方对政府不满，大部分沿海地区的"自由主义者"与来自山区的"保守者"之间的冲突，导致加西亚·莫雷诺继任政府被推翻，爆发了一场全国内战。1895年6月5日，瓜亚基尔宣布自由革命，阿尔法罗成为共和国的统治者。

由主义，他限制了许多基本自由，例如关闭诸多报社等。1911年，阿尔法罗统治结束。8月11日发生了群众运动。从那时起到次年的1月28日，厄瓜多尔又坠入了深渊之中。各方力量争权夺势，公民道德也在崩坏。

阿尔法罗主义和加西亚主义一样，都强调厄瓜多尔的民族性。期间曾爆发过一些抗议运动，那时爱国主义情绪高涨，尤其是在1910年和秘鲁发生领土争端的时候。[1]

那时国家领袖同时拥有军队的领导权。领袖战士般的声音响彻整片大陆，给厄瓜多尔民族带来了胜利，全国人民热情高涨。他的声音让我们想起了冈萨雷斯·苏亚雷斯的声音……在那个时期，人们不对侵略我们的行为轻言妥协。那时的厄瓜多尔民族和今日一样，和一直以来一样，光荣地完成了自己的使命。那是我们国家的历史上第二次民族性展现光辉的时刻。

我们希望民族性第三次展现光辉的那一刻早日到来。

译者：侯健

---

[1]1910年，秘鲁与厄瓜多尔之间的紧张局势是在秘鲁与厄瓜多尔边界冲突的背景下发生的，当时西班牙国王即将对这一冲突做出仲裁。厄瓜多尔新闻界报道说，这一判决将对厄瓜多尔的利益不利，在该国掀起了反秘鲁抗议浪潮。

08 关于从韦拉斯科到抒情诗人、书册作者、历史学家冈萨雷斯·苏亚雷斯的文学创作风格

我们国家的文学是从韦拉斯科神父的《基多王国史》开始的。我曾经这样说过，现在我想再重复一次：韦拉斯科除了是我国第一位历史学家之外，还是我国第一位小说家。要明白小说是史诗在现代社会的替代品。在建国之初，基多的《西里斯一家的传说》是我国英雄神话故事的开始。它的意义就像《熙德之歌》之于西班牙人，《罗兰之歌》之于法国人，《尼伯龙根之歌》之于德国人。

那些啃咬档案的书虫对于我们这样一个年轻民族而言实在是最难以解释的昆虫了，它们想毁掉那则传说。西班牙人想证明西里斯家族①的传说完全是假的，还想让我们相信韦拉斯科神父是个肮脏的"坏人"。幸运的是，他们的诡计在传说神秘的力量面前压根就没起作用。

我不想，也无法用这篇文章来详细分析我们国家的文学史。大概我们以后会尝试这样做。今天我们只会对我们国家最优秀的文学作品的创作风格做一定的解读。我们会提到几个最伟大的文学家的名字，来有效回答下面这个问题：直到今日，厄瓜多尔文化最主要的创作风格是什么？

第一个时期，也就是殖民时期和共和国时期，我们可以认为那时只出现了一些模仿性作品。很不幸，模仿的对象是那时的西班牙文学，但其实那时的西班牙文学也正处于黄金世纪后的低谷期。我们的诗人，例如维埃斯卡、奥罗斯科、乌亚尤里甚至胡安·B.阿吉雷神父本人，都是贡戈拉主义诗人的模仿者，或者更糟，是意大利化的西班牙诗人的模仿者。

共和国时期，随着埃斯佩霍和奥尔梅多的作品的出现，厄瓜多尔的文学才算真正开始。从那时起，我们才能说厄瓜多尔有了自己的文学，到了我们这个世

---

①传说基多王国建立后，该王国的国王被称为西里斯。

纪，最流行的文体是抒情诗、各种形式的书册和严肃的历史研究作品。

前两种文体的创作风格是很"厄瓜多尔化"的。无论是抒情诗还是书册，都不能显得"冰冷"。而历史类图书则刚好相反，它们坚持一种"冷酷"的风格，否定一切激情。但那冰冷的历史只意味着一种客观关系，追求如实反映事件和日期，这种文体没有什么科学标准，当然也没有文学标准。只是一种临摹性的调查，但是否如实展现了历史就不好说了——天才诗人希罗多德富有激情，是历史研究之父，所有的诗人都不冰冷。还有伟大的塔西佗，维尔曼曾说："他是最伟大的历史学家，因为他最正直、最富有激情，他就像是个法官，又像是证人，满怀热情地记录下所有东西。" 不过如果把历史看作散发着激情的人类事件的话，鲜活的历史文本出现也就意味着伟大作家的出现，这个人就是米什莱。和他属于同一类型的作家还有日耳曼人莫姆森，他对罗马史十分了解，还有瑟诺博斯，他是位通过文明进程而非战争来研究人类的历史学家。

厄瓜多尔抒情诗从西班牙的影响里走了出来，选择了新的表现形式。不过就算是在这一领域中也有不同类型的诗人，例如玻利瓦尔的崇拜者何塞·华金·德·奥尔梅多就是其中之一。

至于书册，则是厄瓜多尔文学比较独特的一种表达形式，流行于共和国时期至20世纪20年代。书册作家埃斯佩霍参加过独立战争。所谓的书册作家基本都和《自由利马人》有关。最有名的书册作家恐怕得算是我们这个时代最伟大、最"厄瓜多尔化"的政治家加西亚·莫雷诺。还有蒙塔尔沃，可能是最好的作家之一。罗贝托·安德拉德、蒙卡约等也都是书册作家。到了我们这个时代，依然存在书册作家，例如把媒体变成国家权力工具的记者曼努埃尔·J.卡耶。

我们在激情和烈火中看出了文学中的人性。在埃斯佩霍周围，尽是些意大利抒情诗的模仿者，他们模仿外国文学，却忽略了厄瓜多尔本土的元素。在奥尔梅多周围，这都是些模仿欧洲浪漫主义的文人。尤其要说的是蒙塔尔沃周围，全都是些刻意追求修辞和语法的人，平庸的文学家很多。再说远一点，在冈萨雷斯·苏亚雷斯周围，则多是些严肃的历史学家，讲求行文的准确性，但是他们却不懂得利用信息，没能力对它们进行解读。

在民族主义思想达到顶峰之时，我们知识分子界对厄瓜多尔性的重视程度也到了制高点，也就是"厄瓜多尔民族性"阶段。冈萨雷斯·苏亚雷斯就是一个毕生信奉爱国主义的人，总是热情满满地探寻真理。他的思想在数十年的历史中都闪耀着光芒，他的思想满是激情，已经不能被看作单纯的想法或是声音，是具有行动力的。我们可以说他是个言出必践的人。与此同时，他还撰写民族史，以公民的身份参与公共生活，有时他是牧师，有时又是历史学家。加西亚·莫雷诺的悼词、致主教的信、《厄瓜多尔史》第四卷……他突出表现了厄瓜多尔的民族性。

至于我们在文章开始提出的那个问题的答案，就交给这些伟大的文学家来作答吧。他们创作出了展现这方土地的文学作品，他们是美洲大陆杰出的作家，厄瓜多尔民族性在他们身上得到了最好的体现，例如埃斯佩霍、奥尔梅多、蒙卡约、索拉诺、蒙塔尔沃、卡耶、冈萨雷斯·苏亚雷斯。

在下一封信里，我们再来聊聊之后一代厄瓜多尔作家的情况。

译者：侯健

09 关于新的文学潮流

扭断长满迷惑人心的羽毛的天鹅的脖子。

——恩里克·冈萨雷斯·马丁内斯[1]

厄瓜多尔文学接触现代主义文学的时间有些晚，现代主义的领军人物鲁文·达里奥[2]和我们的关联很小，他的文学主张和厄瓜多尔的环境与人契合度低。但他在文学上取得的成就，丰富了我们语言的表达方式，卸下了西班牙人套在我们身上的枷锁。从这个意义上看，现代主义值得我们歌颂。在基多有一份《文字》杂志，主办者是具有进步批判精神的伊萨克·J.巴雷拉；在瓜亚基尔我们有《文学电报》，主编是马努埃尔·爱德华多·卡斯蒂略，《复兴》杂志则是由法尔科尼·比利亚戈麦斯、席尔瓦、艾佳斯和文塞斯劳·巴列哈负责的。

在现代厄瓜多尔文学中成就最大的文体是抒情诗。厄瓜多尔抒情诗创作虽然有点缺乏系统性，但是辞藻细腻，其中还蕴含着丰富的文化，很美洲化，或者说很厄瓜多尔化。他们遵从了伟大的冈萨雷斯·马丁内斯的建议："扭断长满迷惑人心的羽毛的天鹅的脖子"，这些诗人是豪尔赫·卡雷拉·安德拉德、贡萨洛·埃斯库德罗、米格尔·安赫尔·莱昂和奥古斯托·阿里亚斯。他们在抒情诗方面展现出了无与伦比的创作才华，而且他们都是扎根于美洲的作家。

埃斯库德罗就曾说过："我们美洲人胸中都藏着一团火焰……"莱昂则写过许多和安第斯山相关的诗歌。阿里亚斯歌颂玛利亚娜·德·赫苏斯[3]——当时厄瓜多尔的神秘之花。卡雷拉则用圣经般的文字描绘了山区印第安人的悲剧，后来他离开了厄瓜多尔，还写下了"埃菲尔铁塔前的厄瓜多尔男子"这样的句子。

---

①恩里克·冈萨雷斯·马丁内斯（Enrique González Martínez，1871—1952），墨西哥诗人，外交官。
②鲁文·达里奥（Rubén Darío，1867—1916），尼加拉瓜著名诗人。人们一般把1888年鲁文·达里奥出版的《兰》作为现代主义在西属美洲兴起的起点。
③玛利亚娜·德·赫苏斯（Mariana de Jesús，1618—1645），厄瓜多尔宗教人士，圣徒。

最近在基多，豪尔赫·雷耶斯是最热门的诗人。他的作品有《关于我土地的三十首诗》和《基多，天空的郊区》，这些书名本身就揭示了它们的主题。在瓜亚基尔，阿贝尔·罗梅罗·卡斯蒂略在诗歌中写了吊床、爱情、英雄传说、屠刀和鲜活的阿尔瓦罗；在罗哈，马努埃尔·阿古斯丁·阿吉雷的诗作最终也回归到了本土主题上。

最新一代的诗人也许有时候被过分夸赞了，不过他们的才华不应该被否定，他们就像是阳光，又像是大地中生出的新芽。

如今的厄瓜多尔文学更具有本土性。之所以如此是因为在第一次世界大战结束之后，人与死亡之间的悲剧性联系使得人们对个体和社会生活都有了新的认识。短篇小说、故事、长篇小说都有了新的发展。因为长篇小说和短篇小说都很擅长反映人类生活的片段。

新的文学时代出现的标志是一本充满阳光和悲剧、表现力和丑闻的书。书的名字叫《离开的人们》，作者是三位在此前默默无名的瓜亚基尔作家，这次却勇于把自己的作品展现在读者面前。

我所提到的勇敢的三剑客是华金·加列戈斯·拉腊、德梅特里奥·阿吉莱拉·玛尔塔和恩里克·吉尔·希尔伯特。这本书出版的时间距现在不远，刚好是二十年前，也就是1928年。这本书的意义就像是维克多·雨果的作品之于浪漫主义一样。胡安·莱昂·梅拉和伦东博士都写不出那样的书来，评论界也没太大反应。首先做出反应的是本雅明·卡里翁，也就是本文的作者。我在欧洲写下了对那本书及其作者们的评论文章，而我当时并没听说过他们。那本书行文流畅自由、具有生命力，这也解释了那本书成功的原因。

我一直坚持认为我们需要找到一种平衡。这种平衡在我们国家今时今日的文学作品中出现了。虽然我说的平衡更适用于社会和政治方面，但《离开的人们》这本书里把一切都展现了出来。

这本书的开始衔接了三位作家写过的其他几个故事，风格和思想具有一致性，和阿尔弗雷多·帕勒哈·蒂斯坎塞科和何塞·德拉·夸德拉①

---

①何塞·德拉·夸德拉（José de la Cuadra，1903/1904—1941），厄瓜多尔作家。

的很像。这五位作家就像是一个小团体，后来以夸德拉的离世为标志而分崩离析了，他是这个团体中最棒的短篇小说家。

他们几个还写了其他一些优秀的作品，丰富了我们国家的文学。吉尔·希尔伯特的《我们的面包》取得了成功，使他跻身这个大陆最好的作家之一，这是"瓜亚基尔作家群"的胜利，也是厄瓜多尔新文学的胜利，是我们所拥有的最棒的作家和作品。

与"瓜亚基尔作家群"几乎同时，在共和国的其他多个地区都出现了厄瓜多尔"新时刻"，主要是在基多和罗哈。

其中最重要的作家就是基多作家豪尔赫·伊卡萨，他的主要作品是《养身地》《在街头》和《乔洛人》，他还写过一些很棒的戏剧及短篇小说。《养身地》表现出了印第安人的痛苦生活，蒙塔尔沃曾经试着写过同样主题的作品，想让全世界都为印第安人哭泣。《养身地》这本小说已经有过许多评论，我在这里就不再对这本最能代表厄瓜多尔的小说发表更多评论了。

翁贝托·萨尔瓦多是另一位伟大的作家，他没有到农村去，他写的是城市，因为城市里有足够的痛苦、不公和悲惨境遇，这些都是很好的文学题材。他的文学作品中也总是带着战斗精神。他的作品很尖锐也很勇敢，没什么能阻碍他如实地描写那些人间惨剧。

还有一位勇敢的印第安文学作家，费尔南多·查韦斯，也就是《妖魔、白银与青铜》的作者。另一位讽刺作家安赫尔·F.罗哈斯也是同类作家。不过那个时期厄瓜多尔作家中作品最具有完整性的作家是巴勃罗·帕拉西奥，他总是提到"思考的痛苦"这样的话。另外，厄瓜多尔民族性在G.翁贝托·马塔身上体现得最为明显，他最有名的作品是《火山在飞驰》，同样的特点在爱德华多·莫拉·莫雷诺、莫斯科索·维加、德斯卡西和埃斯皮多拉·皮诺身上也很明显。

此外还有劳尔·安德拉德，厄瓜多尔民族性在他的作品里也得到了最好的体现，他是永恒的伟大的诗人。

"高雅又严肃"的作家皮奥·哈拉米略·阿尔瓦拉多唤醒了民族责任心。他是个伟大的爱国作家，他冲着耳聋的人狂喊着真相，为人们"思想上的贫瘠"而担忧。他很擅长写文论作品和书册文章，同时还是我们这个时代最伟大的历史学家，当然了，他还不是历史学院的成员，因为他依然健在。

那时我们这片土地上还有所谓的"逃避文学"，或者说逃避现实、劳动和人类的痛苦，这种文学走的是另一条道路：内省、纯诗歌、非人化的幽默。它写出了我们这片土地的冰冷感，但是却写不出那些根源上的东西。

所谓根源上的东西，就是我们的文学应该成为的样子和必须成为的样子。我们再来回顾一下真正厄瓜多尔文学的代表作家：埃斯佩霍、奥尔梅多、蒙塔尔沃、索拉诺和冈萨雷斯·苏亚雷斯，他们的名字至今仍在闪烁着光芒。他们改变了我国文学的传统，把自己的痕迹留在了厄瓜多尔文学的书页之中。

译者：侯健

10 关于祖国的生日

手无寸铁却热情洋溢，在爱国主义和绝望情绪的双重引导下，国家从各个领域中站了起来。

——加夫列尔·加西亚·莫雷诺

家园一片悲戚。早有预谋的盗贼们趁着夜色闯了进来。家主们或是因为沉溺于欢乐或是由于忙于内斗，放松了警惕，没在四面的围墙上安上玻璃碴和带刺的铁丝网……我们的北方姐妹和南方姐妹就住在附近。尽管我们姐妹间各自继承的土地财产的边界还没划清，但我们自己诚实而良善，所以相信她们也是这样的人，因此我们日日安眠，并不担心什么。

和我们走得很近的南方姐妹，在其他姐妹的帮助下，逐渐成为四方姐妹中的掌事者。然而姐妹之间矛盾丛生，争执不断，这也使她的性情发生了改变，由于在日常的拉扯中她总占不到上风，只好转而将所有的精力用于防备。她是一个好姑娘，爱欢闹，但也戒心重并且自负，她铁血的管教方法使得她的子女们默不作声。尽管丰富的矿藏和石油能给她带来丰厚的收入，她还是债台高筑，而她所有的钱财都用在了购买能防御其他姐妹们的致命武器上，也不管这些姐妹们的实力是强大还是屠弱。然而，随着时间的推移，她的姐妹们开始不服管教，与之分庭抗礼，只有最小的、心地纯良、诚实守信的那一位留在了她身边。可是，武器不能一直闲置，喜欢舞刀弄枪的人又掌握了家里的大权，于是7月5日这一天的夜里，一个再寻常不过的夜里，我们的南方姐妹决定闯入沉睡的邻家小妹家里。

所以，到了8月10号这一天，我们的母亲生日的这一天，沐浴着古老荣光和自由的这一天，我们的家园才如此悲戚。

但我们不该因为悲伤而垂头丧气，而应该化悲痛为力量。我们应该抑制咆哮的冲动，平息怒火，将泪水酿成充溢我们内心的苦酒。让我们的血液沁满那些能使我们变得更为强大的毒素吧，然后沉默。之所以如此，是因为咆哮作为一种发泄方式，也意味着能量的散失；因为咆哮只是一种自我的安慰，一种虚假的满足；因为咆哮撼不倒那杀害我们土地上妇幼亲朋的凶徒。

沉默，将一切隐忍于内心。开垦我们的土地，养育我们的人民。把握和利用好这些土地，从中汲取财富。让面包回馈于我们，子弹还击给敌人。让我们寻尽它丰富的石油物藏，这支撑世界的引擎。让我们挖掘出波特沃勒①和马库奇②的金矿，淘出所有亚马孙河支流里的金子，这条大河属于秘鲁，也属于整个美洲。让我们开采我们的土地中的锰矿、铜矿和铁矿吧，如此才能更好地捍卫它。这土地上的人民，原本可以因为这些财富变得富裕和安逸，可如今，为了捍卫祖国，为了能生养和安息，他们正在逐渐变得消瘦、面红耳赤、充满怒气、着了疯魔。

因此，我们的第一要务是要保持沉默。我们应该把舌头嚼碎，吞回肚里去，直到我们找到新的、足以支撑我们话语的力量再开口说话。这些年我们过得不好，失去了这种力量，接下来我们可能需要一年、五年，或者更长的时间，才能重拾说话的权利和自信。现在我们应该保持沉默……

我们过去没有努力使自己变富变强，所以如今形单影只，孤独异常。"大陆精神"是一个多么美丽、多么宽广又多么具有欺骗性的传说。巴拉圭和玻利维亚因血泪的教训终于有所习得。世间唯看利益，不见人心，那些过去以姐妹相称的国家，在我们经受创痛和不公的这一天，全都默不作声，甚至成了帮凶。

上帝也遗弃了我们。那些主教、神父，上帝的代言人们，将最高的赞颂词——神，我赞颂你，诵予了罪行。当妇女和孩子因这些罪行而死去，他们便会念叨："我的上帝，我的耶稣……"

还是西班牙民谣更具现实意义：

  伊斯兰人闯进来了，

---

①波特沃勒（Portovelo），厄瓜多尔南部埃尔奥罗省的一个市。
②马库奇（Macuchi），厄瓜多尔中部科托帕希省普希利市的一个县。

用棍子将我们痛打。

　　每当恶人比好人更多，

　　上帝便站在恶人一旁。

　　我们才不相信教皇的使者说的那些洋溢着爱的话语。当教皇想要我们归顺梵蒂冈，需要我们的支持时，便宣称我们被"上帝偏爱"。可是现在，他在敌邦的土地上，为那个在恶行中取胜的国家主持着感激耶稣的田野弥撒（这个耶稣就是许久以前告诫我们"你们彼此之间要相互爱护"的那个耶稣），给那些屠杀无辜的刽子手们授予教皇勋章。

　　不过我们现有的孤独处境未必就会结出消极的果实，漫漫的历史长河中不只有我们一个例子。谁也不愿意与弱者同行，当然我们也不会幻想着再去同那些已成为过去的国家结盟。这样的事情在1879年拿破仑三世时期的法国发生过，在1936年摩洛哥人、德国人和意大利人联手入侵的西班牙发生过，那时的天主教徒们，尤其是我们厄瓜多尔的天主教徒们还曾拥护叫好；在"障碍跑世界纪录保持者"入侵的埃塞尔比亚也发生过，当时我们的一位专权者也曾支持过此事……弱小的人的确没有同伴，即便是像英国这样的国家，当在战争中败北，上至法国，下到土耳其，所有的国家都抛弃了它。

　　第二要务，无论是统治阶层还是被统治阶层，都应当承认自己的过失。过去当权者总是把一切探讨时局的人当成想要夺权的阴谋家，而被统治阶层又把一切当权者看成天然的敌人或压迫者。当政者要有可信度，才能赢得人民的信任。应当努力营造一种双方相互理解、友好合作且和谐共处的局面。国家应该在道德、智力和精神层面上努力建立和维护自己的声誉，这样才能在国际社会上拥有一席之地。国家内部应当团结统一，依靠自己的力量共同优化我们的国家结构。我们要向仇恨开战，因为它造成了阶层间的敌对和不信任，激化了矛盾和冲突。只有友好合作，才能在爱国主义情绪空前高涨的当下，为我们的子孙后代构建一个光明的未来。

　　第三要务，加强团结。真实坦诚，避免消极或过分乐观。真理具有建设意义，也是爱国主义的最高表现形式。你们看，豪尔赫·巴萨德雷那一类的秘鲁作家，他们很爱国，却从不为秘鲁还未实现真正意义上的统一而感到羞愧。近乎教士的右翼作家维克多·安德烈斯·贝朗德，在他的《国家现实》中也这样认为。

还有伟大的左翼知识分子何塞·卡洛斯·马里亚特吉，在他的著作《关于秘鲁国情的七篇论文》里也做过相关表述。

第四要务，停止自欺欺人。要实现真正意义上的国家统一，我们还有很长的路要走。首先，对洛哈①和埃尔奥罗②这样的边境地带我们不能弃置不顾。这一带交通不畅，通信闭塞，好像被排除在一切国家活动之外。这种局面既令人羞愧又难以解释。地处偏远难道可以成为被弃置不顾的借口吗？若是这样说，通贝斯和皮乌拉③离利马④更远，可也没被遗忘呀。贫穷确实是一个因素，但不是首要的。正是因为缺乏资金的支持、联络条件的不足和对边疆地区的巩固措施不够，这里才会如此贫穷。

此外，我们将山区和沿海地带对立起来的观念也该消除了。这种观念造成了两者间的互不理解、互相仇恨和相互厌弃。而从理性的角度看，两者间的差异使得我国的经济具有明显的互补性，这本应成为推动我们进步的驱动力，助力我们实现国家真正意义上的统一。

第五要务，爱、公正、理解和善意应该成为国家的精神导向。通过强制、限制或暴力手段得来的结果终归是不长久的。我们是一个聪慧、优秀、乐于接受正确指引的民族。不应将这种国民性引向极端，而应该尽量去理解它。环顾历史，我们总是对帮助过我们的人心怀感激。所以现在，也不该走向仇恨和不信任。

如果我们带着深切的信仰连同顽强不屈的精神——落实以上提及的要务，不久之后，我们在美洲的舞台上将更有底气，掌控更多的话语权。而我们这么做只是为了捍卫我们的权利，为了能在自己辽阔的土地上安居乐业。我们将不再祈求而是要求那些虚情假意的国家尊重我们的权利。只有我们自己强大起来，拥有充裕的食品和强大的武力，其他姐妹们才会对我们热情相待。

祖国生日的这一天，家园一片悲戚。作为她的子民，我们每个人都该为她做些什么。

译者：贾雨潇

---

① 洛哈（Loja），厄瓜多尔南部的一个省，西南与秘鲁接壤。
② 埃尔奥罗（El Oro），厄瓜多尔南部的一个省，西北面临太平洋，西南与秘鲁接壤。
③ 皮乌拉（Piura），秘鲁西北部的一个大区。
④ 利马（Lima），秘鲁首都。

11 战败之后：关于民族的天赋

历史滚一边去吧，地理才能说明问题！

——欧亨尼奥·德·奥尔斯

大自然的意外事件造就相应的特殊习俗和行事方式。

——多明戈·福斯蒂诺·萨米恩托

由于内因和外因、历史和现实因素所造成的错误的叠加，战败后，祖国正经历着前所未有的迷惘，但也迎来了一个全新的机遇让我们重新审视"国家意识"。这种意识源于一种严肃的"修正论调"，能让我们重拾信念，重获希望，重新点燃对祖国的爱。

如果我们被政治、金融、管理层的新贵们过去那可怜、可悲又狂妄自大的态度阻断了自身才能和优点的展现，甚至损害了我们原本正直诚实的品格（因为在这一时期，我们终日生活在欺骗当中，欺诈成了我们日常生活的一部分），那我们就更不能放弃构建"垄断的爱国主义"，并让它与那些当权者如影随形。

我们想挣脱囚禁我们的"思想集中营"，但不知道下一步我们将走向何方，也许是另一座堡垒，也许是一场流亡，或许这都不重要。

国内充满忧国忧民情怀、热切想要找寻真相、努力记录现实的文学作品太多了。他们想要通过这种途径为国家找到出路。但这些作品大都偏爱历史，也就是充满数据和日期的纯历史，或许称之为编年史会更为恰当。所以我担心我们的身上会背负太多辉煌抑或沉重的过去，让我们在未来难有立足之地。

历史可以帮助我们理清自己的脉络。一方面，我们拥有阴郁而沉重的道德观，这是西班牙人通过征服的手段，从伊比利亚半岛带给我们的"遗产"；另一方面，我们又带着考古学家才刚刚开始探知的原住民的神秘气质，这主要是玛雅、印加、卡朗基①和蒂亚瓦纳科②文化中一些和天人关系有关的元素遗留给我们的东西。也许西班牙带给我们的雅利安和亚述人的一些特质也遗存到了今天，他们和蒙古人一样，是迁移而来的。穿过白令海峡的东方种族和乘着哥伦布的帆船跨越大西洋的西方人，跨越了半个地球来到我们这里，然后又历经了几个世纪的地球进化史（虽然现在因为飞机和无线电地球变小了），才构成了今日种族大融合的景象。

我们厄瓜多尔人生活在地球的中轴线上。我们就像东方三博士一样，带着世界上不同文化的影子。我们有巴斯克人坚韧和旺盛的生命力、阿拉伯人的想象力、玛雅人的艺术感、加泰罗尼亚人的怀旧情绪、加利西亚人和葡萄牙人的进取心和对于广阔天地的渴望，我们也有着印加人那对大地和太阳的热爱。除此之外，我们还浸润着希腊人和罗马人光明的基底，几乎是忠实地继承了西方文明的特质。

我常会想起欧亨尼奥·德·奥尔斯，这位加泰罗尼亚人虽不友善，但很聪明，他将自己奉献给了被出卖给摩洛哥人、德国人和意大利人的那个倒退的西班牙。他说过"历史滚一边去吧，地理才能说明问题"，这句话常在我的脑海里激荡。

如果要认同这一看起来大胆的表述，我们需将历史按照一种错误的理解和演绎方式来定义，即历史为一个永不谢幕的舞台。舞台上演出的永远是己方的胜利和他人的失败，永远淌着罪行和鲜血。在这部不间断的历史剧里，我们永远以英雄的形象出场，而敌方永远是胆小而可耻的角色。这种方式会使我们对自身产生无所不能的错觉。而从地理的角度来看问题，我们对于现实的理解会更为贴切。这里所说的地理不单指对土地和区域特性的数据掌握，更包括了人文的特征，也就是对生活在某一环境和气候条件下的人的研究。气候和土地是最需要我们关注的两个方面。

从现实意义上来讲，不含一丝假象的历史和地理因素，可以帮助我们发掘本民族的天赋才能和行事喜好。

因为民族也好，个体也罢，总是各负天职。这种天职包括职业和精神两个方

①卡朗基，曾经活跃于厄瓜多尔北部山区一带的文化，大约在1250年左右达到高峰，自14世纪末开始在与印加王国的战争中逐渐走向衰落。
②蒂亚瓦纳科文化，在前哥伦布时期活跃于的的喀喀湖一带，影响范围包括今天的玻利维亚、秘鲁和智利。

面。下面我们举些例子来证明这一点。

以色列是一个由犹太人构成的国家，地处干旱炎热地带，终年烈日炎炎、降水稀少。而到了夜间，气温趋于平静柔和，月色洒落，如梦似幻。所以以色列人对精神世界做出了最美好的阐释，饱含着隐忍、顺从、听天由命和永恒的等待之情。从事业的角度来讲，以色列是个辗转不息的民族。他们永远在路上，没有扎根于某处的意愿，不会和厚重的土地联系在一起，也便不会从事农耕。他们有商人的特质，喜欢从事轻质货物、丝绸、珠宝、地毯等商品的交易，也擅长散播观念或觉悟。他们经手的最轻质的物件大概要数支票和期票了。

希腊是一个位于岔路口上的地域，是精神受地中海澄澈的蓝色所支配的民族，是世界的始与终，拥有人类最宝贵的精神财富。现代希腊将自己定义为日光下最美丽的国度，美丽而孤独。如今的希腊和众人所享的法兰西一样，被一群野蛮人踩躏着。希腊总有一种对外散播的意愿，想将自己的智慧传授与人，《奥德赛》是最高最永恒的象征，希罗多德和荷马是最好的诗人，还有埃斯库罗斯、索福克勒斯和欧里庇得斯，再就是赫拉克利特、苏格拉底、柏拉图、毕达哥拉斯和阿基米德，简直不胜枚举。它们与自己脚下的土地深深联结在一起，传递出了许多饱含真理和美的信息。它们源自人与生活又指向人与生活，所以这些智慧从未被超越，甚至与之相配的都不存在。从职业的角度上讲，希腊为人类贡献了灵动却又饱满的造型艺术——建筑和雕塑。那基座和支柱，仿佛支撑着人与神的家园，而柱头和腰线的工艺使之又具有了柔情和欢愉。这些雕像从人自身的形象出发，既是对神的敬献也是对人的赞美。像希腊神话中的那耳喀索斯一样，人类对自我充满爱恋，因此在造像中毫无忌讳地展现出人的裸体和曲线之美，这种美又被揉进了高贵无瑕的大理石中，冷艳而高贵。

继以色列和希腊之后，在奥斯瓦尔德·斯宾格勒[1]眼里，西班牙为人类的永恒和一致性做出了极为重要的努力。作为天主教近义词的普世教会的主要阵地就在西班牙。依纳爵·罗耀拉[2]将人类的价值投射在征服天堂的努力中。在这种指引下，从弗拉芒到巴勒斯坦，从加迪斯到火地岛，超过三分之一的西班牙人致力

---

[1]奥斯瓦尔德·斯宾格勒（Oswald Spengler, 1880—1936），德国著名历史学家，历史哲学家，历史形态学的开创人。

[2]依纳爵·罗耀拉(Iñigo de Loyola, 1491—1556)，西班牙神学家，耶稣会创始人之一。他在罗马天主教会内进行改革，以对抗马丁·路德等人领导的宗教改革。

于不懈地斗争与征服之中。而宗教裁判所几乎遍布全球，为了将灵魂送入天堂，那里进行着恐怖的判决。先有熙德，后来又有受伊莎贝尔一世资助的哥伦布。这位天主教女王不仅是西班牙的象征，甚至可以说就是西班牙本身。所以从精神领域来说，西班牙是以圣十字若望、亚维拉的德兰、罗耀拉、堂吉诃德和米格尔·德·乌纳穆诺①为代表的神秘主义的形象，是以弗朗西斯科·德·维多利亚和巴托洛梅·德拉斯·卡萨斯为象征的慷慨而人道的历史，也是以熙德、科尔特斯和皮萨罗为标志的无所畏惧的荣耀。从职业角度来说，西班牙是充满绘画和音乐天赋的，是金银镶嵌武器的制作好手（主要集中在托莱多），是陶器烧制的巧匠（以塔拉布拉最为有名），也是橄榄和葡萄的种植专家。

关于民族天赋的问题，我们再举几个邻国的例子，并且这些都是非常清楚且有说明性的例子，如哥伦比亚和墨西哥。哥伦比亚是一个崇尚法规、热爱自由的民族，天生的特质使其适合于热带耕作。而墨西哥是一个追求社会公义的民族，擅长以石头和黏土为材料进行艺术加工，在造型艺术方面颇具天赋。

从历史和地理角度来分析，我觉得厄瓜多尔在精神上是一个深切热爱自由的民族。那些有象征意义的日子，虽然也是对英雄主义的赞颂，但更多地是为了纪念自由或解放，例如8月10日、5月24日②和3月6日，分别对应着一个又一个的历史记忆。而这片土地上的人民，除加西亚·莫雷诺外，都是为自由而抗争的人，如埃斯佩霍、罗卡富埃特、蒙塔尔沃、阿尔法罗等。所以厄瓜多尔的文学是一种与斗争紧密联系在一起的文学，不管是当初为独立、共和奋斗的勇士们发放的鼓舞人心的宣传册，还是当下为农民、印第安人、城市和乡村的受压迫者的权益呐喊的小说，都是为自由抗争的文学。

从职业的角度来说，厄瓜多尔过去总被习惯性地认为是一个农业国家，但我觉得它更是一个具有手工业天赋的国家，特别是具有和艺术有关的手工艺才干。不管是平面艺术里的绘画和色彩应用，还是以建筑和雕塑为代表的立体艺术，我们都很擅长。值得一提的是，迄今为止厄瓜多尔在音乐方面还不太行。

①米格尔·德·乌纳穆诺（Miguel de Unamuno，1864—1936），西班牙著名作家、哲学家，"九八年一代"代表作家，代表作《迷雾》。
②1822年5月24日，指皮钦查战役。该战役是厄瓜多尔独立战争的一部分。

有一个对事物感知灵敏、脑子灵活的哥伦比亚人曾对我说："我觉得这里应该成为如佛罗伦萨或比萨，又或者是文艺复兴时期的托斯卡纳或翁布里亚那样的地方。"这里雕刻师、肖像画家、皮革或石器制作者的工作室到处都是，驱使着不计其数的工人的特权阶层或许可以像奥尔西尼或美第奇家族那样雇佣艺术家们为其创作。

现在还不能确定厄瓜多尔人和土地之间的确切关系，甚至连一些模糊的答案我们都没有。因为自征服时代起，我们的民族便是由不同的种族融合而成的，所以我们的文化也汇聚着各方的特点，很难从中理清一条确切的人与土地间的脉络。

原住民对自己脚下土地的热爱毋庸置疑，可是在厄瓜多尔，除去洛哈、通古拉瓦①和因巴布拉②等一些偏远的地方，还有哪里的土地是属于原住民的呢？与其不同，西班牙人对土地的热爱因地域而异，喜欢种柑橘的西班牙东部人民和热衷种葡萄和橄榄的安达卢西亚人民对脚下的土地有着深深的热爱之情，并因为这份热爱，开始了世代的耕作。埃斯特雷马杜拉人、卡斯蒂利亚人和加利西亚人则相反，他们带着黄金梦，随时准备远离故土，去往地球上的任何一个地方。

西班牙人的定义，如果从巴斯克人或摩尔人的特性考虑的话，他们就是找寻南方的北方人或找寻北方的南方人。他们的共同特征是喜欢迁移、有闯荡远方的能力、热爱冒险且容易被危险的事物所吸引。他们拥有充满英雄情怀的流浪主义精神，这一点与犹太人和北方民族相似。

西班牙人在厄瓜多尔，或者说在整个美洲大陆上同土地的关系都主要体现在对它的掌控和开发上，同时也表现出了强烈的扎根意愿。这一点与永远在路上的以色列人不同，西班牙人一旦完成征服，不论所到之处是好是坏，都会留下来播种，就像是被移植的秧苗，满世界地扎根，但它的苗床始终在伊比利亚半岛。那里就像一个筛子，筛出强壮而勤劳的人，去往最好的、最崭新的世界进行新一轮的播种。

西班牙人在第一次移植的过程中，展现出比任何一个种族都要强大的停留、

①通古拉瓦（Tungurahua），厄瓜多尔中部的一个省。
②因巴布拉（Imbabura），厄瓜多尔北部的一个省。

扎根和融入当地的潜能。有一些显而易见的例子可以作为佐证。西班牙人如果不热爱一方土地，是不会在当地开矿、残酷地掠夺土地和财富的。谁都不喜欢黑漆漆的矿口和油井，它们是会吞噬生命的黑洞。人们喜欢的只是它们所能带来的财富，但资源一旦枯竭了，人们便弃之而去，去寻找下一处矿藏，继续开发，撒克逊人就是这样。而西班牙人到了美洲的第一件事是找个地方定居、扎根，建立教堂，规划掌控一切；在城市里建造坚实的房子、修建水渠和开辟道路。

　　但是在厄瓜多尔、秘鲁、墨西哥和玻利维亚，西班牙人碰到了当地的印第安人。根据弗朗西斯科·德·维多利亚慷慨的论断，印第安人是这些土地的主人。西班牙人找到他们，或许可能是为了让他们归顺上帝，但更主要的是为了让他们来为其工作。在此之后，西班牙人给印第安人戴上了沉重的农耕枷锁，把他们当牛马驱使，印第安人就这样被丢在了田间地头。而属于他们的土地产权却被西班牙人通过一系列自立的法规和自设的裁决据为己有，这些条款归集于一部特别的法典之中——《西印度群岛法律》。到最后，西班牙人把一切都变成了自己的私有财产，整个吞噬过程遵照《罗马法》所确立的原则，私产所有者有使用和滥用自己财物的权利……

　　西班牙人的后裔克里奥尔人[①]对土地的热爱并不直接源自于土地，而是源自他们拥有的、能为之劳作的印第安人。而此时的印第安人，早已对曾经耕作的土地失去了热爱，因为那已经成了别人的土地，也成了仇恨的根源。但这些土地之于梅斯蒂索人和乔洛人[②]又有着什么样的意义呢？据他们自己说，他们是从乡野里挣脱出来的，土地会让他们联想起自己卑贱的印第安人出身。在日常生活中，没有比称呼一个人为"印第安人"更具侵略性的侮辱了，一个梅斯蒂索人或乔洛人可以原谅别人叫他小偷、骗子，甚至可以容忍别人侮辱他们的母亲，但永远不会宽恕一个叫他们"印第安人"的人。

　　在对曼努埃尔·赫苏斯·卡耶[③]进行的抨击中，有一次是十分令人印象深刻的。那次他的一个对头一边承认了他所具备的写作才能，诸如启发性强、笔触真

[①]克里奥尔人，指欧洲白人在殖民地的后代。
[②]白人与印第安人的混血种人被称作"梅斯蒂索"或"乔洛"。"梅斯蒂索"在文化、生活习惯和衣着方面接近白人，而"乔洛"则接近于印第安人。
[③]曼努埃尔·赫苏斯·卡耶（Manuel Jesús Calle，1866—1918），厄瓜多尔社会学家、政治家、作家、史学家。

诚、才思泉涌、笔耕不辍，一边却称他为"印第安人"，就是像埃斯佩霍和卡洛斯·卡萨雷斯那样的印第安人，于是卡耶被彻底激怒了。梅斯蒂索人和乔洛人抛弃了土地，跑到城市去壮大（也可以说是构建）那些不满、悲观和贪婪的官僚阶层。在那里，他们带着想要进入上层社会地位的狂热，用尽一切手段，远离了那片令他们感到羞耻的原生土壤。

所以，从厄瓜多尔民族的天赋来看，说厄瓜多尔是一个农业国家实在是大错特错了（关于这一点皮奥·哈拉米略·阿尔瓦拉多说了不少实话）。有一个非常清楚的事实（尽管事实有时会刺痛我们），那便是我们必须承认厄瓜多尔人尚无法证实自己对土地和耕种是否仍然有爱。

然而，这是一个无法改变的结论吗？难道在厄瓜多尔人的骨子里，没有对土地的留恋吗？不，绝对不是这样的。我们既已分析了问题的历史，便能找出现如今他们对土地的爱的缺失的根源。

印第安人从过去属于他们的土地上（对吗，弗朗西斯科·德·维多利亚？）看到的是使他们受辱和遭罪的工具，他们为别人耕作，而且这个人不是其他人，而是他们的剥削者，他们的死对头，他们的主人。

克里奥尔人，作为西班牙人的后裔，当他们手上有几个印第安人、乔洛人或从安第斯山迁出的农民为他们耕种、打点种植园的日常，他们便自认为是农业生产者。

要解决问题，必须回到土地本身上来。不能只看地主、庄园主们勾画的美好蓝图，而是应该变革整个土地制度，关注土地的实际耕作者们，承认他们的努力，激发他们对土地的热爱。

但我提出的不是一条伴随着流血牺牲的艰难革命道路。将土地归还给厄瓜多尔人民的过程不是一场仇恨间的斗争，也不像阿纳托尔·法朗士[①]在其作品《天使的叛变》中所展示的那样，简简单单地将上层推翻，让底层的人占据上层的位置就能完成的。

我为这个国家的人民所谋划的，让他们能重返土地的道路是这样的——在激发他们对土地的爱恋（爱具有催化作用和无限潜能）那些的同时，也让他们得到

---

①阿纳托尔·法朗士(Anatole François，1844—1924)，法国作家，1921年诺贝尔文学奖得主。

一些实际的经济的回报。这种收益是实实在在的，不含欺骗，也不是空中楼阁，并且能够通过合理的措施来实现。不要毫无计划地就把人往东部或西部派，因为厄瓜多尔人的土地开发是存在问题的，至今尚有很多未开垦的土地。但是请注意，这些地方不是随随便便就能去的，如果去了，便很难再回来，而且这些土地上的物产，也很难运送到市场上去进行交易。

所以，我们需要一些技术支持。我们可以通过调查研究和数据统计来因地制宜地制定和实施土地政策。不能再像过去一样，无论是针对钦博拉索①的荒野，还是通古拉瓦、皮钦查②和科托帕希③肥沃的土地，还是因巴布拉、阿苏艾④和洛哈的热带谷地，或是沿海地带大片湿润的平原，都采用同样的土地政策。这些曾经因无知或狂热而犯过的错误我们不能再犯了，不然只会导致再次失败。

有些地方适合实行墨西哥村社那样的区划制度，但有些地方用苏联集体农庄的模式更好，因为那样可以更广泛地聚集资金，合力干大事，还能够有效降低生产成本。我想后者会比较适合糖厂、各类大种植园和纺织品生产之类的产业。

所以说经济地理，或地理经济才是能使我们再次发现和利用好我们厄瓜多尔土地资源的指路明灯。

刚提到过，这片土地上的人民在手工业制造的天赋和才能独具一格。我们能高效地利用身边唾手可得的天然原料，比如黏土、皮革、羊毛和果核这一类的东西，来制造出实用器皿或加工成艺术品，进而服务人类、改善生活。放眼整个美洲，厄瓜多尔的民间制造天赋、才干可以说是仅次于墨西哥。只是不同于那些先天条件不足的国家，我们没有得到任何后天的激励。

一些经济基础好、发展速度快的国家，无论大小，在工业化普及前后都有效地改善了当地的民生和民间制造业的生产条件。例如梅赫伦和布鲁日的镶嵌业、波西米亚的玻璃和陶瓷器皿、法国的葡萄酒和香水、塞夫尔的陶器、里昂和鲁贝的纺织业等。在美洲范围内，墨西哥就是一个很好的例子，他们的民间艺术制作能创造很高的产值。这些民间艺术品不仅能用于出口，占领美国市场，更能吸引

---

①钦博拉索（Chimborazo），厄瓜多尔中南部的一个省，厄瓜多尔最高峰钦博拉索山位于该省。
②皮钦查（Pichincha），厄瓜多尔中北部的一个省。
③科托帕希（Cotopaxi），厄瓜多尔中部的一个省。
④阿苏艾（Azuay），厄瓜多尔南部的一个省。

外来游客。1938年，这种"无形贸易"就给墨西哥带来了超过一亿美元的收入，也就是说成千上万的羊毛、皮革、金属银、陶土、玉石和黑曜石制品等被游客当成旅游纪念品买了回去。

如果我们能将地毯和蓬丘（南美特色的一种斗篷）的织造者、奥塔瓦洛①的陶器工人和毛衫制作者、昆卡②的大理石匠人以及里奥班巴③的果核雕刻者等各种手工业者的工作变得更具艺术性、更有贸易价值，就像巴拿马草帽④的推广那样，厄瓜多尔很快就能成为美洲手工业最强盛的国家。随后游客数量也会因此急剧增长。

我们必须承认我们现在还不具备自主开采矿产资源的能力。但是世界经济对资源需求越来越高，而当前资源开采垄断的特性会使它的触角很快就伸向我们。石油、黄金、铜矿和其他一切金属资源是支撑世界运转的动脉，所以资源的开发注定规避不了帝国主义阶段世界资本对其产生的影响。在这方面，我们必须把眼光放长远，谨慎行事，不能把我们的未来当作是抵押物。我们要让外国资本明白，在这里投资，是一定会取得收益的，但同时也要告诉他们厄瓜多尔共和国是一个主权国家，是这片土地上所有事物的唯一主人。所以，我们要向他们收税，这是作为一个主权国家应有的权利。

众所周知，关于财政税收问题有一个法律的共识，即外国资本是特许权所有者，而不是承包人。因为在与国家主权相关的事务上，是不允许与个人订立合同或转让国家权利的。但很不幸，在阿尔贝托·恩里克斯⑤将军短暂执政期间，我们就是这么做的。

关于这一点，墨西哥最近有一些动作（墨西哥真是一个在民族主义上不断给我们提供经验教训的国家）。他们在一定程度上谴责了外国资本，但他们的完整权益却最终得到了英美等国的认可。在相互理解和尊重主权的基础上，墨西哥和

---

①奥塔瓦洛（Otavalo），厄瓜多尔北部因巴布拉省的一个城市。
②昆卡（Cuenca），厄瓜多尔南部安第斯山区的一个城市。
③里奥班巴（Riobamba），厄瓜多尔钦博拉索省的一个城市。
④巴拿马草帽，一种用棕榈叶子抽取多吉亚纤维编织的帽子，实际起源并制作于厄瓜多尔。据传因巴拿马运河建造时期的建筑工人大量佩戴这从厄瓜多尔进口的草帽而得名。后来厄瓜多尔出产的这种草帽通过巴拿马运河销往世界各地，使其名气远扬。
⑤阿尔贝托·恩里克斯（Alberto Enríquez,1894—1962），厄瓜多尔政治家、将军，1937年10月—1938年8月任厄瓜多尔最高行政官。

这些世界大国开展了密切友好的合作，这种合作是紧密、真诚而平等的。和新世界的任一国家进行合作都应该遵循这样的原则，而这些新世界的国家是当下正义和民主最后的避难所。

另外，有一种论调认为，如果将外国资本纳入到本地的法律框架下，资本就会出逃。而墨西哥的例子有力地回击了这一点，资本不仅没有出逃，而且变得更加牢固，因为它们有了参照物。只有当承接资本的环境一片混乱，资本到来后又有人为榨取个人利益不断地对资本进行敲诈时，资本才容易被吓跑。

让我们回到土地的话题上来。最近国家意识似乎正朝着积极的方面成长。那种只在乎一小部分地区经济社会发展的理念终于得到了改变，因狂热的爱国情绪驱使而一心只想开发偏远的东部地带的执念也逐渐消散了。后者不久前刚以悲剧收场，痛苦和创伤还暴露在外，昭示着一切不过是空话和谎言。东部地区无论是在地区开发上还是在军事事务上，都一直被人们抛弃遗忘着。

我们的西部也荒废了。以洛哈和埃尔奥罗为代表的南部也几乎被我们遗忘了。在西部，马纳维①和埃斯梅拉达斯省、瓜亚斯②的大部分地区、埃尔奥罗和洛斯里奥斯③辽阔的领土和巨量的财富足以养活十倍于当今的厄瓜多尔人。一些旅行家和学者支持这一观点，认为马纳维和埃斯梅拉达斯非常适合人类居住和发展。这一区域的资源适合所有类型的经济活动的开展，能为农业和矿业的发展提供多种可能性。洛哈和埃尔奥罗，除了有丰富的资源以外，还是一个一直被邻国所觊觎的地区。这个在厄瓜多尔毫无存在感的洛哈，一直自以为是无人管辖的"世界的尽头"，却在1941年7月到次年1月（这个悲惨的一月啊）经历了可怕事件，这应当成为我们永恒的教训。

西部和南部地区，尤其是资源丰富的沿海地带，是我们这片土地的未来。而东部，这个留给我们的一小块的东部啊……

译者：贾雨潇

①马纳维（Manabí），厄瓜多尔西部的一个省，临太平洋岸。
②瓜亚斯（Guayas），厄瓜多尔中部的一个省，西临太平洋。
③洛斯里奥斯（Los Ríos），厄瓜多尔中部的一个省，位于瓜亚斯省东北部。

12 民族的天赋：厄瓜多尔人的精神倾向

和艺术家们一样，民族也有自己的脾气、风格和行事方式。

——安赫尔·加尼维特[1]

我们对厄瓜多尔人职业方面的才能已经有所了解，现在来探讨一下厄瓜多尔人的精神特质。

作为热带的产物（我们永远不能否认自己的根本属性），从古至今，我们一直是一个具有反抗精神的民族，不断地为自由和独立抗争和呐喊。

先有为了抗击印加人的入侵，身葬莫恰[2]、血染亚瓦科恰湖[3]的保卫者们，后有阿塔瓦尔帕[4]和鲁米尼亚维[5]的英雄史诗。进入殖民地时期之后，我们发起了商业税革命（1592—1593），这值得载入史册（对吧，赫尔曼·阿尔西涅加斯[6]？）。这才是历史该收录的事迹，而不是光记些冰冷繁杂的数据和日期。然后我们迎来了8月10日的独立呼声，这足以成为美洲独立运动史上最壮丽的篇章。还有10月9日，11月3日[7]这两个日期和《自由的基多人》的年轻的知识分子们的抗争，以及这一切的顶点——1845年的三月革命。这些都值得铭记。那段重建国家的日子，几乎是自争取独立以来我们度过的最为坚定而美好的时光。

---

①安赫尔·加尼维特（Ángel Gavinet，1865—1898），西班牙作家、外交官、"九八一代"的先驱。
②莫恰（Mocha），厄瓜多尔中部通古拉瓦省的一个城市，1534年被西班牙人征服。
③亚瓦科恰湖（Laguna de Yahuarcocha），位于因巴布拉省伊瓦拉城外。
④阿塔瓦尔帕（Atahuallpa，约1500—1533），西班牙殖民征服之前的最后一位印加王，1532—1533年在位。
⑤鲁米尼亚维（Rumiñahui，？—1535），印加帝国末期的一位将军。相传西班牙人弗朗西斯科·皮萨罗将阿塔瓦尔帕擒获之后，承诺阿塔瓦尔帕送来能够填满自己囚室的黄金之后便将其释放，于是鲁米尼亚维奉阿塔瓦尔帕之命开始运送黄金。但西班牙人违反诺言，处死了阿塔瓦尔帕并袭击了鲁米尼亚维的部队。鲁米尼亚维回到基多，下令将宝藏藏入山下。得知这一消息，皮萨罗派兵北上攻打基多，鲁米尼亚维战败被俘，遭到西班牙人的拷打，至死没有透露宝藏的所在之处。
⑥赫尔曼·阿尔西涅加斯（Germán Arciniegas，1900—1999），哥伦比亚历史学家、政治家、散文家。
⑦1820年10月9日瓜亚基尔独立，1820年11月3日昆卡独立。

自由主义者造就了1875年8月6日的惨剧①。加西亚·莫雷诺倒下之后，10月又爆发了反对萨拉泽尔的运动。1883年的"复辟运动"则是针对卑鄙的贝特米利亚政权展开的。6月5日有组织的游行示威活动是为了反对腐蚀国家、盗用国家资产的政府行为，同时也反对"国旗交易"②，但最主要的还是为了争取自由的权益，赢得合理的生存空间。曾经的自由主义斗士阿尔法罗开始试图破坏自由选举，嘲弄民众，所以1911年4月25日和8月11日爆发了反对阿尔法罗的起义。1922年11月15日是具有非凡意义的一天。③这一天，厄瓜多尔的社会抗争运动第一次遭受了如此大的腥风血雨。这是一场反抗银行压迫、权贵政治剥削的运动。这场宏伟壮丽的人民运动，本应培养出未来的掌权者，却因为小人的告密和阴谋而陨落，成了国家历史上最黑暗的一页，任何暴行都无法与之相提并论……

在上述提到的所有事件中，为了捍卫自由，厄瓜多尔人民或是走上街头奋力呼喊，或是拿起步枪和弯刀投入战斗，并且几乎都能取得胜利。只是后来这些经过艰苦奋斗、浴血奋战而得来的胜利，都被各种利益集团用阴谋给扼杀了。

这种捍卫自由的不屈精神，在上层统治者看来就是一种不服管教的民族劣根性。那些"懂得分寸、心平气和的人们"常说："这是一个放肆的、不听话的民族"（我们总有一天要彻底撕毁这张由虚浮、平庸和懒惰开具的愚蠢的诊断书）。而得出这样结论的人才是无用的废物，他们只会在这片苦难深重的土地上通过欺骗的手段不断攀上权力的高峰。

得出"无法管教"这个结论的往往是一群愚蠢而令人讨厌的厄瓜多尔人，他们想把罪责推卸给厄瓜多尔本身。而实际上所谓的"无法管教"，只是我们这个年轻的民族与在不同历史时期窃取国家权力和财富的小偷、叛徒、无用和装腔作势的人做斗争时自然流露出的不满情绪而已。对我们是"无法管教"的这种指控，我想借用睿智的墨西哥作家菲利斯·巴拉维西尼的一段轶事来回击，这段轶

---

①1875年8月6日，时任厄瓜多尔总统加西亚·莫雷诺在总统府遇刺身亡。
②1894年中日甲午战争期间，日本欲向智利购买一艘军舰，但智利在中日战争中的中立立场成了这场交易的阻碍。厄瓜多尔最终充当了贸易的中间人，以配备本国海军的名义先以22万英镑从智利手中购得军舰，随即以30万英镑的价格转售给日本，差额消失在中间人的手中。最后军舰带着厄瓜多尔的国旗前往日本，加入日本舰队。消息传出，激起了厄瓜多尔民众的不满。
③1922年11月，在瓜亚基尔爆发了一场大罢工，罢工运动最终于11月15日遭到残酷镇压，镇压可能造成多达1500人丧生。

事收录在他的著作《混血民主》里。这位作家最近比较关注厄瓜多尔的境遇，对伸张美洲国家间的正义也很感兴趣。

巴拉维西尼讲述道：

> 我们在英国的外交部见到了负责外事的副部长斯伯林先生。他对我们说："阁下，什么时候墨西哥能实现权力的和平更迭？"
>
> 我答道："这周我参观了著名的伦敦塔，得出了一个结论，那就是如果我们想如现在的英国人这样有经验，还需要犯很多罪才行啊。"
>
> 说完我便觉察到了对方的不快，所以赶紧补充说："伦敦的报纸说今年（1920年）英国议会将迎来自己的千年华诞，而我们国家独立至今才将近百年而已。"
>
> 副部长笑了，觉得我们说得有理。

除去个别时刻，我们一直都被糟糕地管理着，但这绝不是我们民族无法管教的证明，我们绝不是一个无法管教的民族。

我们厄瓜多尔人过去、现在和将来所做的一切都是为了捍卫自由。自由和祖国一样都是崇高且不可侵犯的。我们已明白，那些能做出危害、背叛自由之事的人，也能背叛和伤害祖国。

我们已经在战场和游行集会中充分地展现了对于自由的热爱。我们当中思想最清晰的那一部分人，我们最好的思想家和文人也都为自由祭献了不少的声音和篇章。

"因为文学不可能背叛精神，所以也不可能与自由背道而驰"，朱尔·罗曼[1]如是说。

埃斯佩霍、米兰达和纳利诺都是美洲自由斗争的先驱。梅希亚[2]和阿尔奎耶

---

①朱尔·罗曼（Jules Romains，1885—1972），原名路易·昂利·让·法里古勒，法国作家、诗人，一体主义流派创始人。

②何塞·梅希亚(José Mejía，1775—1813)，西班牙裔厄瓜多尔土生白人，政治家。1807年前往西班牙，后成为加迪斯议会议员。在该议会上，梅希亚进行了一场有关捍卫美洲的权利、言论和新闻自由并抨击宗教裁判所的演讲，被称为加迪斯议会上最受赞赏的演讲者之一。

斯^①在加迪斯议会上共同捍卫着思想、言论和出版的自由。佩德罗·蒙卡约是创立《自由的基多人》的那个光辉时代里的领航者。从10月9日直到1845年3月5日完成"二次独立"，奥尔梅多在一切的自由主义战争中热切地为玻利瓦尔而歌。我国文学领域的集大成者蒙塔尔沃，以生命和文字为弓，将箭射向与祖国为敌的人，而冈萨雷斯·苏亚雷斯，为祖国、为自由不断地呐喊，不停地用言语告诫、用文字引导世人。

没有一个真正有思想高度的人会背叛或糟蹋自由。这片土地上的伟人就是它永恒的捍卫者，为独立而奋斗的人（真正为独立而战的人，而不是那些精神的骗子）总是会坚定不移地捍卫自由。

如果想更好地利用这里的人力资源，就不要尝试侵犯他们的基本权利，不要触碰他们的自由。这里的人民想要安居乐业，为生活谋得合理的发展空间。他们在行政管理、财政引导及政治忠诚度上的要求可能并不高，他们甚至可以容忍差劲的统治者、贪污分子乃至盗贼，因为他们只是想过上正常的生活，想要摆脱欺骗（就像在之前的信件里提过的那样）。

而我们正活在一个怒气滔天的世界里。看看法国吧，这个垂范世人，在精神和物质上都十分适合人类发展的国度。那里曾绽放过人类精神最精彩的部分，积聚有人类思想最优秀的结晶，它融合了高贵和友善、刚毅和细腻，诞育了巴斯德和柏格森、左拉和亨利·庞加莱、福煦和马塞尔·普鲁斯特、潘勒韦和罗杰·马丁·杜·加尔……

这样一个民族，在这个令人窒息的世界里，正遭受着纳粹铁蹄的蹂躏，而它所有的精气神，要么已经死去，要么正在流亡。

同样死去的还有德国。德国人在精神和感知力上堪称卓越，有深邃的思想和夺目的艺术，擅长缔造科学与美。如今，自由的消亡使它再也开不出像贝多芬和歌德，康德或是黑格尔，让·保罗或是荷尔德林那样璀璨的花朵了。也将爱因斯

---

①奥古斯丁·德·阿尔奎耶斯(Agustín de Argüelles, 1776—1844)，西班牙政治家、外交官、律师，1841年任加迪斯议会议长。阿尔奎耶斯参与了第一部西班牙宪法的起草，主张废除奴隶制并反对酷刑。

坦、曼氏家族①、西格蒙德·弗洛伊德和恩斯特·托勒尔②等人赶往了他乡。

伟大的意大利也是如此，现在那里只能容下诸如戏谑的马里内蒂③和色情的皮蒂格里利④之流。

然而精神上最为癫狂的还要数西班牙，那个桀骜不驯的西班牙，那个孤勇如熙德或皮萨罗的西班牙，那个催生出自成一派的深刻思想家、开创者和神秘主义者的西班牙。如今，在摩洛哥人、德国人和意大利人的帮助下，自由在那里被抹杀了。信仰基督十字的妇女、孩童和牧师在那里被高举纳粹十字或穆斯林半月的人杀害了，西班牙，不再是过去的西班牙了。

每当厄瓜多尔与自由对立，它就不再是厄瓜多尔了。即使国内的暴政假惺惺地把我们同世界上的民主国家阵营勉强地绑在一起也无济于事，因为这种捆绑总是发生在领土灾难完全到来之后。而在那之前，我们在国际关系中明显倾向于极权主义，尤其是最令人发指的西班牙长枪党主义。这种行径，总有一天我们要给出解释，并承担后果。

厄瓜多尔是一个"不可治理的国家"，这种观点大错特错。做出这种论断的蠢货和骗子们总是时不时地登上我们国家的政治舞台。厄瓜多尔是一个正在自我摸索的国家，它还没有找到答案，因为它还在成长，它的物质和精神现实还没有成型，它的制度和法律体系仍需要完善。以前它满足于效仿和复制他人，所有的新生国家其实都这样，现今也都面临着同样的问题。然而，我们不该止步于我们的青春年华，而应当继续迈向成熟，并创建与之相匹配的宪法和基本框架，如今正是适当的时机。

因此，我们需要将我们不可遏制的对自由的渴望、崇尚自由的天性和在全民

---

①曼氏家族，德国北部吕贝克城的望族。著名作家、1929年诺贝尔文学家获得者托马斯·曼是其家族成员，他的哥哥亨利希·曼也是一位著名作家。托马斯·曼的女儿艾丽卡·曼、莫妮卡·曼，儿子克劳斯·曼也是作家，另一个儿子戈洛·曼是一位历史学家和作家。
②恩斯特·托勒尔（Ernest Toller，1893—1939），20世纪20年代最出名的德国剧作家之一，德国表现主义戏剧的重要代表作者。
③菲利波·托马索·马里内蒂（Filippo Tommaso Marinetti，1876—1944），意大利诗人、剧作家，是未来主义的开创者。一战期间，马里内蒂是帝国主义战争的鼓吹者和参加者。从1919年起，他积极参与法西斯党的活动。墨索里尼建立独裁政权后，马里内蒂被任命为科学院院士、意大利作家协会主席。
④皮蒂格里利（Pitigrilli，1893—1975），意大利小说家。

经济利益的基础上营造和谐生活的需求有机地结合在一起。如果不这样做，我们只会继续生活在仇恨和不信任当中。如果政府继续严密地监控人民，如果国家的高级职能（应当有教化、鼓舞人心和推动国家成长的作用）仍像现在一样由一大堆监听机构和侦探所支撑，里面的人大多是检举的好手和业务娴熟的特务，那我们的国家将不可救药地走向灭亡。

人民（包括其他国家的人民）必须了解当权者自上而下提出的国家发展计划，以及它的可信度和落实情况。我们的人民，就像世界上所有的人民一样，渴望自由的生活。谁能真诚地给予他们自由，他们必将毫无保留地听从谁的号令。这不是无故的猜想或预言，而是基于人类在物质和精神领域对生和自由的热望而做出的判断。

译者：贾雨潇

13 关于我们摇摇欲坠的民主生活

一个与人民敌对的王室是永远不可能获得统治地位的，因为人民群众庞大且不可忽略。他们最终的结局将会是被憎恨他们的民众所抛弃。

受人民爱戴的王室应该不断努力确保自己持续受到民众的欢迎，其实这不是件难事。民众只是希望不被统治阶级镇压罢了。

——尼可罗·马基亚维利①

在这个令人失望的时代，毫无防备的家园遭到了耻辱的战败之后，没有出现过一丁点复活的迹象。当我们的无能让自己遭受灾难之后，出现的只有欺骗世人的谬论。我们没有对外发动战争，也不曾想过作战，即使这样厄瓜多尔人民依然陷入了战争的沼泽，祖国受到了深深的伤害。在这个动荡不安、历史上最灰暗的时刻，我们更有必要追溯和回顾，不是为了安慰那些依靠回忆生活的无能者，而是要从那个重要的历史章节里吸取教训，获得动力和希望。当时间流逝，历史尘封，只有经验教训才能让我们前进。

在前面的章节中，我们讲述了有可能塑造了厄瓜多尔民族性格的两个主要时期——加西亚时期和阿尔法罗时期。我们将用一个章节来讲述赤道热带地区国家尤其是厄瓜多尔的神权政治。另一章会简要地谈到民族性格以及阿尔法罗时期的功绩。阿尔法罗，这位激发了人民爱国情怀的伟大领袖尤其值得我们铭记。他在1910年的冲突中，积极寻求解决方案，并最终通过西班牙仲裁解决了迫在眉睫的边界问题。通过我们的回忆，希望能记住这位伟大的领导者的形象，也看看他的统治在如今是否有可能被效仿。

在之前的章节里我们提到的阿尔法罗时代，是厄瓜多尔本土化的第二个阶

---

①尼可罗·马基亚维利（Nicolás Maquiavelo，1469—1527），意大利外交官、公务员、政治哲学家、作家。

段。尽管有人会持不同意见，那时候我们虽然处在历史上最屈辱和灾难的时期，但也正如潘格罗斯①说的那样我们也处在最好的时代里。

我们之前说过，阿尔法罗行事急于求成，迫切希望看到他的政策在现实中得到贯彻。然而急于求成让一些政策没有保质保量的实施完成。

阿尔法罗的这一性格特点也影响整个厄瓜多尔，成为厄瓜多尔本土性的一个特征。

急于求成和行动迅速是两码事。急于求成让人为达目的而神经紧张，忽略了一些该完成的步骤和程序。

急于求成过程中的行动就像是打了鸡血，头脑不能时刻保持清醒，肌肉变得紧张，脉搏也开始加速。这样的行动可能会导致两种结果，一是在快结束之前，由于过度紧张不得不停下来，最终不能完成任务；二是可能完成，但结果很差，因为慌忙之中一些可行的必要因素被毫无意识地忽略。但是，这两种只是可能会发生的结果。在某些情况下，可能两种都不会发生。

我们对事物盲目乐观、对任务缺乏认识，以及对克服眼前困难的强烈愿景，都有可能导致我们急于求成。但是急于求成所带来的匆忙行事会让我们缺少做事的逻辑，这个逻辑不是指我们需要精确预估任务能否成功，而是指行事之前需要花适当的时间进行有条理地思考和预判，合理地评估任务的可行性。

追求速度是我们最大的优势也是我们最大的缺点。为了把事情做好，我们行事的同时不能没有纪律。纪律不是指我们要抑制自己的行为，特意放慢做事的节奏。纪律是系统解决问题的准则，人们行事的准则和速度无关。纪律能确保我们妥当完成任务，保证我们达成目的。我们想快速行事的同时必须遵守一定的纪律和规范，来帮助我们节省时间和精力，避免走没必要的弯路。

阿尔法罗时期持续时间不长，提出的倡议很多都只是为了竞选成功，没有得到贯彻。这让一些女性群体怨声载道。在这片土地上，每一个掌权的人几乎都是通过暴力手段来获得权力，都希望有一番作为，在历史长河里留下他们微

①潘格罗斯（Pangloss），虚构人物，伏尔泰小说《坎迪德》中的角色。

不足道的名字。我认为在我们这片上地上，短暂的阿尔法罗时期还是一定程度地推动了历史的进步，因为在它结束之前，许多倡议的提出让人们改革的希望越来越迫切。

不幸的是阿尔法罗的统治很快就衰败了，走上了专制暴政之路。他曾经领导的1895年6月5日自由革命是自1845年3月6日反对外国统治者的独立运动以来唯一一次值得在共和国政治历史中留名的革命，这场革命体现了自由原则，彰显了自由、平等、博爱，这些都是法国18世纪的政治思想。而后期阿尔法罗的统治让他最终跌入历史的深渊。正如我们所说，人民憎恶的是欺骗，独裁统治最终会激起民愤。一个提倡自由平等原则却实行独裁政权的人会引起人们的厌恶和蔑视。

阿尔法罗政权最终步入了暴政是出于需要出面终结无政府管理的混沌局面吗？还是为了镇压6月5日革命中失败了的敌对势力？首先否定第一点，我们回顾历史就会发现厄瓜多尔的政治暴动从来不是毫无来由的。而第二点或许有点道理。事实上，在阿尔法罗或他之后的时代里，反动势力被剥夺了合法的政治地位，保留了经济权力和社会地位，但他们从来没有停止尝试过重新掌权。这是他们的权利，也是他们的政治责任吧。

但是，不要忘记，特别是那些咒骂阿尔法罗独裁统治的年轻人，你们不要忘记。阿尔法罗时代真的结束了吗？那段让人们远离自由、精神贫瘠的独裁统治真的不复存在了吗？记住反阿尔法罗的基多拉布恩萨报社曾登过这样一张海报：

```
还剩_____天恢复阿尔法罗政权
（横线上的数字每天递减）
```

那时候各地出现的指控性文章和后来那些引发牢狱之灾的保守出版物不同。我们不要忘记，阿尔法罗将军镇压反对派，只是为了让他们允许自己继续治理国家。而后来的镇压反动、审查媒体则是为了让他们停止一切反动行为，禁止传播不利于统治的思想。

在厄瓜多尔，人民反对政府的行为，是由以下一个或几个原因引起的：

一、宪法或法律规定的人身自由和保障受到侵犯。

二、财政不公、政府奢靡、贪污腐败、官商勾结、高级官员的裙带关系和公共投资不足。

三、区域之间不平等。维持沿海和山地地区的司法平等是神圣不可侵犯的，不然有可能会引发政治动荡和内战。

四、恶性政权的起源，强制人民、选举欺诈、军事暴动、在宪章和相应法律中间接规避民主权利。这是国家政治中最常用的手段，删除一些对自己不利的规章制度，就像厄瓜多尔常说的一句话，"我不会自己做傻事的"，统治者也是相当聪明的。

五、宗教秩序问题。

六、国际问题。凡是涉及国家主权、国家尊严的问题及叛国行径（可以指从上至下政府对人民的指控也可以是反过来人民对政府的指控。共和国历史上，最美好的民主时期都是由人民从下而上建立的，例如3月6日和6月5日的革命）。

七、饥饿问题。

最后一个原因通常伴随着其他原因发生，虽然没有其他几个原因那么突出，但也是政府非常关心的。

如同埃及的灾难，这七个问题已经出现在厄瓜多尔这片贫瘠的土地上。

为了证明独裁统治是合理的，为了让人民服从政权，政府相应地做出了一些措施。

一、增加公共工程的外观建设，虚张声势地进行主要城市的点缀或美化项目。为公民建造纪念碑，即使公民的意识形态与独裁者的意识形态完全相反。敲锣打鼓地表示要在大城市之间建设交通道路。最重要的是，做出口头承诺。

二、制造社会和谐的假象。如放开借贷促使货币流通；开放采矿和农业特许权；冒着抵押国家主权的危险，交付国家垄断以换取直接信贷；提高公共工程项目成本，让人们相信政府在做实事。

三、捍卫统治秩序，反对"野心勃勃的政治家"。独裁统治这么多年，没有出现过任何革新。小宪兵居高位，底层人民重复着悲剧。在政治黑帮主义的嘲弄中，阴谋迭起，军事集团贿赂成风，社会运动、工人运动风起云涌。1922年11

月15日工人运动①达到了高潮。残暴政治让人们民不聊生，驱逐、禁闭、绑架异党，压榨老百姓是实行镇压的常用手段。

四、维护执政党霸权。保守派一旦掌权，就开始通过谣言散播自由革命的危害性。为了得到天主教民众的关注，着手解决各种宗教问题。宣称共济会、共产主义都是国家乃至教会的敌对势力。而当轮到自由派执政时，为了维持他们的"霸权"和"极端的"反动阴谋，同样采取了一些看似进步的政策来进行虚伪的"民主统治"。

五、"律法规范的缺失"和"强制管制的必要性"。第一个主张是独裁的追随者向他们的领袖——大独裁者加西亚·莫雷诺提出的。第二个则是在欧洲极权主义出现后得到了很多人的推崇，政府打着民主的旗号实行着独裁的统治，民众对此无可奈何。

六、组建国防政府的"神圣"联盟。在外患面前，人民会忘记内部的恩怨、兄弟的苦难。而政府这样的所作所为意在转移民众的注意力，和所有的虚假的沙文主义和虚伪的爱国主义如出一辙。但是，当人们没有掉进陷阱，不盲目服从他们的时候，独裁统治者则变本加厉，驱逐、迫害那些没有服从的人，指责他们缺乏爱国主义。

七、过度维护军队利益。

在最恐怖的时候，武装队伍瓜分了所有功勋和成果，填满了自己的腰包，军队贿赂腐败成风。庆幸的是，仍然可以感受到军队士兵的气势和尊严。经历了这么多的内忧外患，军队开始加强自身素质，承担起更多社会责任。军队意识到自己是人民的一部分，军人和人民群众之间是福祸相依的关系，人民群众的问题就是军人的问题。军队终于开始履行相应的责任，完成他们的使命和任务，人民对于自由、发展、和平和公正的梦想渐渐变得触手可及。那些类似弗洛雷斯和乌尔维纳军人参政的时代已成过去。

译者：甘雨田

---

①自1922年以来，厄瓜多尔由于进口过剩和遭到限制缺乏出口造成外汇短缺，一直面临严峻的经济形势，不利的形势导致国民经济几乎无法维持。瓜亚基尔工人阶级要求提高工资，减少工作时间，但政府没有对这些要求作出答复。1922年11月初，在瓜亚基尔举行了第一次工人总罢工。

14 关于军人参政的弊端，我们需要简单的民主

> 美洲国家政府从没有像现在这样感到责任重大。我们墨西哥人很幸运有
> 着一个关怀民众的好政府，而那些饱受独裁统治的人民是不幸的，他们的政
> 府只会以战争为借口加强自己的统治。
>
> ——何塞·鲁本·罗梅罗

军人参政让我们整个社会都在倒退，那段时间是国家历史上最动荡、最悲痛的时段。

军人执政标志着不幸的开始。弗洛雷斯领导的分离运动，脱离大哥伦比亚共和国，弗洛雷斯政府实行独裁统治，不断为自己和裙带关系者谋取私利。最远追溯到委内瑞拉大西洋沿岸那些曾经毫无廉耻实行暴政的黑人，也是最早的军人执政的雏形。

一直以来我们都认为乌尔维纳的叛变标志着军人参政的开始。据说是因为这位和蔼可亲、形象正面的将军在1849年12月20日发动了针对副总统阿斯卡苏比的政变，而这位副总统其实一直以来都是迭戈·诺沃亚的傀儡。这位看似品德高尚的"良好公民"才是这场叛变的主角，他才是导致我们国家陷入军人参政，在这片土地上掀开腥风血雨的千古罪人。

佩德罗·蒙卡约曾经预言：

> 20日的革命毫无疑问是军人参政性质的革命，目的是树立军事集团的威望，建立军事政权，建立民不聊生反社会发展的独裁统治。那么曾经弗洛雷斯的专制统治又到底意味着什么呢？——军事独裁、铁血政策、犯罪统治。
>
> 军队不断发生叛乱，政局动荡不定。社会处于内战和无政府管制状态，耶稣会、教会恐怖统治登上历史舞台，民众遭到军人和教徒的轮番迫害。

这位受人尊敬的老共和主义者早已预料到军人参政将会是一场灾难。而1938年阿尔贝托·恩里克斯将军召开了国家宪法大会，在此次会议上第一次聚集了全国各个政治流派和意识形态的代表，制定了宪法基本章程。在他短暂的任期内，让厄瓜多尔得到了喘息的机会，给这个国家带来了一丝希望。

但是，有些不怀好意的参政者暗地布下了陷阱。众议员迷失了方向，被狡诈的敌对势力自由派夺得政权，激进的自由派让一位医生[1]当上了总统，只可惜他医术精湛却没有丝毫的治国能力，其背后还隐藏着恐怖的黑暗政策。

有些事情总让人匪夷所思，就如当时制宪议会顺从了黑帮政权并且制定了总统任命制度。每任选举胜出的总统都要宣誓效忠于当时的政治宪法，不久之后又背叛并解散了议会，并且不再承认当时的宪法。他们将自己的所作所为归咎于法治的落后。到1906年阿尔法罗时期，宪法也只是摆设而已。在我们"摇摇欲坠的民主历史长河"中可能还没有出现天怒人怨、人神共愤的时刻，只有万事万物成为一潭"死水"的时候，才有可能出现民主和谐的制度。

当安东尼奥·庞斯提出进行合宪性审查的想法时，我们的军队经历了众多执政者之后才发现自己没有履行一开始的诺言。军队认为有义务将正常生活归还于我们的民众，出面阻止了1935年贝拉斯科·伊瓦拉的独裁统治意图。其实早在1925年7月9日军队就出面阻止过。所以自7月9日以来，厄瓜多尔的政治命运就掌握在武装阶级手里了。

武装阶级和全国民众都团结一致地想要完成这项任务。但是由于武装阶级的疏忽，不了解国家情况，甚少与民众接触，所以总是在情况到了无法扭转的境地才将其提升到权力和责任的高度。

军方遭到了欺骗，把自己独立于国家和民众之外。这种欺骗行为是被黑帮政府蛊惑的，他们的目的是贪污公款预算，为自己谋得最大利益。

为了国家的利益、军队的利益，必须要实事求是，必须让真相公诸世人。如果相互不信任的气氛在民众和武装阶级之间蔓延，厄瓜多尔最后的结局肯定十分

---

[1]指奥雷利奥·莫斯克拉·纳瓦埃斯（Aurelio Mosquera Narváez, 1883—1939），厄瓜多尔政治人物，厄瓜多尔总统（1938—1939）。

悲惨。如果国家衰败，整个军队也将崩溃。

1936年，国家被独裁政权统治，武装阶级把一个小丑人物①推上了总统宝座。我写下了下面的文字之后被捕入狱：

所有的灾难都归咎于军队组织脱离群众，站在群众的对立面。中世纪的错误在于军队盲目服从皇权，而之后的错误在于皇权和军队都站在了民众的对立面，成为民众的敌人。

正因为这个荒谬的错误，我们历史上封存着无数个流着鲜血、让人感到悲痛耻辱的时刻。一直以来人们不得不带着不信任、恐惧和憎恨面对这个错误。

很长一段时间，民众都是军队的主要敌人。而军队之所以存在是因为他们一直在为伟大的事业而奋斗，而伟大的事业如不是因为人民或者为了人民谋取福利，都不能称之为伟大的事业。没有人会比军人更加光荣，大革命期间，与整个欧洲抗衡的法国共和党，在杰玛佩斯战役、瓦尔密战役中的士兵，委内瑞拉人米兰达，他们都被巴黎民众授予了成功的桂冠。还有华盛顿和圣马丁，那里镌刻了人民与军队一起抗争的史诗——玻利瓦尔的史诗。

还有数不胜数的战役里，人民都是军人最好的朋友和伙伴。

另一个幼稚的想法是认为军队除了自身的"专业技术"之外就没有其他的目标和使命了。认为军人必须生活在民众的痛苦、世间各种悲痛的边缘，觉得军人就是我们的儿子、兄弟和守护者。事实上军人不应该生活在社会动荡的夹缝中，军人不能脱离他所属的阶层而存在，不能除了专业素养之外就无其他使命。

如果各行各业都有这种想法，所有的人们，工匠、商人、农民都会对社会的动荡、民众的疾苦漠不关心。

但是事实并不是这样的，也不应该是这样。回顾一下最近的历史就会发现，参与政治生活一直是军队应该履行的义务，而民众也一直在一旁支持和鼓励军队推动民主建设。

---

① 指费德里科·派斯（Federico Páez，1877—1974），政治家、厄瓜多尔工程师。1935年9月26日，被军方最高政府首脑任命，担任最高行政长官至1937年10月23日。

军人就是武装了的人民，他们的使命是保护人民，军人应该代表人民的利益。这一伟大的真理是属于全世界所有军人的。而不是像在西班牙①或是在秘鲁②，军人把自己置于正义和民主之上，反过来对抗人民。

我们希望并且坚定认为，在这里我再次强调，军人来自于人民，是人民的一部分。他们是武装之后的人民，其责任是保护和守护其他民众。英勇的他们在世界各地履行着这一基本使命，为民众主持正义。

我在1937年写道，国民军遵从人民的意愿，接受了将国家正常化的艰难任务，却头脑发昏地（实在是想不出另外一个理由）把政权交给了一个滑稽可笑、一事无成的人③。他后来做过的蠢事都成了民众的笑柄，待业在家的人都以此为乐。这个软弱无能的小人物根本不懂什么是治理国家，也不知道国家之间的高层访问意味着什么，只知道花心思准备迎接哥伦比亚总统阿方索·洛佩斯的访问。由于独裁者的无知还有发生在利马的阴谋事件，访问最终也没有成行。如此一来，得志小人得到了军队无条件地支持，并开始胡作非为。在这场悲惨的闹剧中，1936年11月28日④成为我们历史上最恐怖的日子，众多基多人民惨遭杀害，俗称"四小时之战"。军队利用自己的职权愚弄大众，并向外界宣称，这一切都是共产主义的阴谋。

为了证明是共产主义者制造了这场阴谋，政府找了一个被17个美洲国家禁止入境，并在这些国家刑事档案里留下了记录的流亡之徒来编造谎言。独裁者对这一切都知情，认为他的特殊经历可以帮助政府隐瞒一切彻底欺骗民众。这些伪造材料中某些有关军队的段落被我抄了下来，之后我被捕入狱。但无论如何，谎言代替不了历史的真相，也毁灭不了历史的真相。尽管如今的大形势也没有那么好，但真相还是需要公诸世人……

①佛朗哥及其帮派与摩尔人、意大利人和德国人一起共谋对抗手无寸铁的西班牙民众。——作者注
②秘鲁军队帮助无耻的贝纳维德斯在选举中欺诈民众，原本被民众选出的路易斯·安东尼奥·埃吉古伦博士就这样被篡夺了合法政权。而我们民众则是最终的受害者。——作者注
③指费德里科·派斯。
④1936年11月28日，基多发生了"四小时战争"的叛乱，派斯的举措变得更加强硬：他颁布了所谓的《社会保障法》，取消了主要的保障，限制新闻自由，并将嫌疑分子驱逐出境。

军人参政的历史总该有个了结。事实证明军人参政对国家、对军队本身都有害无益。1935年9月是值得人们纪念的一个月，首席执行官安东尼奥·庞斯医生在面对即将到来的民主责任时感到心有余而力不足，并请求军队交出权力引导国家走向宪法正常化。陆军庄严地接受了这一要求，但这一任务到现在也没有完成。

只有面对赤裸的现实，加强互相之间的沟通才会有出路。统治者必须了解国家的当下，了解民众的生活，努力和民众沟通和交流，才能找到答案。民主只有开始实践，才能找到方向。我们必须把这项任务确定到基本路线中。无论对内还是对外都要透明化，从内到外都要实现民主化。极权主义者对外自称我们是人类自由的捍卫者，现在这一愚蠢的行径应该终止了。为了结束它，应该让国家的民众开始自由表达，恳求人民发言，向领导者提出想法，说出心中所想。人民向代表民众利益的政府表达，畅所欲言，告诉他们社会真实发生的一切。

译者：甘雨田

15 当他们被击败时……（1883年，秘鲁民众）

《一日》报刊一直提倡自由言论的精神，我从它创刊的第29年开始接触新闻行业。

这些天，我重读了秘鲁伟大的爱国主义作家曼努埃尔·冈萨雷斯·普拉达的文章。秘鲁在与智利抗衡之后，遭受了惨重的失败。他发出了愤怒的声音，鼓励民众，给民众带去了希望。他向秘鲁的人们大声疾呼，呼吁他们应该勇于承担责任，去履行自己的职责，去重建家园，去向侵犯他们的人讨伐。

我重读他的文章，因为我们目前正在经历着历史上前所未有的痛苦，它沉重又压抑。我觉得有必要回顾并牢牢记住在国家发生灾难时，秘鲁老百姓、秘鲁的知识分子看到自己的家园被夷为平地、亲人流离失所、同胞们身首异处时是怎么想的。现在的秘鲁在曾经支离破碎的国土上恢复了荣耀，取得了成功，却转身踏入了我们厄瓜多尔这没有丝毫防备的土地上，你们是否记得曾经自己的家园也被践踏过？

我们来看看普拉达是怎么说的：

在与智利的战争中，我们不仅牺牲流血，麻风病也开始在我们国家大面积肆虐。我们可以原谅满载船员的护卫舰因为舰长的错误指挥而搁浅，可以原谅无能懦弱的领导指挥着一批没有纪律的军队，我们也可以接受民众由于接连不断的海陆灾害被吓得束手无策。但不能被我们理解和原谅的是道德秩序的丧失和公共生活的不复存在。

但是普拉达继续说道：

在失败的阴郁里，时不时会脱颖而出聪明而富有同情心的人物。这场战争带来了很多的伤害，这证明我们仍然知道如何培养有男子气概的人。要记得，玫瑰不会在沼泽中绽放。一个孕育了格劳[1]和博洛涅西[2]的地方是绝对不会消亡衰败的。我们尽力振作起来吧。在不公平的竞争中，弱势方感受过悲伤才能绝处逢生，就像无情的获胜方最终也会跌入噩梦，痛苦地醒来。

秘鲁战败后冈萨雷斯·普拉达描绘的画面和厄瓜多尔落败后的场景惊人的相似。战败之后，人们的精神遭受了严重的打击，经济萧条，民生凋敝，集体沉默，国家完全失去了方向。如同乌纳穆诺所说，一贫如洗的家园在灾难的深渊里没有一丝光亮。我们的国家遭受着浩劫，上帝把我们置于不幸之中，一天天把我们逼到绝境。

普拉达在第二篇章中描述道，在与智利斗争期间，秘鲁出现了勇于抗争的战斗英雄，他们在秘鲁独立战争中没有出现，在国家彻底陷入困境时才出现，他们的出现让国家得到了极大的安慰。阿方索·乌加特[3]就像是从伊利亚特插画里逃出来的圣骑士，他勇敢地保卫国家，而我们厄瓜多尔在这方面却看不到希望。

秘鲁人顽强抵抗智利的步兵和大炮，虽然他们的防卫组织没有那么的严谨，但确实采用了有效的措施来奋力抵抗。

我们国家在1912年也出现过许多可歌可泣的英雄人物，维格拉、那兰赫多、亚瓜奇三个地区的民众积极抵抗。巴拉圭战役期间，巴拉圭面对巴西、阿根廷、乌拉圭，面对领土面积高出自己20倍、人口高出50倍的敌人也丝毫没有胆怯，迎难而上顽强战斗。直到巴拉圭男性大部分都战死沙场，只剩下妇女和儿童在保卫国家。这样顽强抵抗敌人的还有1914年的比利时，还有现在正处于斗争中的芬兰和希腊，以及无时无刻不在战斗的墨西哥……

如果秘鲁能从他们巨大的悲痛中汲取教训，并且让民众再次重燃希望，那么我们也需要明白，即便像秘鲁这样诞生了众多英勇战士，充满着许多伟大传说的

---

[1]米格尔·格劳（Miguel Grau，1834—1879），秘鲁海军上将，曾以一己之力抗衡强大的智利海军长达半年，2000年被秘鲁民众评选为"过去一千年中最伟大的秘鲁人"。
[2]弗朗西斯科·博洛涅西（Francisco Bolognesi，1816—1880），秘鲁军人，被认作秘鲁的民族英雄。
[3]阿方索·乌加特（Alfonso Ugarte，1847—1880）秘鲁军人，在南美太平洋战争期间，秘鲁和玻利维亚对抗智利，阿方索是军事指挥官。

国家也只能自己拯救自己。所以我们也只能靠我们自己。

我们必须消除国家和人民之间的不信任，政府也不要依赖宪兵，不要只知道惩罚罪犯，更重要的是给民众一些希望，让他们有信心重建家园，能像普通人一样过上平安的生活。全世界的人民都想要平安、体面的生活，不论是曾经离开这片土地的同胞还是一直在这里居住的人民，我们都不应该对他们加以防备甚至攻击。如果我们这样做，我们就成了自己曾经最憎恶的人。

如果国家能像我以上说的那样为人民指出希望之路，让人民可以看到星星之火、国家复活的希望，我祈求上帝能给他们最好的运气，因为他们是忍辱负重，在危急关头乐观向上、积极保卫国家的人民。

我们继续来看，普拉达曾经揭露了战败后的秘鲁最惨痛的一面，断壁残垣，尸横遍野。

> 智利用他们野蛮的双手撕裂了我们的躯体，压碎了我们的骨头，但敌人真正的武器，是我们自己的无知和我们内心深处的奴性。

这位大师揭开了真相，秘鲁曾经的创伤和我们现在正在遭遇的劫难都是源于我们自身的漠不关心和根深蒂固的奴性。

我们对一切都不知情，可以说我们被隐瞒了一切。这个伪民主国家在杜撰了一些事情之后，还把人民排除在政府和国家的领导之外。民主被彻底扼杀，这意味着民众没有了言论自由、选举自由和思想自由，所有民众想要了解的事情，国家面临的格局、未来的出路、民生问题都被伪民主国家扼杀在黑暗中。民主的消失让人们被迫成为井底之蛙，连国防情况都不了解。这些事情变成了神秘的玄学，整个国家只有少数人可以谈论这些恐怖的事情。这样的情况一直持续到欧利瓦特①和巴斯克斯②的出现，我们的法律地位才被确定下来。

人们什么都不知道，有关国家的一切都被蒙在鼓里。国家公共工程是个秘

---

① 欧利瓦特（Olivart，1861—1928），第一代欧利瓦特男爵，国际法专家、西班牙作家和政治家。
② 奥诺拉托·巴斯克斯（Honorato Vazquez，1855—？），律师、外交官。安东尼奥·弗洛雷斯·希洪的政府于1890年任命他为厄瓜多尔代表团负责与哥伦比亚解决边界问题的秘书。1892年年初，他以全权公使的身份前往秘鲁，以使秘鲁国会通过《埃雷拉-加西亚约条约》。

密，税务程序是个秘密，官方议会和理事会都是秘密，国家承诺的、人民最关心的民生问题也成为不为人知的秘密。曾经提出过的承诺最终也都成了悬而未决的迷案。

人们像是奴隶，有时候甚至连奴隶都不如，所谓的自由只是一个幌子。选举只不过是一场卑鄙的做戏，一群令人作呕的人登上了权力之位。卑鄙可耻的选举骗局成了一切罪孽的源头。之后出台了各种名目的法律来镇压人民的反抗，例如在墨西哥帕埃斯通过的谋杀法，其目的是束缚民众的思想，让媒体保持沉默，禁止任何自由的公民思想。

反观邻国，哥伦比亚就不赞成反民主行为。如能在哥伦比亚参与民主活动会是多么的美好啊！桑托斯和洛佩斯这样的领导人表示没有反对派就没有政府的存在。反对派和政府对于社会而言都是十分重要的存在，而事实证明哥伦比亚的反对派也是相当强硬的。很多拉丁美洲国家都面对过反对派的强烈抵抗，例如劳雷亚诺·戈麦斯①、何塞·德拉维加、拉米雷斯·莫雷诺和卡马乔·蒙托亚。但是在厄瓜多尔，无论是加西亚·莫雷诺、蒙塔尔沃，还是胡安·贝尼格诺·贝拉、曼努埃尔·卡耶活跃期间，从来没有出现过很激烈的反政府行为。我曾在收音机里听到过一些新闻，反对派领导、参议员劳雷亚诺·戈麦斯强烈地抨击政府，他称共和国总统是刺客的帮凶。即便这样，桑托斯也大方地面对。只可惜这些都只发生在哥伦比亚。

冈萨雷斯·普拉达认为民众的无知和奴役精神是秘鲁失败的根本原因。而我们厄瓜多尔的失败其实也正是因为这两点。当他在波利特埃玛剧院②做了那场伟大的演讲之后，秘鲁的政府和民众虔诚地听从并参考了他的意见和想法。灾难之后，尼古拉斯·德·皮耶罗拉③带领秘鲁开启了建设祖国的新篇章，为秘鲁的重建奠定了坚实的基础。

每个伟大的爱国者都是先知，普拉达曾预言："当民众不再有奴役精神，武装部队和政治家抛弃陈旧思想、与时俱进的时候，秘鲁肯定将取得胜利！"并且

---

①劳雷亚诺·戈麦斯（Laureano Gómez，1889—1965），哥伦比亚总统，1953年古斯塔沃·皮尼利亚将军发动军事政变，推翻了其领导的政府。
②1888年7月29日，冈萨雷斯·普拉达的学生加百利·乌尔维纳在利马政治剧院宣读其撰写的演讲稿。
③尼古拉斯·德·皮耶罗拉（Nicolás de Piérola，1839—1919），秘鲁政治家和财政部长，曾在1879—1881年和1895—1899年间担任秘鲁共和国第33和39任总统。

他提出了有建设性的想法，言语中对未来充满了希望。

　　我们肯定会迎来胜利的那天，让我们相信自己充满力量的手臂和散发着智慧的头脑。勇气决定战斗的时代已经结束了，先进的科学技术才起着决定性作用。别再寄希望于国际浪漫主义的救援和超人的帮助了，大地嘲笑失败者，上帝不会惩罚刽子手。

　　我们别指望过去的人能重建和复仇，腐朽的树干开出的花早已散发着有害香气，结出的果实皮糙味苦。让我们等待新树来开花结果吧！

他接着说道：

　　我们是自由的人，不要害怕解释，也不要在乎细枝末节。让我们站出来掰直这些人弯曲的骨架，让我们给污浊的空气注入新鲜的氧气，让我们点燃一束火光，燃起人们心中的火焰，让他们热爱那些值得被爱的事物，并坚决憎恨一切必须被憎恨的东西！

　　我这几天重新阅读了这位伟大的秘鲁爱国学者曼努埃尔·冈萨雷斯·普拉达的文章，他和我们的蒙塔尔沃、萨米恩托及马蒂一样，打破旧思想，传播当代精神。我们应该记住他是如何在国家战败之后鼓励民众重拾信心的，他们是曾经的失败者也是今天的大赢家。多年来他们吸取玻利瓦尔的经验教训，从中受益的他们开始不断收获。

　　这一天对于我们国家的文化和自由来说都是相当重要的一天。要记得很多年前的这一天，《一日》这个具有思想的报刊诞生了。我们的民族精神通过这一页页的文字传递出去。也就是在这一天，8月1日，这个国家在没有任何防御的情况下惨败。国家不得不放下尊严拱手让出超过他们起初要求的领土面积，不得不拱手让出国家的未来……在回忆这一天的时候，我们必须重新宣誓，暗自下定决心建立一个新的家园，这个家园不再是黑暗时代里那个被摧毁了的家园，我们的家园在1941年重生。

译者：甘雨田

16 当他们被击败时……（1898年，西班牙人）

重现家园。

—— 华金·科斯塔

此文特献与温贝托·阿尔伯诺斯①博士。正是受他的启发，我将自己关于国家现实的想法发表在日报上。当他看到那些真挚的、具有爱国情怀的观点，他能用他的标准来理解这一切，即使这与他的观点不一致。

上个世纪末，西班牙这个宗主国伴随着严重的殖民地损失终结了帝国时代，在半岛上出现了一批知识分子——或许是黄金时代以后最强大的一代——他们除了将西班牙精神水准提升到欧洲文化的至高层次外，还决定将其贡献——思考、研究、呼号和作品——献与西班牙的再生和它向伟大人民群众生活的回归，及其物质和精神财富的再现。

他们就是"九八年一代"②。

其中有比肩陀思妥耶夫斯基和狄更斯的贝尼托·佩雷斯·加尔多斯，著有《国家故事集》和《厄勒克拉特》；有品德高尚的学者弗兰西斯科·希内尔·德洛斯·里奥斯；有当时全球最杰出的组织学家圣地亚哥·拉蒙·伊·卡哈尔；有多题材作家——由格拉西安、戈维多和弗朗西斯科·德·维多利亚开始的宏伟篇章的延续者——梅内德斯·伊·贝拉约和科西奥；有具有积极思维的杰出思想家华金·科斯塔和安赫尔·加尼韦，即著名散文《西班牙意识》的作者；有奥尔特

---

① 温贝托·阿尔伯诺斯（Humberto Albornoz，1894—1959），厄瓜多尔政治家、大学教师。
② 九八年一代，即"1898年一代"作家群，西班牙文学史上一个重要的流派。他们大多于1898年前后开始发表作品，对国家的前途感到悲观、沮丧，作品主要是对西班牙自然景色的讴歌和对西班牙社会的抨击，具有鲜明的忧患意识。

加·伊·加塞特①、佩雷斯·德·阿亚拉、祖鲁埃塔和马拉尼欧，还有胡安·拉蒙·希梅内斯和安东尼奥·马查多②这样杰出的诗人；有贝纳文特这样杰出的剧作家；有和《堂吉诃德》的作者一样的伟大人物拉蒙·德·巴列-因克兰，当时全欧洲独一无二的散文作家，生逢真正西班牙语世界的绝佳时期，这是一种夸耀，也是对正义的热爱；另一位伟大男性米格尔·德·乌纳穆诺，在我看来，是西班牙几个世纪以来文化史上最杰出的人物。他曾在昂代伊③对我说："我的先辈们，圣·巴勃罗和帕斯卡；我的苦楚同伴，索伦·克尔凯戈尔。"

他们一刻不停地参与西班牙1898年溃败的恢复进程，毫不悲观。以严厉有时甚至粗暴的态度果决地揭示真相，即失败的真相。既不像一些史学家，毫无经验又喜好卖弄，有着浅薄虚无的渴望，也不打算进行徒劳的报复惩处那些有罪之人，他们希冀完成文化创作。但他们也明白，建筑师在安排铺设地基基石之前，只能先完成土地的清理，打扫清除垃圾和废物，这样才会有坚固而又完美的作品。

在那些预言和构想的声音里面，或许最深刻、最有见解、最完美的当是杰出的华金·科斯塔，他是阿拉贡人。路易斯·德·祖鲁埃塔说："在所有同时代的西班牙人当中，科斯塔最能清楚地认识我们国家的状况。"

那么，在厄瓜多尔遭受巨大挫败的日子里，我们重新去认识华金，正如所说过的那样，我们也重新认识曼努埃尔·冈萨雷斯·普拉达，他是杰出的秘鲁人，杰出的美洲人。

再现家园，这位阿拉贡学者坚定的声音，是西班牙在1898年发出的呼号。

面对挫败，伤残和耻辱，颜面尽失，再现家园是1941年厄瓜多尔人无法回避且不容迟缓的责任。不仅要找回因为退缩和服输而失去的领土家园，还要找回精神家园。找回那个丢失的家园，那里有凯泽林的生活愿景，奥尔特加·伊·加塞特所说的"共同的生活目标"和前进的信念。找回那个失去的家园，它是独立自主的，能直面挑衅，现在却遭受责难击打，剥夺了于它而言永远是最根本的东

---

① 奥尔特加·伊·加塞特（Ortega y Gasset，1883—1955），西班牙思想家。
② 安东尼奥·马查多（Antonio Machado，1875—1939），20世纪西班牙大诗人，文学流派"九八年一代"的最著名的人物之一。
③ 昂代伊（Hendaya），法国西南部城镇，和西班牙接壤。

西：自由。

科斯塔说：

我们深陷其中，拯救这个国家处境的难度丝毫不亚于出现一个奇迹。但我们必须要实现这个奇迹，我们一定会完成。

比1898年西班牙的败落更严重的是1941年厄瓜多尔的衰败。因为西班牙曾和比它强大10倍的敌人——美国战斗过，曾在美洲的大陆和海域这些远离本土的地方战斗过。

然而我们……

西班牙失去了殖民地，即本土以外的土地。但它的领土仍是完整无缺的，半岛的版图毫无残缺，一直未变。西班牙早已最大限度地挽回了它的尊严，带着伤痛从严峻的考验中走出来，未受屈辱，也守住了国土。可是我们的衰败却很糟糕，很可怕。

我们发现西班牙溃败之后，优秀的西班牙人没有让这个国家在这场考验中失去信念，科斯塔所言证实了这一点。在西班牙溃败后的第三天，人们便议论纷纷，调查研究，指责归咎。而在厄瓜多尔败退的第三天，什么也不能做。一切爱国言论都被视为搞破坏，国歌也存在这样的风险。

西班牙人民渴望面包，渴望阳光，渴望正义，渴望自由，也深爱祖国，但厌烦"政治园艺"。

科斯塔所厌恶的"政治园艺"不是伪装的独裁，它剥夺西班牙人民的基本权利：这里指摄政时期西班牙杰出议员的语言斗争。杰出的卡诺瓦斯[①]去世之后，萨加斯卡对抗西尔维拉，自由派对抗保守派，轮流交替执政。但西班牙在思考问题，调查研究，寻求解决自身问题的办法上是自由的，不是"思想的集中营"。报刊新闻比以往任何时候都更自由，尤其更广泛地激励那些杰出的知识分子和艺术家。但科斯塔不满足于此，他想要更实际的行动，呼吁应该创作"苦行僧式政治"这种作品，"再现印度奇迹，使人们目睹其萌生与成长"。

[①]卡诺瓦斯（Cánovas，1828—1897），西班牙政治家和历史学家，六次担任西班牙首相。

接下来这一段，显而易见地表明西班牙在垮台后至少挽救了它的思考自由。在这期间，我们所知道的称为"自由大陆"的某些民主国家早已施行囚禁或流放政策。

我们摘录科斯塔这段话：

> 我们的公共生活所呈现出的画面令人感到羞愧又伤心，这种画面也让我感到无比恶心。这清楚地证明如果西班牙失去脉搏，那是因为它不值得活下去。在上层，使国家衰落、受辱和毁灭的罪人仍占据着国家及财富，享受着权力带来的利益和好处。怯懦的底层受害者跪在他们面前，含泪祈祷着，恭维着，哀求得到恩典，能在预算、市政自治、舆论主权、警察供给、普选和诚实选举等方面有所变革；当这些完成时，正是懦弱者最终站起来之时，高傲又愤怒，他们亲自取回属于自己的东西，即所有一切，并对非法所有者施以惩罚。

科斯塔这样写道，也这样指责着。尽管是这样一个君主制政府在统治西班牙，这位杰出的阿拉贡多题材作家却从未有过被监禁、迫害或流亡的危险。

他从未被阻止写作。他的杰出作品有《西班牙政治危机》（熙德坟墓的两枚钥匙）、《西班牙的重建和欧洲化》和特别艰巨而具有重建意义的作品《谁应该在溃败之后治理国家》。这些作品自由流通并被广泛阅读，出版者也没有遭受迫害或者被逮捕。《现代西班牙》①在其全球知名的期刊上发表了华金·科斯塔的不朽之作。

在提出措施来"恢复失去的家园"之前，科斯塔想提醒注意一个危险——顺从。顺从是效率低下的最大原因，是"国民的鸦片"，是对所有奴隶制的鼓励，是所有专制独裁的盟友。于是他说：

---

① 《现代西班牙》（La España Moderna），1889年至1914年在西班牙马德里出版的文化刊物。

除了一年又一年毫无安慰和希望，继续着我们的痛苦。人们所有的同情和怜悯就像审慎的处子，不让它们的灯熄灭，或者匆忙重新点燃它们；除非我们有所成就和忏悔，否则都说我们虽有所经受却未忍受；我们接受了过多的哲学性的失败。

除了继续抑制我们心中要溢出的愤怒和懦弱地忍受，一切都正如我们已然忍受到现在这样，他们把我们捆绑，使我们束缚于国家。他们应该在休达①拖动镣铐，或者占据疯人院里的一间房或学校的一条长椅。

如今在我们的土地上，有讲道士、传教士和先知，他们宣扬着顺从，容忍主义和抱怨又能怎么样。现在有人粗俗地提出，认为有必要忘掉1941年7月至1942年1月的事件，国家利益的巨大损失令人不耻，比如领土遗产、精神遗产和道德遗产。对此人们称为"边境事件"②，因为至今仍没有名字，甚至我们自己仍不敢用卡斯蒂利亚语去称呼它。

当发现国家的全部失败后，不能称它为"边境事件"，试图缩小这种巨大的痛苦和失败，是不切实际的奢望，也不会有成效。面对智利，秘鲁人没能减少自己的溃败，明确割让了部分国土。正因如此，他们能重振精神，即便为此付出了代价："我们在北部取得的土地是南部丢失的十倍"。秘鲁没有采用保守主义和现实主义之人提出的鸵鸟政策。半个多世纪，秘鲁都在愤怒，在高喊它的疼痛和复兴的意愿。秘鲁创造了奇迹，我们有目共睹。而我们任何人目睹之后，都可以肯定这个伟大的民族带着对痛苦的爱，面对智利，在失败中制造了传奇。太平洋战争中秘鲁的英勇业绩，在图画、文学和大众记忆这些方面，几乎已经抹去了玻利维亚独立时的丰功伟绩，从60年前起，秘鲁英雄有格劳、博洛涅西和阿方索·乌加特。

法国人没有淡化他们1870年的失败，保罗·德鲁莱德和克列孟梭在奔走呼号着，巴雷斯和佩吉则在广袤的思想和诗歌领域奋战着。为了复仇，整个法国都致力于强大自己和恢复精神。

西班牙人亦是如此，没有淡化他们1898年的失败。当时杰出的西班牙人，伴

①休达（Ceuta），西班牙的一个自治市，位于非洲最北部，与摩洛哥接壤。
②1941年7月至1942年1月，厄瓜多尔与秘鲁在边境发生领土冲突，厄瓜多尔战败。

随那些可怕的箴言，高喊他们的痛苦和控诉。他们鞭打民族之面，使其觉醒，使其血液充满着愧。听科斯塔这样说：

> ……当战争更加激烈时，我说西班牙是一个由1800万女性组成的单性国家……此时我回头看，一眼就看到曾经发生过的令人难以置信的事情，十分可怕。我在绝境深处看到羊群，它们双眼中毫无生气、呆呆笨笨，看着管理者操控着它们的命运、自由和生命。我明白了我之前对女性的评定是一种伤害。不，西班牙不是一个单性国家，而是一个无性之国。不是一个女性国家，而是一个受阉之国。

之后，他更明确地表明不要忘记不幸，正如那些担心他太执着于此的人们想的那样。科斯塔接着说：

> 让我们加深对于失败的苦痛回忆，这样它才不会从我们的记忆中消散，因为它似乎想要离去。这样才能作为一种鞭策，一种能量，一种警示来构建我们的灵魂！我们让公众人物回归到他们自己的生活当中，以此让国家能够参与到公共生活。我们赢得失去的时间，将明天这个词从新生词典里去掉。

在清洁和矫正工作之后——这是必不可少的，尽管那些害怕真相的人并不愿意——科斯塔提出了稳固和建设工作，他提出的第一个有效的坚定的设想是"熙德坟墓的两枚钥匙"。

也就是说，对于过去的胜利的夸耀，就让它过去吧，我们不再只是从过去汲取营养。在那些空泛的、做作的、华而不实的演讲中，我们要让那些名人的灵魂得以安息。我们不要再期望传奇故事继续，正如西班牙人民期待的那样，"英雄维瓦尔离开了坟墓，骑上战马"。我们一致认为逝去的英雄必定不会救我们。这一切都是活着的人的工作。与其用对塔尔基①的回忆来麻痹我们，按时把武器和人员输送到埃尔奥罗省边界将更有价值，这也确实是可以做到的。与其说些关于阿伯顿·卡尔德隆②的虚言，第一次假停战时运送的那些武器，如果能及时送到

---

① 塔尔基（Tarqui），哥伦比亚的城镇，位于该国西南部。
② 阿伯顿·卡尔德隆（Abdón Calderón，1804—1822），厄瓜多尔独立战争的英雄。

的话将更有价值，至少两个月前，八天前……

一个有生存意志的年轻国家，如果像一位体弱多病的老人，想从过去汲取营养，通过回忆维持生命，那就是在犯错。对于我们的过去，应该采取勒庞关于法国大革命的建议，使其荣耀的唯一方法就是去终结它。

伟大的勇士和两枚钥匙都在坟墓里。西班牙人就像现在的厄瓜多尔人一样处于不受保护的状态。他们应该依靠自己。正如我们一旦与玻利瓦尔的马牢牢地拴在一起时，就必须依靠自己。于是科斯塔说道："为西班牙人才提供扎实的教育和丰富的给养，支持食品储备和教育。"

食品和教育是任何时候都有的问题，即要健康的身体和强健的大脑。在基督教说教最辉煌的时候，耶稣向人类和全世界提出完美的标志：在犹太人逾越节前夕，成千上万的人来听他讲话。没有什么东西给他们吃，让他们听那些教育性和预言性的话。一个小男孩有"五个大麦面包和两条鱼"，但是耶稣说："你们让这些人坐下。"并向五千多人分发面包和鱼。食品和教育，这就是1898年西班牙的问题，1941年厄瓜多尔的问题，也是人类历史上所有国家的问题。

西班牙需要且应该向学校要的不仅是会读书写字的人，而且应是成熟之人。金·科斯塔呼吁道，为了产出这类人，学校应该培养责任意识、主动精神、自信、个性和特色。正是凭借这些才能使机体从衰退中恢复，这都是由于脏乱、过度劳累和食物不足等原因引起的……

为了保证粮食储备，人们应该回归田地。于是华金呼吁"灌溉即是治理"，这正是为了提醒人们需要的是"水和正义"。之后他继续说："头和手臂取决于胃部。你告诉我一个民族吃过什么，我就能告诉你它在历史上的地位。"

食品和教育，正义和国家。"我们要加强国家联系，与此同时为基督教徒、预知者、正义和荣誉之士做见证，关心劳动阶层和无依无靠之人……"科斯塔处于中间，是开明的基督教徒，他知道没有社会的正义是不能进行国家建设的。一个满是游手好闲的年轻人的国家是不会、也不可能有未来的，"穿着工作服的男人，他们是明天的基石，也正是需要去建造的。他们用金钱、汗水、眼泪和鲜血去征服对他们来说毫无用处，也不曾需要的政治权利。"

为了西班牙的恢复，科斯塔要求它应该受到管理，并且接受很好的管理。他创作了杰出的作品《谁应该在溃败之后治理国家》。

具有较高文化的科斯塔明白，对国家溃败负有责任或至少没有尽力去阻止这场失败的政府，对于随后国家恢复的工作，企图得到民众的信任是不可能的。在或远或近的历史中，欧洲的先例都在证明这一点。当有确凿无疑的证据表明这样的政府能够摧毁一个国家时，继续任其管理这个国家、重建这个国家，是在违背事物的本质。人们——虽然或许会犯错——当趋向一个领导者时是不会恢复信任的。与此历史假设相矛盾的便是背道而驰。关乎信任的判断是无法更改的，尤其是当那种信任早已失去，比如1898年西班牙失败的例子，这不仅仅是在政府时期，也存在于王朝时期，从卡洛斯四世和玛利亚·路易莎①出现便失去了，他们搬弄是非，可笑又无知。

对于我们来说，没有比加西亚·莫雷诺更具有代表性的例子了。夸斯普德的溃败毫无益处，令人厌恶，却也从未像1942年埃尔奥罗的失败那样糟糕透顶。失败之后，这个政治敏感度极高的大独裁者明白，他在厄瓜多尔的政治中失败了。溃败后的二十天，他在一封信中宣称他打算辞职，回归"他最喜欢的科学研究"。不幸的是，他身边的人反对他这个合乎逻辑的决定。由于没能选择那唯一适合的道路，所有的错误和指控使加西亚·莫雷诺声誉受损，他亲手给自己招致了可怕的裁决。

但是，这个大独裁者懂得寻求民族和谐的必要性，指责性地向1864年的特别大会呼吁准予他——因为在宪法中一直没有——特别的权力特性，即赦免权。这项权力早已被去除，也包括禁止给予赦免。你们听加西亚·莫雷诺说的相关言论："然而，那种卑劣的禁止，或许是带着复仇和怨恨的贪婪之人提出的，会毫不犹豫地请求你们，给所有在上次战争中没有尽到职责的人无底线的大赦和毫无限制的赦免……"

但是，一切都不能挽救已经失去民心的加西亚·莫雷诺，令人敬佩的管理者在夸斯普德就早已彻底失败了。他之后的政治生活是虚假的，是违背潮流的，

---

①卡洛斯四世（Carlos IV，1748—1819），西班牙波旁王朝的国王，由于他的一系列错误决策，西班牙遭到巨大危机。玛利亚·路易莎（María Luisa，1751—1819），卡洛斯四世的妻子。

他进行了卑劣残暴的独裁与迫害，比如马尔多纳多、博尔哈、哈姆波利、维奥拉……

正如冈萨雷斯·普拉达对于战败的秘鲁一样，对于溃败的西班牙，华金·科斯塔是世俗的先知，他能够营造气氛，振奋国家消沉的精神。

这两位高声论述，严厉又坚定。他们需要对抗那些阻止和妨碍他们家园复苏的人，对抗那些对于加快节奏置之不理、墨守成规、顽固腐朽、毫无效率的人。人们或早或晚都听到了他们俩的呼声，正如现在我们回望的那样。首先是他们的人民，然后是那些冈萨雷斯·普拉达和科斯塔各自需要直接对抗和抨击的人或机构。

1931年的新西班牙可以说是天才科斯塔的杰出之子，但纳粹、法西斯主义者、西班牙长枪党和摩尔人不得不在一场凶恶密谋中将其扼杀。新秘鲁带来何塞·卡洛斯·马里亚特吉的声音，这在美洲无与伦比，还有阿亚·德拉托雷振奋的行动，可以说是天才冈萨雷斯·普拉达的杰出之子。

在这个杰出的阿拉贡人的伟大呼声中，阿方索十三世①听到西班牙的真实声音，忘了科斯塔曾是共和派的，忘了他曾严厉地斥责王朝。在科斯塔病重期间，阿方索十三世还派私人秘书前去探望，他去世后，皇室以官方方式出席了他的葬礼。谁又能知道，如果科斯塔是在其他地方发声，为了让其沉默，或许等待他的就是监禁或者流放。

译者：崔扬舟

---

① 阿方索十三世（Alfonso XIII，1886—1941），西班牙波旁王朝的国王。

17 关于我们的至高责任："重现家园"

……一件小事。

大众之歌

我们厄瓜多尔人的祖国是一个萎缩的国家，在领土、声望、道德、生存意志和再生的意志等方面都是减缩的。

摆在我们厄瓜多尔人面前的是一项艰巨的任务，建设一个有领土、有声望、有尊严的家园。

任务是艰巨的，因为这一切需要我们厄瓜多尔人自己去完成，不能寄希望于外界和上层。不需要其他的，一年的耐心就足够了，不需要构造性的打算，不需要热切的渴望，也不需要计划方案。通向全部失败和毁灭的疯狂角逐，每次都在加快。

在这次国家的溃败中，存在两类人：一类是那些坚持说没有失败的，他们有自己的说辞，因为他们是胜利者；一类是坚持认为确实失败了的，因为我们的领土缩小，尊严和声望被击垮和践踏。第一类人面对自己拥有的东西，不承认失败。他们不明白为什么要重建他们所看到的一些东西，他们认为都已经建构得很好了，很稳固也很舒适。

对于这类不幸也出生在厄瓜多尔的人，我们寻求和他们的合作或许是无益的，是不正确的。他们不能人道地看到、觉察到或感触到国家的溃败。对于他们来说，他们的国家是胜利一方。或许国家小一点会更好，国家怯懦和卑微一些会更好，这样他们才能更轻易地从中得益并控制它。

第二类人正是那些在身心上深深感受到失败，并且正因如此，不能去掩饰和否认它的人。这一类人基本没什么过错，我们应该在他们这里找寻重建的力量。

对于民族的命运和它的未来可能性，国土的减少是件大事情。焦躁的部长或许不能够理解，面对稍微有些强硬让他服从的声音，他便被吓到，不停地签署文件。

但更为巨大的问题是道德的沦丧，精神的颓废和名望的下降。我们厄瓜多尔人在一场没有战斗的战争中失败，本来是可以去反抗这些衰退的。如果我们的土地已被侵占，那么但愿我们的生存意志，即"国家继续"，不再被夺去。

这就是为什么我在以前的信中那么详尽地谈国家能力，因为我一直认为天赐我们富含腐殖质的热带国土，尽管也有大量疾病和害虫，我们可以凭借所拥有的人力建设一个国家，"一个小而伟大的国家"。阿塔瓦尔帕凭借同样的人力在同纬度地区建立了最强大的帝国，同样的人力造就了埃斯佩霍和"八月事件"的那些英雄；罗卡富埃特凭借同样的人力构造了透明的民主，加西亚·莫雷诺则据此构造了幽暗却强大的物质和精神力量；也是同样的人力让蒙塔尔沃、阿尔法罗和冈萨雷斯·苏亚雷斯变得突出。

尤其是同样的人力造就了奥塔瓦洛的编织物，里奥班巴的果核微型画，马纳维和昆卡的草帽。

同样的人力还造就了精妙的石雕和木雕，基多的神庙和受众广泛的肖像雕刻家。从印第安人卡斯皮卡拉①开始，这些雕刻家以母性和耶稣降生为题材的作品遍布半个大陆。同样的人力还造就了基多学院禁欲主义和现实主义画家，以及瓜诺②和奇略斯③独一无二的地毯商。

领土面积很小的国家在物质和精神上富足，这并非不可能，从历史上来讲非常有可能。1938年在波哥大④建城四百周年之际，我将米德罗斯⑤的作品蒙塔尔沃半身像交给代表哥伦比亚这个国家的最高代表——纯粹的民主党人爱德华多·桑托斯⑥。巴尔多梅罗·萨宁·卡诺⑦"这位老师"，称赞这些比较小的国家，赞扬厄瓜多尔的精神和道德姿态。

---

①卡斯皮卡拉（Caspicara，1723—1796），厄瓜多尔雕刻家。
②瓜诺（Guano），厄瓜多尔的县，位于该国中部。
③奇略斯（Los Chillos），厄瓜多尔的一个街区，位于首都基多的南部。
④波哥大（Bogotá），哥伦比亚的首都。
⑤米德罗斯（Mideros，1888—1967），厄瓜多尔画家。
⑥爱德华多·桑托斯（Eduardo Santos，1888—1974），哥伦比亚政治家，从1938年8月至1942年8月任哥伦比亚总统。
⑦巴尔多梅罗·萨宁·卡诺（Baldomero Sanín Cano，1861—1957），哥伦比亚作家、新闻记者、语言学家。

让我们踏寻历史的足迹，从横向上，尤其是从纵向上看看人类文明的发源和繁盛之地（在道德、精神和物质方面），在领土上都是多小的国家。

以色列位于幼发拉底河、约旦河和底格里斯河所流经的狭窄谷地。埃及位于尼罗河三角洲附近。更加灿烂辉煌的是面积不大的古希腊，永恒不朽的希腊，它是我们对世界和生命认知的根源，是关于理论、思想、人类和方式的国度，至今仍未被超越。

在今天，原始荒蛮仅在地域当中构想文明，生活和幸福刚刚带动了两个国家：荷兰和比利时。尽管两个国家的面积很小，但对于欧洲和世界来说，一直是块宝地。佛兰德斯①有阿尔瓦公爵的热望，有梅姆林、范·艾克、鲁本斯、范·戴克以及只有西班牙的委拉斯开兹和戈雅可以与之相比肩的最负盛名的伦勃朗。佛兰德还有伊拉斯谟和一直以来很著名的形而上学家、伦理学家巴鲁赫·斯宾诺莎。

但还有更特别之处，佛兰德斯有梅赫伦、布鲁塞尔和布吕赫的嵌缀；有高等学府，比如鲁汶大学；有无与伦比的手工艺，比如鹿特丹和列日的工艺品；有海员和卓越的业绩，他们嘴里叼着烟斗，带着货物，走遍所有大洋。

离我们更近些的乌拉圭面积不大，通过赫雷拉·赖西格和罗多，其状态达到最佳。卡洛斯·瓦兹·费雷拉在这里深思并进行思想传播。杰出的女性在歌颂，比如胡安娜·德·伊巴布若。美洲新的诗歌声音燃起——巴勃罗·聂鲁达，不是吗？——伴随着卡洛斯·萨巴特·厄斯卡西伟大而崇高的口音……这片土地培育了大草原，到处都是牛群，拥有完备的货币；在国际上，靠近强大的邻居巴西和阿根廷，有着自己的特性。

不战而败的厄瓜多尔人的确可以拥有"一个小而伟大的国家"，我们要去实现它。我们失败了，我们体会到这一切，也知道这一切。我们的目标中不要带有沮丧、憎恶和复仇，也不要有女性的柔弱。我们做的一切只为"重现家园"。那些更卖力、必定会做得更好的人大抵就是我国的年轻人，想要保卫国家却没有机会的工人，这些孩子强壮而勇敢。为了挽救最动荡的时刻，大学生在里约热内卢

---

①佛兰德斯（Flandes），比利时西部的一个地区，传统意义的"佛兰德斯"也包括法国北部和荷兰南部的一部分。

失败的日子向英雄致以哀思的花冠，并发誓为祖国而奋斗。年轻的军人想要完成他们的使命，构想一个在精神和物质上富足的新国家，就像建筑师勾画他的设计图，并最后将其建成。

他们夺走了我们的家园。现在我们必须要"重现家园"。

译者：崔扬舟

再致厄瓜多尔

当今厄瓜多尔概览

他们改变了我们国家的样貌和氛围，现在我们不能开心自豪地谈论这个小小的国家，我们的厄瓜多尔。在这里，埃斯佩霍和蒙塔尔沃的作品，甚至那些杰出的神职人员维森特·索拉诺、冈萨雷斯·苏亚雷斯的作品，都是关于文化与自由的。无论是在国内外，"太平洋的乌拉圭"现在不再带有小国辉煌的标志——大国始终与人类更高的追求相近。

直到不久前，在国际文化生活中，人们认为厄瓜多尔一直与那些想要独立，想要摆脱殖民的小国是一起的；与摆脱专制，通过运动推翻独裁者的国家是一起的。厄瓜多尔是这样的国家，也是这样的政府，它向埃斯特拉达·卡布雷拉①请求宽恕桑托斯·乔卡诺②，向桑切斯·赛罗③请求宽宥哈亚·德拉·托尔④，向热图里奥·瓦加斯⑤请求谅解卡洛斯·路易斯·普雷斯特斯⑥。

如今，回看两个世纪前"广阔而久远的世界"，回看80年前的国家历史，我们的国家现在正在被改变，它是一个追求美好的"温暖国度"。这个国家在暴动，在抵抗一切倒退、一切邪恶和一切生活上的辗转不定。

如今当一个反抗性的民族想摆脱国歌的"压迫束缚"，就像阿尔及利亚的情况一样，我们在国际投票中热切地寻找我们所爱的祖国，而我们发现它与另一些国家站在一边，他们投票反对那些渴望自由的小国。在我的一本书中，我讲到伟大的老人乌纳穆诺，他像帕斯卡一样是基督教徒，关于阿卜杜·克里姆⑦，他

---

① 埃斯特拉达·卡布雷拉（Estrada Cabrera，1857—1924），危地马拉独裁者，曾于1898—1920年担任危地马拉总统。
②桑托斯·乔卡诺（Santos Chocano，1875—1934），秘鲁诗人、作家。他积极参加政治运动，反对帝国主义侵略，多次被捕入狱。
③桑切斯·赛罗（Sánchez Cerro，1889—1933），秘鲁军人、政治家。
④哈亚·德拉·托尔（Haya de la Torre，1895—1979），秘鲁政治家、哲学家和作家。
⑤热图里奥·瓦加斯（Getulio Vargas，1882—1954），巴西律师、政治家，曾两次担任总统。
⑥卡洛斯·路易斯·普雷斯特斯（Carlos Luis Prestes，1898—1990），巴西共产主义政治人物。
⑦ 阿卜杜·克里姆（Ab-del-Krim，1882—1963），20世纪初摩洛哥北部柏柏尔人反抗法国和西班牙殖民统治的领导者，里夫共和国的创始人。

感叹道："如果他在反抗中胜利，这个摩尔人将会像你们的玻利瓦尔一样拥有雕像。"但统治者现在做的这些充满戏剧性的工作，我们已经有所感受。我们与实施压迫的国家站在一起来对抗那些渴望自由的被压迫者，处在尴尬的状态。国际权力干预达到如此不堪的处境，以至于我们想躲藏到几十米的地底下来掩饰自己的羞愧。

今天，当兄弟国家委内瑞拉摆脱佩雷斯·希门内斯①这个最荒唐的独裁者时，我们坚定地站在他们这边，这个悲喜剧式的头目倒台了，不仅让人发笑，还能感觉他的愚蠢。1月1日，在其正式垮台之前，我们在罗慕洛·加列戈斯②的家里庆祝贪婪的专制独裁势必废除，其中包括墨西哥人、委内瑞拉人以及整个大陆的自由公民。那时候，在那些天，我们不幸的国家正拒绝庇护一个来自委内瑞拉的学生——庇护权利是所谓的泛美主义为数不多的好事之一。凶残的费德罗·埃斯特拉③手下的警察正在追捕这名学生。这件丑陋懦弱之事是正在摧毁国家威望的人所犯下的，墨西哥和全世界的日报上已经将其公布。我们厄瓜多尔人，满脸鲜血，除了承受这鞭打和这不幸别无他法。这一切都是为什么？因为我们早就已经不知羞耻，伸出乞讨之手索要"转手"的东西，好像我们早已丢失了国家品性，不再去获取"第一手的"。

当西班牙共和国流亡政府主席去美洲看望英勇无畏的同胞们，他被那些大国热情接待，比如墨西哥、阿根廷、哥伦比亚甚至是委内瑞拉④。当那位模范西班牙人费利克斯·戈登·奥尔达斯⑤，在纽约得知其到访南美是很好的事情时讲道："我被拒绝进入厄瓜多尔，又是'转手'的出借？不，因为那个矮小的独裁者也向美国和俄罗斯伸出了双手，为了使我们的西班牙从巨大的溃败中得以解脱，这不幸都是'西欧最好的政府'所导致的，正如根据历史上最做作的短语所说，我们正在享有'西半球最好的政府'。西班牙所给予的是'第一手的'，只是不是美元，而是国家工团主义组织的神职人员和教师。"

---

① 佩雷斯·希门内斯（Pérez Jiménez，1914—2001），委内瑞拉总统（1952—1958）、军事独裁者。
② 罗慕洛·加列戈斯（Rómulo Gallegos，1884—1969），委内瑞拉小说家、政治家。
③ 费德罗·埃斯特拉（Pedro Estrada，1906—1989），委内瑞拉政治人物。
④ 独裁统治倒台之前。——作者注
⑤ 费利克斯·戈登·奥尔达斯（Félix Gordón Ordás，1885—1973），西班牙政治人物。

在国内我们国家的面貌被改变，它的存在方式、得体的行为都发生改变。它原本年轻，不受虚伪、谎言和欺骗的侵染。我在《致厄瓜多尔》中曾提到，尽管关注阿罗约·德尔里奥①这样一个厚颜的政府十分聪明，却应表明我们国家不能容忍两件事，即对其进行独裁统治和将其变成怯懦胆小之流（冈萨雷斯·苏亚雷斯所用词汇）。如今发生着同样的事情，只不过规模小，即现在人们所能达到的规模。

关于国家的消息，或是通讯社的报道，或是途经辽阔的墨西哥的同胞所提供，无非就是这些——埃斯梅拉达斯地震，一位父亲在男子学校被谋杀，旅游大巴车祸造成多人死亡及更多人受伤，河水泛滥，加拉帕戈斯群岛②海岛监狱罪犯发生暴动扰乱到部分外国人的正常旅行。毫无疑问，有时候新闻机构将最卑鄙的小人当作自己的代理人，自己却一无所知。真相是令人心痛的，实际上这是一个冰冻之国，由于治理它的人无能而冰冻。

到了这样的地步，以至于国家重新变成了"荒芜之地"，所有人都逃离和躲避的荒漠。这是我想要拯救的，文化之家的成立便是一个微小体现。我邀请到了汤因比、里韦特、巴斯德·瓦莱里·拉多、瓦尔多·弗兰克以及全世界的社会学家、学者和艺术家，他们跨越南北，从波哥大到利马，奔走于美洲这片土地上。

不在国内的厄瓜多尔人总会热切询问那些到来的外国人和厄瓜多尔人，他们十分想得知国家充满生命力，繁荣昌盛，朝着目标前进。但答案是令人沮丧的。

"基多，这个美丽城市的路建如何？"

"已经停滞或更糟糕。"

"基多——阿罗戈——圣多明各——埃斯梅拉达斯公路怎么样呢？"

"也已停滞，尤其是基宁德至韦乌德那一小段。六年前就应该结束了的，却在对民众没有任何解释的情况下又推迟。"

"其他的公路呢？"

"也停顿下来了，几乎是所有的，在等从未等到的贷款。"

"第十一届美洲国家大会的杰出工程呢？"

"什么进展也没有。"

---

①阿罗约·德尔里奥（Arroyo del Río，1893—1969），厄瓜多尔政治人物，厄瓜多尔总统（1940—1944）。
②加拉帕戈斯群岛（Galápagos），位于太平洋东部，接近赤道，为厄瓜多尔领土，离厄瓜多尔本土1100公里。

正如诗人所说的那样，一直都是在挖掘。当谈到我们首都复杂地形的美丽之处，便是它的高低不平。在那里需要更替一切，进行土地变动，这也带来了随之产生的"金钱运动"。我们不情愿地做着卑微的事情，毫无建设特色。在了解了墨西哥的情况之后，满是沮丧和悲伤。

"生活成本怎么样？"

最近这些月居住或者经过厄瓜多尔的人向我们展示了可怕的数据，厄瓜多尔是世界上生活成本最高的国家之一，与墨西哥相比，不管是在住房还是衣食方面，都要高出至少百分之五十。

这一切这么严重，但是还是不能与那些无法估量的社会弊端相比较，它们压在了我们这个不幸的国家的身上——它那么开阔，那么温顺，有数不清的美德——这都是由当下的国家"环境"所造成的：沮丧、麻木冷漠、自卑情结。哲学（用这么广义的词来说这么小的事情）——政权哲学，现任总统在他的一本小书中有所表述，称之为政权的形成与没落，这个理论把厄瓜多尔阐述为一个死亡的躯壳，蛔虫正在吞噬它。

没有什么激情，国家也没有"前进"，在国际上采用保守理论。借此理论，这些保守分子使国家缩小，把国家的三分之二都拱手他人。如今这种保守理论体现在公共事务甚至所有事情上。那令人讨厌的立法大楼（这名字考究且夸张，符合统治者一贯的作风），是一群自命不凡的人不到一晚设计出来的，它就是被遗弃在门厅的孤儿，像年轻女性的孩子在孤儿院长大一样。在那个辉煌却冰冷的城市，这样的设计仍然带有热带避暑酒店别墅的所有特点。《街》上公布了一些例子，位于波多黎各圣胡安①的卡里波希尔顿酒店，巴拿马酒店还有更多酒店都可算入其中，它们散布在美洲各个炎热的城市。在阿卡普尔科②，世界第一海洋浴场疗养地，有至少十二个厄瓜多尔立法大楼。

厄瓜多尔精神衰落……今天在里约热内卢已经低声下气地促成了国土的让与，却像"一件值得炫耀的事情"，向美洲最令人不齿的独裁政府伸出乞讨之手。而此时的阿根廷、智利、乌拉圭和哥斯达黎加早就断绝了联系，美洲其他的独立国家，比如墨西哥，此时也在研究这样做的方法和时间。1957年12月6日，

---

①圣胡安（San Juan），波多黎各的首府和最大城市。
②阿卡普尔科（Acapulco），位于太平洋沿岸、是墨西哥格雷罗州重要的港口城市。

也就是专制者倒台的前两个月，一群杰出的墨西哥人，其中有海牙法官伊西德罗·法布来拉、阿方索·雷耶斯等，还有一些拉美人和西班牙人，我也很荣幸位列其中，我们早已提出了一份相关的公共备忘录。我们亲爱的国家形成了宫廷，它归属于那个身材矮小的独裁者，这与特鲁希略①独裁统治下的圣多明各②和索摩查③统治下的尼加拉瓜如出一辙。

而现在怎么样？好吧，正如帕蒂维尔卡④被击败那样"胜利"。反对进步的一小群人控制着权力，其投票也断断续续，选民人数少了27%。根据国家现任驻华盛顿大使权威的见解，瓜亚基尔和基多两个大城市是反对的；庄园里的雇工是对其有利的，工头和神职人员让他们前去投票；"历史最令人气愤的诬骗"也有利于他们。

行动计划？那就是重建国家，让国家完完整整。在一段时间里把那些细化地域的事情放在一边，先召集那50万追求自由与进步的厄瓜多尔人，这件事情既普通又意义非凡。这是祖国50万人真正的声音，与最高法院，与那些诡辩，还有教士们的欺骗之声相抗衡，就像洛哈的情况一样。

激进的自由党似乎在其架构中寻找正确的道路，年轻人进入到领导层，进入到咨询岗位，这样会很好，会非常好。

社会党的工作也伴随着困难——青年病，他们追求纯粹的理论，他们凭借人生经验也知道应该多说话和交谈。

人力集中党（CFP）有钢铁般的组织和无可争辩的群众基础。

独立的团体，他们大约要占选民的40%，由于对自己的行动路线缺乏信心，没有加入到现行的政治斗争中，但他们是断然不支持保守分子的。

六月议会选举应该是一次伟大的、全面的尝试。在这些选举中，有真正的团结一致，真挚而且理智，没有旧政治的讨价还价和奸诈虚伪。我看到了全貌：

埃斯梅拉达斯议员完整无缺，马纳维省的议员至少2—6人是多数派，瓜亚斯省的全部议员中，人力集中党占多数，自由党和社会党的占少数；埃尔奥罗省和

①特鲁希略（Trujillo，1891—1961），多米尼加独裁统治者。
②圣多明各（Santo Domingo），多米尼加首都。
③索摩查（Somoza，1925—1980），尼加拉瓜政治人物，曾两次出任总统（1967 – 1972，1974 – 1979）。
④帕蒂维尔卡（Pativilca），秘鲁中部的一个城镇。

洛斯里奥斯省也是全部议员。大概有不少于24位议员是非保守派的，因为在厄瓜多尔沿海地区，对于所有人来说，非保守派具有更大的影响力。

在山地地区，图尔坎将进行维权行动，如果所有自由的、团结的人都去的话，就是胜利；在因巴布拉省，只有一个少数派；在皮钦查省，就像1947年一样会有8个加6个；在科托帕希省和通古拉瓦省，我们或可以接受少数派；纵使有团结联合，在玻利瓦尔省和卡尼亚尔省会迷失吗？这两个省可以说是最高法院的牺牲品。在昆卡，少数派十分薄弱。我的家乡洛哈，那里有很多的西班牙教士，但本土的教士没有寻求他们的帮助，如能联合，就不会走投无路。鉴于可怕的流言，如果别无他法，我们能接受少数派。东部地区和加拉帕戈斯群岛也是属于厄瓜多尔人民的。有第一堡垒之称的钦博拉索省是人力集中党在山地地区的源头，如能联合，能有全部或者至少绝大多数议员，这总共大约25位。

总体来说，有49位议员，也就是多达65%—70%的议员承认最高法院的悲惨现实。如果它不操控的话，会达到大约80%。

然后怎么做呢？我从不要求不切实际地联合在一起，在这次巨大打击之后，自由和进步的力量在运动中得心应手，他们也将从中得出真相，几乎没有什么能把他们分裂，至关重要的是将他们联结在一起，反抗保守派的斗争。自由党人、社会主义者、人力集中党成员还有无党派人士，他们是最好的见证者，他们是厄瓜多尔人民，也是祖国的建设者。他们应该捍卫国家，反抗那些在1846年以及后面的几年里，在令人不齿的冒险光复行动中，想要把国家赠予西班牙王国的人。那些人是为了让年少的小国王穆尼奥斯随意统治国家，他是克里斯蒂娜与其侍卫的私生子，即里安萨雷斯伯爵。他们应该捍卫国家，抗衡那些在1859年去利马请马里斯卡尔·卡斯蒂利亚[1]的人，那些人想让他负责厄瓜多尔之事，并向他讨要金钱、武器和军事物资来杀害厄瓜多尔人。他们应该捍卫国家，抗衡那些在同年及接下来的四年里低声下气之人，这些人通过向特里尼泰[2]和法布尔[3]致信，乞求拿破仑能够把这里变成其殖民地。他们应该保护我们，抗衡那些在1862和1863年

---

①卡斯蒂利亚（Castilla，1797—1867），秘鲁军事人物，政治家，曾两次出任总统（1845—1851，1855—1862年）。
②特里尼泰（Trinité），驻厄瓜多尔的法国代办。
③法布尔（Fabre，1819—1871），驻厄瓜多尔的法国代办。

把我们卷入同哥伦比亚的战争并造成失败的人。

这些厄瓜多尔自由之人、自由党人、社会主义者、人力集中党成员以及无党派人士，他们应该捍卫国家，抗衡那些在1942年割让国土，并将其视为"至高荣耀"之人，正如秘鲁人紧接着说的那样："这比向他们要的还多。"

平静地思考，然后带着国家的优越之感和心中的慷慨激昂进行建设，厄瓜多尔的自由之人在最大程度上是这样的：自由党人、社会主义者、人力集中党成员以及无党派人士，也就是团结一致的厄瓜多尔人民，他们共同对抗那些无视自由和正义的敌人。

写于墨西哥

译者：崔扬舟

01 关于"重获祖国"的老计划

不。不是这样的。不可能是这样的：听天由命、卑微的祖国，如同共犯一般，沉默着接受自己的本质被改变，标志和根源被摧毁。厄瓜多尔，对于一些人来说是伟大的，对其他人来说是耻辱的，她已经成了一个叛逆的国家。现在，我和一个缺乏意志、消沉悲伤的国家在一起，除了一些罕见的例外——人们没有任何反抗少数首领对国家所作所为的表示，而这小部分人却掌握了军事指挥权。

据说，即使有成员参与其中，但这个政府并没有敲诈，并没有滥用职权。政府没有滥用职权吗？对于那些认为滥用职权只能通过一个国家的政治犯或流亡人数来衡量的人来说，也许这是一个看似正经的真理，是爱管闲事、爱搬弄是非的修女所道出的真理。

为什么会滥用暴力和镇压来针对善良、谦逊和顺从的人们？针对那些几乎能笑对自己遭遇不幸的人们？针对那些似乎感激卸下了烦人和沉重的自由负担的人们？有句西班牙俗语说得好："为了能成功在屁股上踢一脚，需要屁股自己对着脚。"这种卑躬屈膝的事情，却总是向前推进并在皇家法庭上完成了——并且是在元首的肯定下，在缺乏踢到屁股的关键因素下……

在国家的职能范围内，由孟德斯鸠建立的旧的权力分配机制，为人事和立法工作保留了神圣的尊重。"国家的第一权力""法律的神圣区域"就是那些受欢迎的表达，通过这样的表达，为各国人民能在各自的国家共同生活而提供准则的最高活动。

现在，随着代表那一至高无上职能的绝大部分人愉快地接受，其他部分，如必须执行和服从的部分也随着立法权的归属而抬头。暗地里，有一个非常明确的法律表述，不管是学校还是学院使用的词典，都与立法机关所说的每一个字一致，法令——《经济紧急法》，关于神和人的法律。国会是用来干什么的？值得庆幸的是，时不时还能听到反对的声音，并不总说：是，是，是。或者像里卡多·帕尔马所著的令人钦佩的《秘鲁传说》里的：喊，喊，喊。《经济紧急法》是在一次研讨会上提出的，用来解决困境，包括从国外进口的大量倾销产品，像无法阻止的雪崩一般。《经济紧急法》由反对四个立法机关而意愿明确的部门提出，而这四个立法机关在这个浮夸空泛的方案出台之前，就把它碾得粉碎。他们用办公桌、打字机和员工解决问题。香蕉、可可生了什么病，需要的是植物检疫技术人员和设备，并不是惊呼、部门、部长、办公桌和打字机。

那些应受谴责的、邪恶而可怕、残酷的独裁者们：加西亚·莫雷诺、梅尔加雷霍、罗萨斯、特鲁希略·莫利纳、佩雷斯·希门内斯……他们悲剧性的暴行，暴风雨、地震、洪水般降临在人民的身上。但是现在降临在我们身上的，就像苍蝇纸上的蜡状蜂蜜一样甜，这种瘟疫不会让人疼痛但却会吞噬我们，像被奇洛谷的蚊子叮了一样的令人讨厌的瘙痒，"越叮越抓，越抓越叮"。对于这个神奇的国家的人民来说，在这片土地上最好的生活就是远离抗议和呐喊，这是他们面对暴政和不公时高深和自然的表达方式，用痒取而代之。然而抓痒可能导致伤口化脓甚至恶化。

这不是独裁，还能是什么？通过表面、外部，我们所经历的是一种体面的胡说八道，一种12月28日的愚人节玩笑和骗局①。但在内部，由于带着领导独裁的意图，这是我们现代历史上最大的倒退性努力。

世俗主义——这个对现代思想最大的征服上的"老鼠的咬痕"，是对思想自由的教育性表达。而思想自由载入我们的宪法中，在巴黎确立颁布的《世界人权宣言》，厄瓜多尔是首批签署这一宣言的国家之一。

但更重要的是，世俗主义是我们民族的自然表达，是民族的守护和希望，民族的力量和未来。如果这个在几个世纪的殖民和共和国中被大约二十几个家族剥削的民族，被剥夺了思考自身的权利，被剥夺了通过书这一工具来迎接文明潮流的权利，也将永远保持被奴役、被践踏、被剥削的状态。

针对世俗主义的各方反动力量都涌现了出来，但它是人类自由、社会正义和民族救赎希望的天生的朋友。这就是为什么外国人的黑暗势力被利用来攻击世俗主义，而这些势力与这个混血共和国人民的生死毫无关系。

---

①相当于英语中的愚人节，在12月28日这一天，人们以各种方式互相欺骗和捉弄，往往在玩笑的最后才揭穿并宣告捉弄对象为"愚人"。

有一次，在哥伦比亚，为了打败一位自由党候选人，保守派和反动派的报纸对他说，哥伦比亚的政治舆论和他毫无关联。劳雷亚诺·戈麦斯在他自己的日报上向自由主义划分出来的一个帮派的候选人图尔瓦伊①说起这事情。为什么呢？因为那位自由党候选人不是来自有好几代纯哥伦比亚人的家庭，哪怕他是土生土长的北桑坦德人。在教育和殖民的借口下，对于已经到来的大批黑人，特别是在厄瓜多尔海岸和厄瓜多尔东部地区，我们现在能说什么呢？如果那些外国人做的第一件事就是使用外国课本，并对该国的真相进行虚假陈述，那他们在为军事首领服务的时候，关于我们的国情、民族历史，又可以教给他们什么呢？他们如何成为保卫我们领土的先行者？作为局外人，在为首领效命的时候，如果他们带着同样的意图，他们会为外国人和对手的利益服务吗？

对于国外技术的引入，没有人比我更支持了。但得是真正的技术。厄瓜多尔历史上最伟大的统治者埃洛伊·阿尔法罗，慷慨地实行文化引入，这本是如今该做的。学者、艺术家、手工艺者，不问他们的意识形态，也无须剃度和写保证书来表明清白，更不需要成为耶稣教徒。但西班牙人正相反，像我们历史上可怕的暴君要求的那样，关于这段历史我刚写了一千多页，并即将发表在墨西哥文化基金出版的报纸上。阿尔法罗带来了右派和自由中间派的人，对没有政党的人，唯一的要求是知晓他们的职业。军人、音乐家、造型艺术家、军乐队训练员、化学家、物理学家、手工艺人，无论是将军路易斯·卡布雷拉，还是乌戈·希甘特、国王陛下、维耶尔统领，以及其他许多人，他们都不是带着教授任何政治或宗教学说的口号来的。他们是如此伟大，从不在自己国家之外传播宗教或政治学说。

埃洛伊·阿尔法罗总统向从来没有出国的人才提供同样的机会，送他们去学习外国文化，如艺术、科学、教育技术或只是文学。按比例来说，大部分人都获得了政府奖学金。他们去了巴黎、罗马、马德里、纽约和柏林——不是去学习西班牙长枪党主义，那不是成为一名优秀的厄瓜多尔人不可或缺的——没有合格地学成某一方面，就无法诚实地完成工作。那些由阿尔法罗将军派出的人才，那些由莱奥尼达斯·普拉萨将军和其他自由派领导者带着相同国家情感派出的人才，那些为了引入文化，以外交或领事奖学金出去的人，如今仍走在路上。然而那些

①图尔瓦伊·阿亚拉（Turbay Ayala，1916—2005），哥伦比亚外交家、政治家、总统。曾创办《民主报》并担任该报的董事长兼编辑。

艺术家、高等专家，尤其是医学方面的专家，作为知识分子，他们如今称赞的不是阿尔法罗将军，而是独裁者加西亚·莫雷诺，说独裁者让他们在这个时代穿金戴银、被赋予尊重、得到佣金和好工作。

教育国人，不仅应当要求那些教育小孩的人关心国家舆论、保卫祖国疆界，不仅应当要求那些哨兵捍卫祖国领土完整并关心国家舆论。在这两种情况下，还应该要求他们了解祖国的精髓和本质，要求他们拥有简单的智慧，能够在方方面面热爱祖国，并希望祖国变得伟大、自由和公正。

统治管理我们的是"这个"原因（指独裁），在于它隐匿的坚持违反共和国宪法，宪法在本质上是世俗的，但在较为内敛的时期是由保守派颁布的。世俗主义是统治人民的敌人。因为世俗主义点亮了灯光，但为了统治人民，必须将灯光熄灭。在洞穴的黑暗中，人们被奴役和剥削到极致。这有利于在意识的黑暗中将印第安人（原住民）当作动物，像柠檬一样压榨他们，然后像垃圾和废渣一样扔掉。国际科学研究判断我们国家在奴隶制度培养的排名中占据一个糟糕的地位，与之相反，外交部的新闻公报宣布，奴隶制已经被玻利瓦尔废除了。显然这些新闻公报变成了没有借口的荒谬言论。

当投降、伤残和战败的巨大不幸发生时，我必须像十八年前那样，继续在这些信件中说出祖国的真相。如今，在缺席了大约一年之后，我发现了祖国的痛苦、顺从、丧失意志，对此表达出我的遗憾就足够了。因为我已发现没有像奥尔特加·伊·加塞特所说的那样，构成祖国的本质是"生活的共同目的"。祖国就像家庭一样，必须亲密地与孩子们一同制定生活规划，为了生活得越来越好，生活在舒适、富裕、公正之中，祖国当前必须有一个计划。

在我致厄瓜多尔的第一批信中，我讲述了历史和地理的真相，我热爱的真相。这些信，没有任何人能反驳，它们如同一个厄瓜多尔人的证明文献，他在祖国的所有山丘和山谷中讲话并听到了回声。显然，当时的统治者们表现出的如孔雀般的骄傲引领我们走向了失败。

如今，我们被带到了山洞里，似乎祖国对那些明显掌舵的政府的人——更不用说是孔雀——表现出的小小的傲慢没有什么反应。它正在引导我们走向荒唐以及蛊惑人心的可悲道路。是因为自由的厄瓜多尔人已经坚信我们拥有"西半球最好的政府"？是因为思想杰出的瓜亚基尔人已经被"让他们的城市成为太平洋上最大最强"的这种想法所欺骗了吗？

在我致厄瓜多尔的第一批信中，我曾说过，这个民族在其辉煌的历史中所不能容忍的是被奴役或是被当作傻瓜。我错了吗？我的乐观主义回答我说："不。"简单地阅读历史让我肯定，在所有民族中，这个民族是好的，有时她微微期待真相被尊重。我相信这种仁慈的宽容即将结束。是时候采取第一步：所有不想被束缚或隐藏的人，联合起来。

译者：符念悠、季晓东

02 关于这个热爱自由的民族

　　这个国家原本不是这样的。我们的祖国被改变了，我们的祖国正在被改变。当她被善待的时候，当她没有被剥削和欺骗的时候，她就会像洛佩斯·韦拉尔德①笔下"温柔的祖国"一样高贵而平静；而当人们试图压制她，或者更糟地试图欺骗她的时候，她就会变得叛逆、冷酷和不留情面。

　　厄瓜多尔的历史是一段热爱自由的民族的历史，这是加西亚·莫雷诺在提到阿亚扎将军被当作罪犯鞭打时说的。尽管书写历史的人是由那些只想着把国家当作"榨糖厂一样"统治和剥削的人一手掌控。阿亚扎将军是被凶狠、阴险的统治者无情践踏的对象，是在图尔坎和夸斯普德战败的英雄，还是受邀到卡斯蒂利亚元帅区②赢回厄瓜多尔的人。唯一一个破坏了我们国家历史的纯洁性的暴君，就是保守派加西亚·莫雷诺。

　　正如厄瓜多尔杰出的模范主教、灵魂的牧师费德里科·冈萨雷斯·苏亚雷斯阁下在描述历史时说道："历史上光荣而干净的一页是阿尔卡巴拉斯革命③，早在1591年及之后，从西班牙王室奥格斯堡的查理五世（一个土生土长的比利时根特人）掌管西班牙的那一刻起，西班牙王室就去西班牙化了。而这位国王与西班牙仅有的联系就是其母亲"疯女"胡安娜，他解决了对于其海外殖民地的多种征税问题，'所有在贸易中或在公共市场上售卖价格的百分之二的费用，应当每三个月收取一次等'，这时候不幸开始了。"

　　在西班牙殖民时期的美洲，基多人民发出了毫无争议的争取独立的第一声呐喊，甚至比1809年8月10日的独立战争还早了两个半世纪，反对外国君主的残忍暴行，如卡洛斯一世和他的儿子——凶狠的费利佩二世的暴行。那位到西班牙来

---

①洛佩斯·韦拉尔德（López Velarde，1888—1921），墨西哥诗人。
②卡斯蒂利亚元帅区，位于秘鲁，厄瓜多尔东南与秘鲁接壤。
③阿尔卡巴拉斯革命与烟草革命、土著对王室的暴动等，都构成了1809年8月10日基多革命，成为反抗西班牙殖民的先导。

的外国人卡洛斯一世从不会说西班牙语。正如阿姆斯特朗所说的那样："法语和弗拉门戈充当了卡洛斯的母语，但是他从未精通法语，而且他十三岁时才开始学习弗拉门戈。他的拉丁语很烂，意大利语更烂，而德语和西班牙语则是完全被他忽略了。"那位怀念君主制的卡洛斯一世和西班牙一点关系都没有。在思乡成疾想念君主的当时，地方长官们正在将他变成英雄。对这些人来说，玻利瓦尔、粗野的奥尔梅多、土著人居住的埃斯佩霍区和桑博人①居住的蒙塔尔沃区一点价值都没有。

阿尔卡巴拉斯的人民高唱颂歌。是人民吗？不，是那些统治阿尔卡巴拉斯的人，如今称赞哈布斯堡王朝的下嘴唇厚厚的卡洛斯一世，他的部队实施了历史上任何罗马教皇都没有遭受过的最可怕的虐待。听听伟大的传记作家罗杰·比奇洛·梅里曼是如何描述对圣·佩德罗和"永恒之城"罗马的犯罪性攻击和抢劫的：

> 一个多星期以来，罗马目睹的恐怖事件比野蛮人统治时期的更可怕。淫欲、醉酒、摧毁的渴望，以及在某些情况下的宗教狂热，以恶魔的风格杂糅在一起，产生了这一时期的历史记载中的最严重的野蛮主义。他们把神像散落在地上，偷走了圣杯，践踏了圣徒的遗物。教堂和修道院都没有幸免。他们在修女母亲的哭声中强暴了修女，他们烧了建筑物和其他的画像，将它们当作火枪的靶心。罗马已经不再是罗马了，而是罗马的坟墓（不是城市，而是城市的坟墓）。他们给受到所有国家的尊敬的，矗立在圣·佩德罗七个祭坛之一的木制十字架，披上军人的制服。被埋葬在圣·佩德罗祭坛下多年的圣·佩德罗和圣·保罗，即使成了殉道者，也从未遭受过这样的侮辱。教皇在圣·安吉洛城堡找到了一个不稳定的避难所，后来去了奥维多，直到几个月后才重新获得自由。西班牙，属于熙德和塞万提斯，洛佩·德·维加和米格尔·德·乌纳穆诺，巴托洛梅·德拉斯·卡萨斯和弗朗西斯科·维多利亚，圣·特蕾莎和费德里戈·加西亚·洛尔卡这些人，而卡洛斯三世，也离我们很近。现在有人想要恢复帝国，恢复佛朗哥的"西班牙"，为此，借助

---

①桑博人，黑人和土著人的混血后代。

于官方纪念在西班牙施行暴政并剥夺美洲领土的外国国王卡洛斯三世。

在阿尔卡巴拉斯革命之后，我们国家的伟大日期都只围绕自由和反叛的永恒愿望：基多的8月10日，瓜亚基尔的10月9日，1845年3月6日，整个共和国的1895年6月5日，得益于蒙塔尔沃地区和埃洛伊·阿尔法罗将军的解放灵感。

谁准备好庆祝这种日子？我们已经看到了恐怖的冷淡，几乎遗忘了纪念8月10日，这是我们最重要的解放日，仍然被二十几个家庭铭记。他们说，他们一直承担着看管这份"简单又廉价"的财产（这里指厄瓜多尔）的工作。我们从墨西哥、智利、秘鲁、阿根廷过来，到厄瓜多尔的时候恰好是8月10日。这个8月10日，没有热爱和重视，官方将纪念活动缩减为一些小活动以及褪色、模糊的国会重组。想想看，阿根廷的5月25日，秘鲁的7月28日，墨西哥的9月16日，智利的9月18日[①]，是该国公民也是普罗大众热烈庆祝的日子。这种热烈的激情由统治者们鼓励，民众也感同身受。人们随着管弦乐队和军乐队的音乐在街头跳舞。白天，城镇所有的广场都被装饰，到了夜晚就闪闪发光。公园里都是游戏和孩子们的笑声，祖国的色彩作为欢乐和幸福的宣告，通过眼睛进入了朴实的人们的灵魂。

在厄瓜多尔则不是这样的。似乎官方想抹去作为混血人种的祖国的记忆，令人激愤的自由的记忆，起义的梅斯蒂索人变老了。印第安人需要食物，甚至希望学会读和写：这里需要的是外国的神父和修女，数百人都需要。他们向卡洛斯五世、宗教裁判所、托尔克马达传授赞歌。我们一再谴责使用了奇怪的文字。在杜撰的文字中，被抹去和被诅咒的是伟大的厄瓜多尔解放者的名字。

如今，进攻像洪水、雪崩一样激烈。在暴政最黑暗的时期，哈姆贝利岛和夸斯普德镇的英雄，三位一体信经以及马尔多纳多、博尔哈、韦厄拉和坎波尔德的谋杀案中，引入了大批人口，使我们失去国籍，使我们的祖国失去显要地位，只关注过去和现在的暴君的壮举。

关于这点，国家从未容忍过。基多人民在1860年以"改革神职人员"为借口捍卫被加西亚·莫雷诺羞辱和迫害的多米尼加国家神父。保守派暴君如何假装改

---

①均为所列国家的独立纪念日。

革神职人员？即用外国神父取代国家神父，来为他们的暴政服务。罗巴利诺·达维拉先生说[①]：

> 邻居们惊慌了。有同情和勇敢的呼喊，一些人加入团体，践踏团体，不让其前进，其他人拍摄了圣女的照片并将其归还给了教会，有些人登上塔楼敲响了午祷钟和警钟，人们从各个地方赶到圣多明各，修道院里聚满了各个社会阶层的人，女人们不能进入教堂。到处都在说"意大利人驱逐厄瓜多尔人"，并要求意大利人离开。这些胆小的意大利人，在修道院院长曼努埃尔·科尔特斯神父的房里避难。代表塔瓦尼立即前往修道院试图平息民众的愤怒。突然，人群中有人说："基多人，如果你们想要雷科莱塔的意大利教徒离开，让厄瓜多尔教徒永远留在修道院的话，我会下令满足你们的愿望。""我们不仅要意大利人离开，也想让教皇代表离开，因为我们的妻子、女儿已经没有耳环、手镯和金戒指了，这都是因为所有这些珍贵的珠宝都被送去了教皇庇护九世的代表的宫殿。"塔瓦尼先生红着脸离开了，回了家。人们的指责正中靶心，因为人们所认识的代表团，比货币兑换商更有优势。

后来，罗巴利诺先生提到这位尊敬的神父时，转录了基多人民的这句话：

> 我们不希望意大利人驱逐我们的神父，掌握我们的资产和财富，因为他们是外国人，会偷窃，把东西带回他们的土地上，并剥夺修道院和教会的财富。比如，他们一来就为马坎加拉珍贵的磨坊着迷了。

诚如大家所见，我的引用，为了不被宗教狂热分子所诟病，来源都是无可置疑的，比如大主教冈萨雷斯·苏亚雷斯、罗巴利诺·达维拉先生、多米尼加教会的庇护神父大卫·加林多。

这就是厄瓜多尔人民，特别是基多人民。现在呢？事情的规划比在加西

[①]罗巴利诺先生表示，这些信息来自于《圣·卡塔利娜圣母省和厄瓜多尔的烈士——从1860年到1892年的三十年改革》一书，是尊敬的庇护神父大卫·加林多在圣多明各修道院手写的未刊稿。——作者注

亚·莫雷诺时期的规模还要大。在所有人的见证和耐心等待下，"收复"厄瓜多尔的决议正在进行中。可以确信的是，如今，外国神职人员像雪崩一样，以如此巨大的比例无法阻挡地入侵，这个半球上任何民族都没遭受过这样大比例的入侵，特别是在厄瓜多尔海岸，这里总是拥有自由的思想和维护、庇护人类自由的行动。所有已经披上神职人员的外袍或者将要领授神职的人们：圣心的康伯尼传教士，圣母圣心爱子会第成员等，这些被引入服务于剥削统治的阶层，这种剥削恰恰无法容忍开放，接受全球精神潮流的思想。他们像蝗虫一样降临在我那遥远而被遗忘的省份，在整个厄瓜多尔，但却更奇异地偏爱祖国的西部，偏爱我们寄予希望的那条自由海岸。

佛罗里达人和加西亚人在"收复"上做出的努力成就了基多，这使得瓜亚基尔的1845年3月6日和1895年6月5日如今成为现实。在制度里，由于该国人民的真实信仰，尊重其真实和深刻的基督教。在美妙的觉醒还未晚之前，在链子钉死在这个民族的脚踝上之前，厄瓜多尔人民融为一体。如今从未有过的对于面包和正义的渴望，如今从未有过的对加利利耶稣想要的基督教渴望，穷人的基督教，那些能够聆听而不是侮辱他们的贪婪和压制欲望的英雄基督教，就是山上宝训。

译者：符念悠、季晓东

03 关于看似愚蠢的祖国

我们不能恢复旧政策。

也不能触碰旧鼓。

——托马斯·斯特恩斯·艾略特《小吉丁》①

我们的祖国在走向未来的道路上倒退了至少七十年，尚未倒退到九十九年前开始的不幸的加西亚时期。原因很简单，在国家历史上充满耻辱和血腥的加西亚时期，如蒙塔尔沃所说，赐予了狡猾、有手段的人们成为英雄或暴君的能力。

我们的倒退更加令人遗憾，我们正处于这个国家"看似愚蠢"的时代——在1884年，一个没有加西亚·莫雷诺的智慧，却渴望在压迫的残酷中模仿他的保守派，何塞·普拉西多·卡马尼奥被议会选为共和国总统。根据一位勇敢、"异端"的历史学家帕勒哈·蒂斯坎塞科所说，他诚实地寻求国家的真相，当他发现真相时（在少数几篇尚未被二十几个家庭威胁的文件中），就会将真相公布。那个时代拥有一个广阔而壮丽的名称：复辟。厄瓜多尔奸诈、虚伪的右派在英勇却单纯的自由主义左派支持下，将权力转移给了贝特米利亚，他是被加西亚·莫雷诺庇护的士兵，是欺骗和背叛埃洛伊·阿尔法罗的好弟子。作战时积极参与战役，但是在分配和夺取权力的时候，埃洛伊·阿尔法罗风趣地说自己表现得"像一个新兵"。伟大的老佩德罗·卡尔博是典型的瓜亚基尔自由派，一举一动都带着贵族慷慨的鄙视。被弗朗西斯科·哈维尔·萨拉萨尔将军领导着实施"和平战略"的保守派们则相反，他们紧紧地扼住圣人的咽喉，攥着慈善的钱财。自由派再一次给反动派让步。这本该是哈姆贝利岛和夸斯普德镇的英雄的成果和结局，但1875年3月6日，又一次成了"失败的行动"：自由派发起了战役，获胜了，在

---

① 《小吉丁》，托马斯·斯特恩斯·艾略特的诗作《四个四重奏》的最后一首诗，这是一系列讨论时间、观点、人性和救赎的诗。

攫取胜利的果实时，反动派为防留下指纹，隐秘地戴着手套掌握了大权。

这是祖国的愚蠢时刻。我们说"看似愚蠢的"，因为那个时代不仅是贪婪的，还是压迫的、卑鄙的、残忍的。再一次，我们听见帕勒哈·蒂斯坎塞科同情并愤怒地告诉我们，那是祖国最坏的时刻：

> 政府组织了恐怖活动。断头台上戴着脚铐的最优秀的男人们相继死去。尼古拉斯王子就这样带着轻蔑的微笑死去。囚犯莱奥波尔多·冈萨雷斯，被用了私刑并在拉塔昆加的街道上被拖行。在贾拉米霍战斗的卡拉斯科上尉，在山上逃亡的时候受了惊，被人捅了好几刀之后摔死了。少校塞普尔维达，生着病并且身上有伤，在巴伊亚被谋杀。两年后，阿尔法罗最好的朋友之一——路易斯·巴尔加斯·托雷斯，在昆卡被枪杀。巴尔加斯·托雷斯拒绝被蒙蔽，大喊道："火从前线传来。"在瓜亚基尔，阿尔马多·维泰里向刽子手献出了自己的胸膛，正如赐予她的最后恩典，她将"火的声音"给了杀了她的那群人。
>
> 卡马尼奥将双臂置于犯罪之中。

直到祖国"看似愚蠢"的时刻，我们一直在倒退。那个时期具有怪诞勇猛的"进步主义"，因贵族的努力而突出。但奥地利贵族是时髦的，那滑稽又恶毒的时代的三位总统，使用了不幸的奥匈帝国皇帝弗朗茨·约瑟夫①用过的鬈发。卡马尼奥遮住了一只眼睛，这装扮不适合他，没能让同时代的人将他与奥地利受到拥戴的君主进行类比，而是被用来与海盗小说里的海盗相提并论，如"金银岛"或"黑色海盗船"里的海盗。

"长胡须分成两撇……长出胡子、长出胡子、长出胡子……"，当一件事情无聊、荒谬、愚蠢的时候，法国人就会这么说。在三个有两撇小胡子的人中，科德罗是国家知识分子的高级代表，路易十六也留着这种胡子，他"无辜"地为所

---

①弗朗茨·约瑟夫一世，奥地利皇帝兼匈牙利国王，奥匈帝国缔造者和第一位皇帝。弗朗茨·约瑟夫一世从1850年至1864年间担任德意志邦联主席。在他长达68年的统治中，获得大多数国民的敬爱，因此在晚年被尊称为帝国的"国父"，也成为奥地利的标志性存在。

有"进步"政权所积累的野蛮行为付出了代价，这所谓的"进步政权"无可挽回地在完全不受欢迎的情况下结束了。

第二个弗洛雷斯，也是加西亚·莫雷诺最忠诚的信徒，"心爱的信徒"。在加西亚长期执政期间，他一直陪伴左右，面对拿破仑一世政府，即王子总统政府，该政府的一切都是错误的：

> 荷兰女王，
> 做违禁品，
> 而没有她的丈夫，
> 假路易……

在那不幸的政府管理中，尽管军事首领极其蔑视，弗洛雷斯坚持接纳我们，不仅是作为保护者，正如别人所说，还是作为一个有效和有利可图的殖民者。即使没有注意到它所包含的巨大背叛，荒谬和滑稽的安第斯帝国全凭他考量。比如墨西哥保守派以及叛徒，他们被伟大的阿兹特克民族及其核心代表贝尼托·华雷斯严厉惩罚。弗洛雷斯作为厄瓜多尔的全权代表，面对莫斯克拉①时，可耻地输掉了夸斯普德之战，因为他的自大，使得我们的人民痛苦与蒙羞，这真是令人悲伤、痛苦和本不应有的历史一页。

我们已经说过，科德罗博士是累积起来的腐败和错误的无辜替罪羊。闹剧中扮演海盗的男人将祖国卷入了一个如此混乱和肮脏的"卖国"中。倡导和平与文化的科德罗博士，在他以前的人生中拥有过非常出彩的经历，后来却成为人民口中的恶人。

他们是历史上三个有两撇小胡子的人。我们正在退回的也是那个时刻，即有着悲伤回忆的七十年代。他们至少拥有弗朗茨·约瑟夫一世的所有胡子或胡子的一部分。现在有胡子的人，在其他方面与之类似，将在历史上留下一些带着羽毛的无檐小帽子，它们具有愚蠢的小帽子或类似的名称。我刚刚去过了美洲，从墨西哥到布宜诺斯艾利斯，我没有见过正经人炫耀这样一个滑稽的小东西。那顶小

---

①莫斯克拉（Mosquera，1798—1878），军事家，哥伦比亚外交家和国务活动家。在1863年12月的夸斯普德之战中大败厄瓜多尔军队，此后厄瓜多尔政府被迫从哥伦比亚境内全面撤军，同时与哥伦比亚签订和平条约。

帽子，是历史遗留下来的东西。

我们不要夸大事实，因为令我们悲伤地倒退，在我们历史上不可思议的后退，还没有倒退至一百五十年前，到查理四世和费尔南多七世的时代，1809年8月10日的美洲，是属于埃斯佩霍和梅希亚的时代。同样可以肯定，我们也没有倒退一百三十年，在那个时代，如果我们被弗洛雷斯折磨，我们就会赞扬奥尔梅多、罗卡弗特和1845年3月6日的革命。我们甚至没有倒退到九十或八十年代，没有回到流亡、背叛和失败的加西亚时代。在阴暗的奴隶制度下，这位暴君是伟大的。此外，还有蒙塔尔沃和索拉诺神父。

我们倒退到了从1884年到1894年的"看似愚蠢"的时期，那个但愿能够从国家历史中抹去的时期。当人民在阿尔法罗和蒙塔尔沃的鼓舞下拿起武器，决心承担起将这一时代人类历史的正直道路上的责任时，这一时代真正自由的道路就被抹去了。

是国家让我们倒退到一个时期，就像现在一样，这是一种相信国家愚蠢的可怕罪行。国家无法支撑十年以上，但每一年都有斥责的声音，年轻人在站着抗议。在厄瓜多尔代表自由的伟大英雄阿尔法罗的杰出领导下，整个民族决心重新获得正义、平等和思想自由的权利。

如今，引导团结的民间英雄主义是不可或缺的。现在，敌人是狡猾的，他讨厌人民，他不相信人民。众所周知，只有在各个方面热爱这个民族的人才有管理民族的权力。当法国国王圣路易为了人民反抗教皇依诺森五世可怕的欲望时，他是这么想的："我善良的法国人民比国王和皇帝更好。"当他作为一个家庭的好父亲，在文森斯橡树林的树荫下执法时，他这样解决了案件："一方更有道理，而另一方没那么多道理。"

1860年11月14日，加西亚·莫雷诺在给妻子的一封信中写道："我生来并不是为了管理如此腐败和卑鄙的民族的。"如今，政府的掌权者说道："厄瓜多尔是一个根源被腐蚀的国家。它表现出一个衰弱的社会机体的所有症状。它的精气神发育不良、轻浮、不坚固。他的性格轮廓是不确定的、脆弱的、不精确的。这是一个患有贫血症的民族，因为它被社会寄生虫吸干了血液。"而且，可怕的事情是："新共和国的人们不值得享受独立的好处。"

那么，为了什么？这解释了德国皇帝卡洛斯一世对于可怕的鞭子的怀念，他的纪念活动举办得就好像他是一个厄瓜多尔人和提倡自由的人一样。难道不是因为在他光荣的统治期间，在卡哈马卡①被谋杀的基多人数量最多，还有被俘虏和杀害的阿塔瓦尔帕皇帝？1845年3月6日之后，欧洲君主尝试进行了"光复战争"，目的是在1859年至1862年期间，在长期的、不光彩的和可悲的斗争中，想让厄瓜多尔投降，成为法国的殖民地。今天，我们忘记了我们的英雄，即那些代表了厄瓜多尔文化和自由的英雄，来神化那些把西班牙当作无足轻重的东西，为了帝国战争耗尽西班牙的人②。这是三个值得建立起来的坐标，因为在三个不同的时代，它们属于同一部分。

译者：符念悠、季晓东

---

①卡哈马卡（Cajamarca），战役发生地，是西班牙征服印加帝国的重要战役。经此一役，印加皇帝被俘，大量原住民被杀。这里是一种讽刺。
②指像卡洛斯五世那样的带有外国血统的西班牙国王等执政者。

04 关于饥饿和道德

别指望在糟糕的社会能有好政府出现。[1]

——C．庞塞·恩里克斯

的确，情况很糟糕，甚至从未像现在这样严峻过。即便如此，这也不是国内的进步人士气馁、困惑和道德沦丧的借口。这一切都因为一个很简单的原因，我们正处在岌岌可危的境地。我们现在仍有事情要做。

我在此可以断言，厄瓜多尔在近几年已经成为西半球"最贵"的国家。我去过几乎全球所有的国家，结果却让人可气。尽管存在"货币孱弱"的困扰，我们的两个邻国——哥伦比亚和秘鲁，至少有着中小型工业作为支撑；尽管哥伦比亚的咖啡和秘鲁的矿产——两国的基础产品，已经陷入"唯一买方和唯一卖方"的困境；尽管我们所在的拉美国家如今甚至比西葡殖民时期更为封闭和压迫，即便如此，它们还是有着更为宽松的经济环境以及更轻松的社会氛围，至少不像我们这般痛苦。

走私活动愈演愈烈，而这一切都是因为我们的邻国生产的商品更为便宜且优质。厄瓜多尔的人们为了避免挨饿和挨冻，不得不购买走私而来的必需品，就是那些相对便宜且优质的商品。即使那些走私的"英雄"会从中获取高昂利润。这一切可不是因为什么经济法则，而是不可避免的结果。这是出于生存本能，这就像万有引力一样自然。在这种处境下，身体本能远远超过了所谓的经济学家的说辞。因为像水这样又好又便宜的产品可以被引进到有需求的地方总是理所当然的。

---

①瓜亚基尔圣餐闭幕仪式的讲话，出自基多《商报》，1958年9月29日。——作者注

我们正深处一种境况，正如约书亚·德·卡斯特罗[1]在书中所提出的那样——地缘政治性饥饿和地理性饥饿。这是营养不良者、穷人和饥饿者的绝望呐喊，这是处于虚弱边缘人群的沉沦和穷困潦倒者的哭泣。

我从没听到过当地农民和劳工的绝望呐喊。那是被集体谋杀时的呐喊，那是对土著居民的真正的"种族灭绝"。不，这是有理有据的呼声，来自官方的有理有据的呼声。因为约书亚·德·卡斯特罗不是一个共产主义作家，甚至都算不上一个左翼作家。他是个严肃的巴西研究员，一生都致力于整个巴西甚至说整个美洲、整个世界的饥饿问题，在1951年当选联合国粮农组织的主席。

在深入调查巴西及其他拉美国家（当然我们的国家也不例外）饥饿问题时，约书亚·德·卡斯特罗发现在这可怕灾难的背后，是那些大庄园主和土地拥有者。我们甚至忘了，我们从国家建立之初就受到那个阶层的控制，他们用自私的、不可预测的方式掌控着这片土地。为了维系这种权力他们需要依靠政府力量来有效地管理和掌控国家经济。

问题在于道德，有什么样的人民就有什么样的政府。接下来说的这段话，出自一位厄瓜多尔总统。我觉得甚至可以收录进胡言乱语集或者国家扯淡文集。是的，先生，看看下面这段话，他管理的是一个什么样的国家：

> 政府只是个单纯的操作系统，它与罪行、腐败做斗争，并且阻止它们，但是政府却不足以取代家庭和个人根深蒂固的价值观。而且政府也能决定社会的实质道路。甚至说在特定情况下，政府还应根据需要履行代表国家形象和现状的职责。如果大多数人选择了这届政府，就表示认同这届政府并允许其代表本国。别指望在糟糕的社会有好的政府，因为不管你愿不愿意，政治和道德观总是会以这样或那样的方式同时产生。[2]

这难道不是出于不好的信念吗？全都印在这上面，没有权威能纠正。这不是出版问题也不是解释的问题，就是字面的意思。

---

①约书亚·德·卡斯特罗（Josué de Castro, 1908—1973）巴西医生、营养学家、公共行政人员，是致力于消除世界饥饿的积极分子。
②出自1958年9月29日《商业报》。《商业报》，厄瓜多尔国家商报，主要报道时事政事、经济要闻、体育等。

这段话都不需要评论，只是把杂乱无章的话说出来，却表达出同一个意思：有好的人民和坏的人民，好的人民往往有好的政府，就如同肥沃的土壤能长出好的庄稼；坏的人民有坏的政府，就好比贫瘠的土地长不出好庄稼。照这么说的话，我们的人民就是那些坏的人民，是腐败贪婪的人、是走私犯、是盗贼、是种族灭绝者和谋杀犯（我列举的这些不是空口无凭，绝大多数都是有据可查的）。如果说我们的民众是这样，那么很显然，我们的政府肯定也是如此。

关于好的人民和坏的人民，这宿命论般的教条不仅适用于神学范畴还通用于社会层面。而我们的人民，这些善良却饱受苦难的人民，总是逆来顺受，饱经苦难，却因为统治者的腐败而被说成是糟糕的人民。

我再次申明：历史只会记载那些被人民认可的政府。我在先前的信中曾提到法国国王圣路易。

有一件事确实值得记住。这位厄瓜多尔的总统曾坦言，自己管理着一个糟糕的政府，不过却以糟糕的人民作为借口。（根据最新的厄瓜多尔圣体圣事大会决议，在瓜亚基尔他成为天主教信徒唯一的总统。因此，一切都有解释，没人敢承认自己的东西比他主人的要好。）

而我却认为我们的人民是真正的好的人民：卑微，逆来顺受。可惜在觉醒和反抗方面也是如此。如今他们被认定为糟糕的人民，而等待他们的则是饥饿。这是一个被逼迫到贫穷边缘的民族，一个草菅人命的国度。这里有着荒唐的赋税制度，贵族阶层的特权大家早已心知肚明。所有的领域都是如此，政界、神职领域、商界以及建筑领域都不例外，外国牧师和修女大规模地进入我国，模仿着加西亚·莫雷诺的工作，取代了我国教士阶层的职位，这让他们感受到了自己祖国的痛苦，这种痛苦是发自内心的。这是历史上裙带关系最猖獗的时期，四五个同姓氏的人霸占了外交机构，那些高官享有丰厚的薪酬和各种各样的好处。

这里不得不提到拜占庭历史上肮脏腐败的时期。当罗马帝国陷入衰落，弥漫着下流的风气，落入悲惨的境地时，那些神学家和道德家们却忙着到处布道护教主义和教条主义，结果引发了一系列社会危机和挑战。这些著名的拜占庭社会问题以及曾经的拜占庭帝国的荒诞腐败也同样是世界其他国家历史的写照。无论如何，有些历史就像是地狱之盆，不管是锥形还是圆底，不管有没有魔鬼在等候，都不能改变它的本质。而围绕这些问题，政客们只是想方设法欺骗那些饥不择食的人民。

而我们正处在一个新的拜占庭帝国，唯一的区别就是我们的国民不必死于饥饿引发的各种疾病，例如寄生虫病，但最近又有了甲状腺疾病。而这一切却被粉饰为道德，人们被金银珠宝、皇冠斗篷蒙蔽了双眼。教士们以教条的名义来向人们宣扬贫穷、卑微和爱。俗话说"骆驼穿过针眼都比吝啬鬼进入天国要容易"，有人一辈子也没一件完整的大褂，他们的命运却被刽子手玩弄于股掌之间。

有句拉丁谚语说："生存是第一位。"不错，首先是活着，其次再谈维持生命，获得健康快乐。于是一些早已衣食无忧的道德家们便开始四处布道。他们以顺从的道德理念迫使民众不敢言，却同时又掠夺着当地的资源。没什么比对一个深陷水深火热的民族传教更古怪了。而这个深陷贫困的民族却看到他们的邻国哥伦比亚和秘鲁，有着丰饶的食物。这样一个拮据、气馁的，深受赋税压迫的民族，不得不冒着走私的风险来获取果腹的柴火、布料和取代昂贵面包的饼干。

糟糕的人民。糟糕的政府。我们就是在这样的局面下进行下面一部分。

译者：朱严哲

校对：许硕

05 关于可怕沉默与富有魔力的麻醉剂

"一阵可怕的沉默。"这不是我说的，是奥尔特加·伊·加塞特在惋惜乌纳穆诺去世的时候说的。自少数政权（连有效选民的27%都没有）以一种不正当手段出现以来，一阵可怕的沉默到来了，就像是对这个处于热带地区自以为了不起的国家（厄瓜多尔）的诅咒，该诅咒使国家进程倒退70年。

当大哥伦比亚于1830年5月13日开始解体时，也就是所谓的"知名人士"认定我们国家弗洛雷斯时代开始的那一天，在那不祥的一天，厄瓜多尔出现了将打破"可怕沉默"的声音。从那时起，一些"名人"就已经准备好支配国家的命运。是那些卑微地默默忍受着上位者的百姓们的沉默，那些爱发号施令的人用武力镇压或者哄骗众多的农奴支持他们，来使自己能够站在权力顶端，凭他们统治者的身份随心所欲地建设或者毁灭印第安人和乔洛人的朋党，却认为这是百姓的奴性所导致的。

"一阵可怕的沉默。"人民的沉默，学生的沉默，几乎不能打断政党的沉默。当虚伪专横的衡量标准开始充满教育的神圣之地和有着生活迹象的村庄时，人们开始反对专制，就好像专制是其代表口中所说的糟糕政权的产物，那些仓促组织起来的文化活动的代表们使其声音被听到。以令人惊讶的形式发出对专断蛮横的愤怒的抱怨："少数党的政治成员，从几周前就一直想通过弄虚作假的浮夸的设立来摧毁和平、和谐、有秩序、进步的氛围。"

人们拥有一种前所未有的勇气，能够打破那座埋葬厄瓜多尔的"可怕的沉默"的坟墓。那些"趾高气扬的乔洛人"有着足够的勇气，想要打破《华沙条约》甚至是《罗马条约》来试图保持厄瓜多尔的地位，难道他们不会打破"西班牙和平"或者"多米尼加和平"的假象吗？所有人的甜蜜的、和平的沉默造就了那些习惯欺骗的人的幸福生活。

如今已经不单是当时国内外人民都传来笑声的"西半球最好的政府"那个愚

蠢的史诗时代了。在共和国参议院全体会议上提出了这件好事，如果广播电台没有将它传播到数千观众的耳中，可能会有人说它是诽谤，是夸大其词，是狂热分子对所谓政权的控诉。这件最美好的事情是——从南里奥格兰德州①到巴塔哥尼亚②之间，我们是最幸福最尊贵的民族，享有最大的便利和更高的生活水平。不正确的报告可能会导致某个话语的改变，但是含义还是一样。这句既荒谬且自负的"西半球最好的政府"已经被谦虚地改正了，排除了美国、加拿大和其他环北极国家。但是我们仍以一种带有同情心的目光看待贫穷的墨西哥，不幸的哥伦比亚，不幸福的秘鲁，可怜的巴西，可悲的乌拉圭，倒霉的阿根廷。不！我们和他们不同！我们国家充满基督教社会制度，多亏了此制度，人们有衣服穿有房子住并且能够安居乐业。哪个国家是拉丁美洲最富有的国家？它以一种无法言说的方式表达只有另一个立法者才知道要做什么：一个国家越昂贵，它的经济就越好。

那句令人难以接受的瞎话，由于它保持了对外币和"货币单一供应商和单一购买者"的假稳定路线，并且厄瓜多尔已经成为"最迷信天主教"的国家，使得我们免受殖民主义与帝国的税收并且拥有"健康的货币"。

现在的苏克雷③可以买什么？可以买多少土豆、盐、玉米、面粉、服装面料？厄瓜多尔货币还是健康的货币吗？抱歉，十分抱歉，"经济学家"不可以进入产业入侵。经济学家？正如那些"娘们"所说，它尚未被人知晓也未被提供。那些领导信贷机构取得巨大成功的经济学家就低于美洲现状的货币来看，对相对购买力和绝对购买力发表了坦诚可敬的意见。绝对购买力要么是小时工作模式，要么是最简单的工资模式。一个阿根廷大学老师可以用他的工资简朴地生活，然而一个厄瓜多尔大学老师用他的工资无论在哪里都付不起一套合适的房子，并且在资本主义系统中，可用工资不应该超过总工资的20%。那些处于适度经济情况下的官僚会说什么，那些处于国民生活中的地位低微的人又会说什么？学校的老师！

当我回到我的国家时，我发现必须要买哥伦比亚或者秘鲁的火柴，否则就什么都没得买；盐必须要买哥伦比亚的，因为我们国家没有自己生产的盐，更不用

①南里奥格兰德州（Rio Grarde do sul），位于巴西最南部。
②巴塔哥尼亚地区（Patagon），主要位于阿根廷境内，小部分属于智利。
③苏克雷，厄瓜多尔当时的货币单位。

说其他像衣服、住房、娱乐等生活的必需品了。给那些提出难以言状的说法的政权之友们一个好的建议，那就是可以有一段时间不管良心。同样，自由与文化也可以不管，但是对于温饱问题，不可以不管！那些讲述我们幸福的慷慨激昂的演讲，应该限制成只讲我们的统治者是穿着得体的好绅士，他们带着没有帽桅、插着羽毛的帽子，有好的教养，是"好人"；只讲在我们政府统治下没有不幸的乔洛人，可能会有幸福的乔洛人，但有高工资。根据选举前庄严的承诺，剩下不多的时间能够消除这种"酋长制与封建制度"吗？所有那些，甚至还有对瓜亚斯河①大桥没有借贷但却有一千两百万美元债务的嘲弄，幸好由于祖国的平静，一切都控制得住，没有继续升温。但是极右派的立法者对于温饱问题不能这样，同时根据布里亚–萨瓦兰②的建议，在"三盘三杯酒"良好的消化快感中，如此不可言喻的东西也得到保证，饥饿的孩子们在破烂的房子里哭泣，贫穷的职员给衬衫和裤子的臀部打补丁，可怜的学校教育实施者奥迪隆·雷东③所指的那个权力：神圣且不可剥夺的饿死权力。

这是一个好建议，但是对于温饱问题却不是。极右派的立法者不能这样，否则将会采取一个明智的解决方法，即我们亲爱的主人为了不给客人提供食物而采取一个他们不会提出抗议的行动：只给客人一杯由鸦片和酒精调和的鸡尾酒。一段时间内，客人脸上带着微笑，处于半梦半醒的状态，他们与饥饿和担忧无关，他们拥有柔和的目光，低沉又平缓的声调，不可控制地只想躺在沙发垫上小憩。

这片土地的人们都将不得不服用大量这种富有魔力的麻醉剂，在这个富裕且幸福的国家中，有少量拥有水箱设施的城市，统治者们将这种麻醉剂混合进饮用水箱内，或者混合进泉水中，混进无数村庄的井水中，在这个"从南里奥格兰德州到巴塔哥尼亚之间最富裕、最幸福尊贵的国家"，那些村庄还不知晓麻醉剂带来的好处。我不是一个经济学家，我也不了解这种麻醉剂的国际行情，更不可能猜测大量进口这种富有魔力的麻醉剂是否会引起中央银行的一个"货币流失"。我不是一个经济学家，但却可以大致猜测。

"这些是我对经济的一些外行的见解，无关于因特里戈先生的门徒圣地。"

---

①瓜亚斯河（Río Guayas），厄瓜多尔西部的河流。
②布里亚–萨瓦兰（Brillat-Savarin，1755—1826），法国法学家。
③奥迪隆·雷东（Odilón Redón，1840—1916），法国画家，19世纪末象征主义画派的领军人物。

我能断定服用这种麻醉剂一定会比给饥饿的人们合理安排食物花费的少，有了麻醉剂后就好像如今已没有了饥饿者。尽管在现在看来，在这些"贫困的地方"继续这样，直到那些使我们羞愧的已经变成"先辈"的乔洛人听着极右派立法者慷慨激昂的演说，带着在"社会基督教帮助下"得到的慰藉而死于营养不足，将是最好的解决办法。

在一开始我们所讨论的高级代表有趣的宣讲中，他们讲述了一些真正令人发笑的事情：那些一贫如洗的少年们一直奢望能够进入公立学校求学，认为自己是"不得已的贫穷"。这种笑料选集的表达需要记住。"不得已一贫如洗"，也就是不得已地衣衫褴褛，不得已地饥饿，尤其是不得已地贫穷……因此，那些高级代表们认为这些少年是由于没有教养与令人无法忍受的肮脏才变得一贫如洗。贫穷？在这个拥有"西半球最好的政府"的国家、"从南里奥格兰德州到巴塔哥尼亚之间最富裕、最幸福尊贵的国家"面前谈论贫穷是一种不公正和颠覆性的断言，是没有道德感的反对派才会说的话。

阿尔弗雷多·佩雷斯·格雷罗①，一个公共教育参议员，所谓的没有良心的反对派，被指控发布"将归顺于武装部队"这样的言论。并且佩雷斯·格雷罗正在领导一个"适度英雄主义"来使厄瓜多尔中央大学免受那些卑鄙行径的困扰，此时文化之家已是受害者。当用于建造厄瓜多尔现代文明的建筑物的资金被取消时，前政府给的一千万苏克雷就成了债券。佩雷斯·格雷罗，在他的抗议中没有一点违反法律，他被认为是"位于反对派的政治因素，想要利用徒劳的方法破坏那种和平和谐的氛围等等"（我痛恨使用"等等"这个词，但我不得不在这种情况下使用它来表达我的情绪）。

他们想要的就是"可怕的沉默"，由于顺从所导致的沉默。

译者：吴雅妮

校对：许硕

---

①阿尔弗雷多·佩雷斯·格雷罗（Alfredo Pérez Guerrero, 1901—1966），厄瓜多尔法学家和语言学家。

06 关于回到殖民地的生活

> 全西班牙语美洲的耶稣会教徒如春风野火般富裕起来。心怀恐惧的他们，反对兴建房屋与学院，这使得他们能够累积财富。他们对美洲社会的集体厌恶，则化为对土地财产无尽的渴求。但教徒们积金累玉的方式远远不止这些。
>
> ——冈萨雷斯·苏亚雷斯《厄瓜多尔历史》

健壮的阿拉贡人，同时也是在西班牙经历过一场衰落后重整旗鼓所需的建设者，伟大的华金·科斯塔，在世纪之初便说了这样一句名言："该给熙德的坟墓挂上两道锁。"

米什莱在他的《雷纳尔多斯·德·蒙达尔万》中也道出过类似的话："该用点着的火柴给查理大帝刮刮胡子。"

另有一句话，出自埃乌赫尼欧·D. 欧尔斯①的《好好掩埋》一书，书中的加泰罗尼亚人以不那么模棱两可的方式，一针见血地主张了同样的观点："打倒历史！地理万岁！"

现今的国家中，尤其是那些遭受过无情打击的国家，不应躲藏在昔日的光辉中寻找慰藉，沾沾自喜，投身于创作颂歌与赞美诗，面对现代的作品时却谨小慎微。这件现代作品，属于每一代人，每一个群体，它在欢呼着"地理万岁"的同时，又更加坚定地问询着大地，它的空气、天空、地上、地下能否给予人们以宁静的家园？

比如在基多，乃至整个厄瓜多尔，面对那里的大教堂、修道院、寺院这些显

---

① 埃乌赫尼欧·D. 欧尔斯（Eugeni d'Ors，1882—1954），西班牙作家、记者、哲学家、艺术批评家。

贵的古代建筑，人们不应漠然置之。在这个国家诞生之初，先人便为我们留下了华贵的遗产：西班牙人借助厄瓜多尔土著民非凡的能力，加工石头，雕琢木头，轧制并反复敲击金属，鞣制刻印皮革，烧制打磨泥土以制造装饰用或实用的陶器。

此外，人们也不该双臂交叉抱在胸前，对拥有能引来旅客赏心悦目的庙宇而沾沾自喜，因为此处——在这些石砌、木雕、金属旁，是奴役土著人民的城市炼造厂。就如同在那些宗教社区的大庄园里，伴随着一个个生产车间与利己主义及非人道支配下的耕作，催生出了对农民的奴役。而我们，至今也未能从这场奴役中解脱。

多米尼克派①的圣徒巴托洛梅·德拉斯·卡萨斯②修士在巴利亚多里德③的辩论中战胜了野蛮修士希内斯·德·塞普尔韦达的消息，终究没有传到我们修士的耳中，更别说我们的酋长了。对于他们来说，印第安人依旧是粗野的动物。是那些支持与印第安人进行正义战争可以进入天堂的观点，战胜了在这些土地上孕育而生的酋长制。不是当时那些最伟大的西班牙人战胜了它，也不是多米尼克派，不是国际法的创始人弗朗西斯科·维多利亚修士，不是来自帕拉西奥斯鲁维奥斯的安东尼奥·德·蒙特西诺斯教授，以及其他许多观点没有被那位厚厚下嘴唇的阿斯图里亚斯国王听到的人。这位阿斯图里亚斯国王，就是一直没能学成西班牙语的卡洛斯五世。而顺服于佛朗哥政权的社会基督教，正将他塑造成厄瓜多尔的民族英雄。人们花费数星期为他庆祝，奉上过情之誉，却对他统治期间的那些掠夺与破坏，以及他谋杀这片土地主人们的领袖，伟大的厄瓜多尔人阿塔瓦尔帕的事实置若罔闻。

那些集会组织与平民大地主，依旧将印第安人、农民以及拉美土生白人视作驮畜。而那些殖民地时期前来的西班牙人则带来战争与掠夺。在此，我们来听听北美作家刘易斯·汉克④所说的话。在他精彩绝伦的《占领美洲的正义之战》

①多米尼克派（Dominico）天主教托钵修会主要派别之一。1217 年由西班牙人多明我创立，同年获教皇洪诺留三世批准。1232年受教皇委派主持异端裁判所，残酷迫害异端。曾控制欧洲一些大学的神学讲坛。
②巴托洛梅·德拉斯·卡萨斯（Bartolomé de las Casas, 1474—1566），西班牙多明我会教士，他的著作《西印度毁灭述略》是揭示西班牙殖民者种种暴行的重要文献。
③巴利亚多里德（Valladolid）西班牙中北部一省。
④刘易斯·汉克（Lewis Hanke, 1905—1993），美国杰出的拉丁美洲殖民地历史学家。

一书中，他激昂地为西班牙殖民做辩护，并说道："那些在早些年前往新大陆的人，往往是退伍的放纵士兵、落魄的贵族、探险家或是苦役犯。他们曾犯下各种各样的罪行，为了逃避理应受到的惩罚，便准备好来这里服务于这片土地。"写到那些西班牙人前来之时，他又补充道："很少有人是准备前来亲自劳动的，也很少有人打算善待印第安人。"他又以混血人种的角度将话题继续下去："大部分的西班牙男人都掳走了印第安女人，让她们做自己的情人，而这事实自然构成了西班牙人与当地人关系恶化的导火索。"

最后，他补充道："西班牙人很自然地便总结出：他们与当地土著人最合适的关系，应当是主奴关系。他们开始致力于创立一个合法的协会，能够一下子将这样的关系变得有条有理，而这也反映出了他们想要改变当地人的地位而做的国王梦。这个制度在当时以'赐封制度'①的名字为人熟知。"

接下来说说我们社会绝大部分症结的成因。拉美当地处于贵族阶级的克里奥尔人负地矜才，自认为是所有权利的拥有者，凌驾于印第安人、乔洛人、梅斯蒂索人与蒙图比奥人②之上。他们与其他人有着显著的区别——受到剥削者们的敬重。实际上，也只是公民平等的粉饰说法罢了。"法律面前人人平等"也只不过是在安抚"人类和睦相处"这栋摇摇欲坠的大楼时，所撒下的一个弥天大谎。

或许，人类历史上的任何一刻，抑或在任何一个民族里，从未有过这般多的谎言与虚伪。在厄瓜多尔，不管是在印第安专制主义最为纵横的帕夏领地，还是由血统最为低劣的贱民掌握政权的领地中，都存在着很多社会差异，而这不仅仅是经济因素引起的。就算在现在的语言中，也能找到那些具有欺骗性的译句："优越的人""体面人""优越出身的家庭"。而它们的对立面，则是印第安人、粗俗之人、狡猾之人、刽子手、乔洛人、蒙图比奥人、乡巴佬——即便是生活在都市里，也被认为是墙上泥皮。

国家本质上是印欧混血，由于融合的原因，西班牙冒险家的好争吵和专横与印第安人相结合，这一点所有的编年史作者都跟我们说过，国家现在已经堕落成了一个由"优越的人""体面人""优越出身的家庭"组成的政府。而本质是这

---

①赐封制度，在殖民时期被西班牙君主赐封的人，有权向封地范围内的土著民征收赋税，但不享有土地所有权。被赐予征税权的人称为封君。
②蒙图比奥人，厄瓜多尔沿海岸的土著居民。

样的，同盟者们，就像在殖民化历史过程中一直存在的，叫作"贵族阶层"，金钱和宗教，现在已经上台的政府的结构。简而言之，是一种新的殖民。这比几个世纪前的殖民要严重得多，因为它不是由一个在某种程度上还是中立的遥远的王国所管理，而是由一个贪婪的一手遮天的人管理，他就在这里，在我们身边，立即执行所有以原始殖民地为基础的滞后原则。

我们聆听杰出的历史学家冈萨雷斯·苏亚雷斯，他向我们描绘了17世纪末期这些土地的情况：

> 贵族无法在不玷污贵族徽章的情况下学习一门技艺，贵族家庭害怕他们的儿子中有人与工匠的女儿结婚，犯罪都不像门不当户不对的婚姻一样损害他们这么多！
>
> 贵族享受特权，贵族是市政府的永久成员。对于贵族来说，这些都是名义上有社会优越感的职务。工匠忍受永远生活在黑暗中，拥有的很少，这是一件容易的事情吗？那么，他就把目光投向僧侣阶级，主要是宗教有关的职业上，并且谋求宗教职业，不是作为一种成圣的途径，而是一种和贵族平起平坐的手段。为了摆脱低贱的出身，为了教会久负盛名的白披肩，并且为了高贵地存活在这个社会，他想要他的孩子们成为修士，他们的担忧注定是终身的卑躬屈膝。这就是无数有关宗教生活的职业的秘密，想要提高社会地位的愿望充满了修道院，而这些修道院是以逃离这个世界为职业，为了让这个世界为他们开启大门，为了让这个世界接受他们，这就是这些修士们懈怠的理由。

在另一个地方，这位杰出的大主教继续说道：

> 耶稣会的神父是殖民地最富有的人。他们真的是一个强大的集团，从邻居那里获取大量的钱来支付利息，修士们和耶稣会的教徒们为了庄园和资产的增长进行竞争，这就导致了对殖民地城镇和城市发展的不利情况。某些宗教组织积累领土资产是造成贫困集中的部分原因，而贫困人口的比重已达到令人震惊的地步。神职人员享有合规的特权，不会因为债务被告。而压在世

俗民众身上的赋税翻了一倍，就好像所有神职人员都是完全依靠捐助而生存的托钵修会人士一样，他们甚至不支付他们广阔农业资产的什一税。

这就是关键。人们可以根据伯克哈特、米什莱、摩森或者托恩比的说法来阅读历史，但结果是一样的。自西班牙殖民地以来，国民生活的常数是不变的。

那些英勇的、富有男子气概的冒险家们几乎一直走在刑法的边缘，根据刘易斯·汉克、罗森布拉特①和其他人的权威意见，创立了一个混合词——伪贵族阶级。他们非法占有良田，抢夺土著居民的财产，反对维多利亚、拉斯·卡萨斯、帕拉西欧卢比奥斯、蒙特西诺斯、主教加西斯和许多其他的西班牙智者和圣人的意见，饱含种族歧视的封建主义比在其他民族更加激烈，创立了野蛮的土著居民村落制度，徭役和雇佣土著居民的契约。在别人的饥饿和穷苦之上，他们自己成了伯爵、侯爵或拥有其他贵族头衔，这是用"印第安的黄金"，或者是通过对王室和其代表进行卑躬屈膝的服务而买的。几乎都是如此，很少有例外。

根据杰出的基多大主教冈萨雷斯·苏亚雷斯的权威观点，外国神职人员开创了大庄园制度和特权，帮助了一个混血的教士。他病态地追求社会和贵族特权，创造了这两个组成悲剧的术语：酋长假贵族和修士。从一开始就和酋长开拓者结盟，这两个术语创造出了第三个术语：世俗权力。

不久，国家神职人员醒悟了，这体现在贸易税上。在反对加西亚·莫雷诺的斗争中，必须要通过输入无国籍无家可归的外国教士控制他，灭他的威风。国家神职人员醒悟并开始明白，应该站在他所代表的民众一边，不是为虚伪的富人服务，而是为赤脚、身着教袍的穷人服务，和创始者耶稣一样。

在一些真正的暴动之后，如贸易税、酒精税事件等。这已经不只是针对西班牙大都市的叛乱了，而西班牙大都市在国际生活中只有自治这一特点。1845年3月6日，在这一天人们一脚踢开了推行外国化、背叛国家的弗洛雷斯主义②；1895年6月5日，人们获得了政治独立并且预感到了厄瓜多尔人民的经济独立；在真正的暴动后，由于一次进步和民主势力的不幸分歧，并通过国家历史上最可耻之一的道德和物质欺诈，社会－基督教派（由历史悠久且重要的保守党支持）掌握了

①赫尔曼·罗森布拉特（Herman A. Rosenblat，1929—2015），美国作家。
②弗洛雷斯主义，指1830—1845年间施行的政策，由于受第一任国家总统弗洛雷斯的影响而得名。

国家领导权，并用虚伪的伎俩恢复了殖民地时期所有宪法上的缺陷，大主教冈萨雷斯·苏亚雷斯这样说。

酋长假贵族阶级、修士和世俗权力这三者又死灰复燃，并非法占有了已经在现代化道路上迈出坚实一步的厄瓜多尔共和国政权。

这就是大概的情况。接触人民群众，接触事实，说出他们内心的话。这些话用他的声音和观点说出来。而且首先要将人民的力量，压倒性的力量和和平的力量完全统一。因为只有真正的强大才能拥有真正的和平。

译者：高璐瑶、袁晨栩

校对：许硕

07 关于"礼貌而不让原则"

我们每一个人
都和你一样有价值
我们在一起
比你更有价值

——阿拉贡总督对天主教国王费尔南多所说

我们最后尚未丢失的还有礼仪、西班牙的绅士身份和大不列颠的平等精神。这种文明的表述方式证明我们已经告别了石器时代和穴居时代。因此，决斗士们也会在挥舞利剑或给手枪换一轮子弹之前互相致敬。在丰特努瓦战役中，英国绅士们对英勇的敌人说："法国的先生们，绅士不开第一枪。"甚至在侵略美洲的历史上，除了西班牙传教士巴尔韦德对我们的印加皇帝阿塔瓦尔帕用了卑鄙狡诈的伎俩外，敌对的双方时常表现出绅士的做派。

与此同时，当"尊敬的阁下"这个死灰复燃的荒诞称呼被文明的哥伦比亚总统阿尔韦托·耶拉斯·卡马戈下令废除后，人们要求受到尊敬，他们要想摆脱掉毫无用处的礼节性称呼，他们应该是优秀的，至少是不错的。我的老师米格尔·德·乌纳穆诺在给我的信中提到加夫列拉·米斯特拉尔时说："那位杰出的作家，是极其优秀的。"

确实需要尊重。我们都还记得卡尔德隆·德·拉·巴尔卡①的《萨拉梅亚的镇长》里当傲慢的队长玷污了镇长的女儿后向镇长佩特罗·克雷斯波要求尊重那精彩的一幕：

---

① 卡尔德隆·德·拉·巴尔卡（Calderón de la Barca，1600—1681），西班牙军事家、作家、诗人、戏剧家，西班牙文学黄金时期的重要人物。代表作品为剧作《人生如梦》。

队　　　　　　长：您要尊敬地对待我们。

佩特罗·克雷斯波：这话说得合情合理。

> 要尊敬地将他带到
>
> 镇政会去，要尊敬地
>
> 给他戴上脚镣手铐，
>
> 要尊敬地特别注意，
>
> 别让他跟士兵通气。
>
> 把其他两人也关进
>
> 牢房，要将他们分开，
>
> 随后尊敬地把他们
>
> 三人的口供录下来。
>
> 假定在那两个人中间，
>
> 我发现充足的罪证，
>
> 我定当十分尊敬地绞死
>
> 他们，我向上天发誓！

对于粗俗而又精明的镇长来说，他受到了深深的伤害。他甚至在绞死使他名誉扫地的强盗时，还要受到卡斯蒂利亚传统礼仪的束缚。但在这里！在国会这样的高等机构里，尽管有名望的议员们手里攥着刊登有证据和大幅照片的国家日报，却矢口否认在瓜亚基尔这座高贵而又彬彬有礼的城市街道上人民群众所遭受到的暴行。他们不但嘲笑这种正直的控告，居然还请求制裁这些受到凌辱的同胞们！

我们确实已经非常堕落了。在世界上任何一个团体里，团结一向都是自发的、炽热的，不需要任何说辞，更不需要强制进行司法调查来使人们感到义愤填膺，而我们却只是有一点点气愤，基督教社会主义者的那种气愤。

很快就可以期待整个社会觉醒了，这样最基本的礼节和规矩便会被废除。很快就可以期待社会和谐了，公正平等的方针早已被复辟的下三烂政策所取代。已经不存在下限这个概念了：我们人更多，价值更大，更应受到尊敬。所有这些谁有道理谁没有的愚蠢言行还和我们有什么关系！我们人更多，我们价值更大！

失去人民的政府以野蛮暴行的施展为武器便印证了这一点，哪怕这看起来像一个笑话，有人还是为之鼓掌。他们宁愿和马匹团结在一起也不和同胞们团结在一起，还是说同胞们是否受尊敬只是思考的角度不同。但这并不能说明，在追忆解放者的国庆日里，最崇高的思想、最纯真的渴望和最有希望的目标的价值被公正的提升。去告诉在卡的斯国会发表了令人震惊的反对劳役演讲的奥尔梅多，在他的祖国有人想复辟那些早已被废除的特权，有人想重新恢复劳役和领主制度，有人想禁锢思想自由。

像乌纳穆诺提议的那样，比起向国家倾诉子孙后代们的心事、希望和畏惧，没有比把祖国称作祖国母亲更好的致敬方式了，也没有比让子孙后代们以人民的身份自由地存在更好的致敬方式了。用强制性检阅游行的方式来致敬是没有人民自发地出现显得亲切热忱的。但这个充满绅士的国家却把人民当成散发着原始森林里可可气味的衣衫褴褛的土著或是一身臭汗的农民。尽管已经在傲慢的演讲中说过，这些令人厌恶而又不懂礼节的人们身体里流淌着血液并不是他们的过错。必须要远离土著们，远离农民们，衣不蔽体、"非自愿的光脚"和贫穷都是他们的过错。

1958年10月9日，从瓜亚基尔被践踏的那一天起，从整个国家看来，立法者和人民没有表现出团结一致，更不用说表现礼节性的情感。从那一刻起，不仅国家宪法受到侵犯与损害，曼努埃尔·安东尼奥·卡列尼奥①的《礼貌举止规范手册》更是受到了诋毁。这手册是如此有名，以至于哪怕厄瓜多尔军校教育他们成为自由主义者，基督教徒们仍会向子孙们极力推荐。

在缺乏尊重和傲慢无知的环境下又出现了另一个弊端：演说中的口头攻击。不是因为他们所说的内容，而是因为他们说话方式的恶劣。在挑衅的长篇大论中只说了两件事：承认我们生下来体内就流淌着高贵绅士的血液不是我们的过错，痛苦地抱怨我们度过了"受凌辱、剥削和伤害的六十年"。这时我们开始回想起有人担保肯定要做一些事的历史。

听着他们冗长却差劲的演说，这些所谓的先生们，这些永远不知足的人们让我们想到，从小时候起，或许直到上大学之前，那些人已经在自由的体制下享受

---

①曼努埃尔·安东尼奥·卡列尼奥（Manuel Antonio Carreño，1812—1874），委内瑞拉外交家、教育家及音乐家。

着向他们涌来的工作机会。不管贫穷还是富裕，他们中没有谁能逃脱进入国家财政机关工作的命运。在内部管理或外交事务上，他们只要往衣柜一瞥，就能找到有樟脑丸味的刺绣制服、两角帽、华丽精制的外交官制服。他们穿着这些衣服跟着三十年前狐步舞或是之后流行的探戈、伦巴、曼波、桑巴、恰恰舞、卡吕普索舞、梅伦盖舞的节拍，英雄般地捍卫了名声、物质和精神上的荣誉以及祖国的领土完整。

这些才是他们六十年来受到的凌辱和伤害：提名、任职、薪水、薪水、薪水。自由的双手散发的恶臭可以是因为这是一双土著的手，但是钱，不管从哪里来，总是像玫瑰一样充满芳香。厄瓜多尔的外交事务、外国事务的指导任务，总是被托付给这些令人尊敬的绅士们，因为这些，他们感觉受到了"伤害和凌辱"。

对其他人来说，一些人衡量问题的最基本准则已经受到了践踏，哪怕一个人下落不明也无关紧要。当一个议会的少数派当着同胞的面控告（如仍视作同胞的话），说是非人暴行的受害者，甚至拿着无可争辩的图片证据向整个国家表明，这个长枪党式新"西班牙语世界"代表们的绅士风度，体现在诬告、拿女性开玩笑和威胁制裁上。曾在艰苦卓绝的政治斗争中展现的厄瓜多尔式绅士风度去了哪里？

如今，巨大压倒性的数量是唯一有用的。正如之前说过，礼貌是大部分人在机构中智慧的体现，这是精明而智慧的，但是国家的样子已经变了，这当然是不可避免的。那些下令对他们同胞"格杀勿论"的人对待他们的朋友也一定别无二致。我们生活在下三烂政策主导、数量决定一切的体制之下。

以前人们那套古老的"礼貌而不让原则"已经不管用了。

翻译：李文豪

校对：乔丹琳

08 关于"伸出手还是握紧拳头"

如果有人想握手

我将继续伸出手 但是

如果有需要

我将握紧象征威望的拳头

——卡米罗·彭斯·恩利克斯①

　　不祥的哥伦比亚暴力三人帮成员之一，罗伯特·乌尔达内达·阿尔贝拉艾斯②在保守主义崩溃前不久说了这样一句臭名昭著的话："面对自由派的反抗，我将伸出手，但为了维持秩序与权威，我将握紧拳头。" 在我们伟大的兄弟国家里，被称作"铁耳外交官"的乌尔达内达博士的这句话流传广泛甚至派生出了不同的版本，但其中凶狠威胁的性质是一样的。如果屈服投降，那么向他们伸出手；如果有人想自由地生活却不想屈服于长枪党主义和外来的宗教法庭，那么迎接他们的只有强硬暴力的拳头。

　　奥斯彼纳·佩雷斯、劳雷亚诺·戈麦斯和乌尔达内达·阿尔贝拉艾斯，这灾难的三人帮，对哥伦比亚来说是地狱般"暴力"惨剧的象征。从人民的领袖豪尔赫·艾列赛尔·盖坦③遇害的1948年4月9日起长达九年期间，血流成河，到处燃烧着恐怖犯罪的地狱之火，这正是南美洲最纯粹的民主，二十八万条性命。

　　纳利聂、桑坦德和卡尔达斯④的祖国是建立在二十八万具哥伦比亚人的尸体

---

①引自卡米罗·彭斯·恩利克斯博士在10月20日艾斯贝赫电影院召开的公务员大会上的讲话，并于翌日发表于《厄瓜多尔日报》首页。——作者注
②罗伯特·乌尔达内达·阿尔贝拉艾斯（Roberto Urdaneta Arbeláez，1890—1972），哥伦比亚律师、政治家、代理总统。
③豪尔赫·艾列赛尔·盖坦（Jorge Eliecer Gaitán，1903—1948），哥伦比亚自由党左翼领袖，曾领导著名的"盖坦运动"，主张建立民主国家，反对寡头统治。
④以上三人都是哥伦比亚独立运动领导人。

之上的啊！正是亲切又温和的哥伦比亚保守派一手策划了这场鲜血横流的"盛大宴席"。当自由派分为图尔拜和盖坦两股力量时，我们的工程师奥斯彼纳·佩雷斯，凭借一支明显仅在数量上占优势的少数派，使保守派重新登上玻利瓦尔的宝座，然后让人们相信这少数派已经退出，并且是"自愿退出"。

在这种情况下，乌尔达内达·阿尔贝拉艾斯说出这臭名昭著的"伸出手还是握紧拳头"，丝毫没有因为抄袭、毫无原创性而感到羞愧，而是光明正大地抄袭。这话像一句咒语，让可怜的公务员们对他唯命是从，却丝毫不顾及他们作为男人或女人的尊严。

亲切而又人畜无害的奥斯彼纳·佩雷斯，这个说话亲切却邪恶的蓝眼睛小人在1946年居然取得了这样的胜利：

奥斯彼纳·佩雷斯	565 849票
加夫列尔·图尔拜	441 199票
豪尔赫·艾列赛尔·盖坦	358 957票
自由派总票数	800 156票
保守派总票数	565 849票
支持自由派的票数差为	234 307票
保守派占	42%
自由派占	58%

正如1934年奥拉亚·埃雷拉[①]对于自由派胜利起的作用那样，奥斯彼纳也就是所谓的保守派通往胜利的"桥梁"。

但是，这完全不同啊！当奥拉亚开启了一段不仅是南美洲历史上最辉煌同样也是哥伦比亚历史上最卓有成效的时期时，奥斯彼纳却在第九届美洲国家大会举

---

①奥拉亚·埃雷拉（Olaya Herrera，1880—1937），哥伦比亚记者、政治家、外交官、总统。

行期间发动"波哥大流血事件",他开启了人类有史以来最黑暗恐怖的时期。在这件事上,自由派和保守派这对冤家对头都一致认为,长达九年的"哥伦比亚暴力事件"是人类历史上所有民族的政治革命里最恐怖悲惨又残忍得毫无节制的时期。

有这样一个离我们很近的残忍先例,1936年西班牙长枪党为对抗被称为"属于教师的共和国"的西班牙自由共和国而发起的暴动致使数百万人牺牲。西班牙人民已经彻底厌倦了只会将国家的耻辱从欧洲的赌场延伸到妓院、毫无用处而又粗俗无味的君主制,法制早已荡然无存。当一队臭名昭著的叛军把矛头指向拥护民主主义国家大多数人民投票选出的合法政府时,西班牙又被拱手让给了这些温和而又谨慎的将军们:普里莫·德里维拉[①]和贝伦格尔[②]。

在奥斯彼纳策划五万人丧命的悲惨"波哥大流血事件"后,哥伦比亚政治选出的"伟大"的精神病患者又策划了"劳雷亚诺流血事件"。这个人称"博士"的禽兽劳雷亚诺·戈麦斯实际上是工程师,心理医生称他为"恶魔"。正是他灵光闪现并策划了这起暴力事件,当他要发动武力时恰好偏瘫发作才没能继续祸害这个伟大的民族。

这时,沉湎作乐"充耳不闻"、风趣优雅而又谎话连篇的"魔王三人组"的第三位成员罗伯特·乌尔达内达·阿尔贝拉艾斯登场了。他经常出入奢华礼堂及外交场合,他是正如我们中有人自称的那样:一个有教养有文化的人。他是一个不知疲惫的保守主义者,擅长讲各种淫秽"故事"。他的耳朵能听到像贝克尔诗句中写的"吻和翅膀拍动的流言"那最细微的谣言。同样的,铁耳外交官也有不愿意听的话。像奥斯彼纳一样,他被称作"正直的人"。要做这样的人,就必须接受不管他说什么做什么都是对的事实。他巧舌如簧,曾说过那句"伸出手还是握紧拳头"的名言,企图用这句话让我们如领圣餐一般接受这是他自己的原创。

---

①普里莫·德里维拉(Miguel Primo de Rivera,1870—1930),西班牙独裁者、贵族、军官。1923年至1930年西班牙复辟时期担任西班牙首相,任内实行独裁统治。其子何塞·安东尼奥·普里莫·德里维拉是西班牙内战时期长枪党创始人。
②贝伦格尔(Dámaso Berenguer Fusté,1873—1953),西班牙将军和政治家,西班牙第二共和国成立前曾任首相。

在带有浪漫主义的爱德华·桑托斯①和阿丰索·洛佩斯②自由派的反抗下，"伸出手"政策只持续了很短几个月，他们两人都一直支持妥协和"共存"。卡洛斯·耶拉斯·雷斯特雷波③和几乎所有其他自由派高层领导都同属学院政治家这一代，也就是人称的"百年主义者"。

但很快，充耳不闻的人的"拳头"握紧了。下面是带来的后果：

最早创办的西语报刊之一、伟大的日报《时代报》遭到袭击和焚烧。

由伟大的哥伦比亚名流堂·路易斯·卡诺创办、爱德华·萨拉梅亚和一些优秀作家记者编辑的晚报《旁观者报》遭到袭击和焚烧。

哥伦比亚前总统、南美洲最早持有公民身份之一的爱德华·桑托斯私人住宅遭到袭击和焚烧。

哥伦比亚前总统阿丰索·洛佩斯私人住宅遭到袭击、焚烧和抢劫，是抢劫，抢劫！那些"正直的保守主义者"将他住宅中的家具、书籍和勋章全部抢走后放火焚烧并观赏以此为乐，直到烧得一干二净才允许消防员靠近。

爱德华·桑托斯被驱逐出境。

阿丰索·洛佩斯被驱逐出境。

卡洛斯·耶拉斯·雷斯特雷波被驱逐出境。

和亲切的蓝眼睛工程师奥斯彼纳·佩雷斯一样，温文尔雅的外交官乌尔达内达·阿尔贝拉艾斯可能已经超过了"恶魔"本人劳雷亚诺·戈麦斯。如今他的名言我一字不落抄在这里：

> 如果投降我将伸出手，如果想自由我将握紧拳头。

这句名言在上文提到的一连串罪恶行径中以最野蛮的方式得到了验证，这让人觉得可恶的罗哈斯·皮尼利亚④军事独裁时期反而是一种解脱。

---

①爱德华·桑托斯（Eduardo Santos, 1888—1974），哥伦比亚出版商、政治家、总统。
②阿丰索·洛佩斯（Alfonso López Pumarejo, 1886—1959），哥伦比亚自由党人，两任哥伦比亚总统。
③卡洛斯·耶拉斯·雷斯特雷波（Carlos Lleras Restrepo, 1908—1994），哥伦比亚自由党领导人、医生、哥伦比亚总统。
④罗哈斯·皮尼利亚（Rojas Pinilla, 1900—1975），哥伦比亚政治家，操纵议会"当选"总统（1954—1958）。

罗哈斯·皮尼利亚万岁！

自由万岁！

　　从库库塔到帕斯托，从布埃纳文图拉到比亚维森西奥，这正是哥伦比亚希望的欢呼。但是在暴力事件发生的最坏时期，在卡利一家电影院制造了一连串流血事件的幕后黑手，借助宗教的名义逐渐完成保守派屠杀哥伦比亚人民的任务。他用奥斯彼纳、劳乌勒阿诺和狡猾冷漠的外交官乌尔达内达·阿尔贝拉艾斯"伸开双手和握紧拳头"（我一字不落抄在这里）的方式对人民进行肢解、割耳、强制绝育。

　　直到九年后，连劳乌勒阿诺本人在内的保守派也不得不惊慌害怕地重新开始寻找唯一可能被哥伦比亚、厄瓜多尔、阿根廷和委内瑞拉人民接受的解决办法。

　　厄瓜多尔想亲身体验那些悲惨的经历吗？祖国各地已经觉醒的厄瓜多尔人民会同意吗？虽然青年大学生们现在还在沉默，比起祖国人民自由和生命他们更在意学校预算，但是他们会同意吗？国家军队会对此无动于衷吗？还是说威胁我们的"握紧拳头"正是这些军队本身？

　　让哥伦比亚向野蛮原始社会倒退的奥斯彼纳·佩雷斯在1946年大选中得到的民众支持率仅占42%，但对比分散的民主派力量，少数派里有实际控制权的不过占27%。如此不牢靠、如此不幸的少数派能够用握紧的拳头威胁自由民主的厄瓜多尔群众吗？

翻译：李文豪

校对：乔丹琳

09 关于最高责任：把祖国归还给祖国的人民

它就在那里，像阳光一样耀眼。尽管有反动分子的存在和抵抗，随着学校在祖国各地出现，人们开始学习文字，开始变得有文化。最近在城市的选举中人们投票反对保守主义，没有任何商量的余地。像基多和瓜亚基尔这些大城市更是鲜明的例证。

在基多，尽管候选人名单疯狂地拉长，有一件事是可以肯定的：在这段不那么热情的时期里最冷漠的选举中，面对羸弱的12 000张保守派投票，力量分散的非保守派仍有30 000多张投票。考虑在走向民主的进程中，团结的组织极少存在，社会党下令弃权，加上社会−基督主义一败涂地，这些都在两年多以前就开始腐蚀我们的国家。不容争辩的图像证据表明了在温顺的群众中，修士修女们指引着学校里的孩子们把十字架放到指定的地方，这沉闷而又令人羞愧的场景正是支持非宗教主义的力证。这种让孩子和青年们内心得到解脱的神圣方式，不过是为了当时机到来，让他们通过投票选举的方式来达到捍卫自己阶级利益和社会团体表达渴望的政治目的。

瓜亚基尔又如何呢？选举是十分有感染力的。在绝大部分的非保守主义者中重心发生了变化，50 000张反对反动派的投票让5 000张傲慢的右派投票变得滑稽可笑。这就像穷人们周六去圣母圣心爱子会握着修士修女的手一样可笑，因为正是这些修士修女们为了让大批学校的孩子们避免遭受地狱无休止的惩罚，而让他们乖乖投票去送死。

每年都会毫无例外地出现在单一候选人和多个候选人选举中，且一直被嘲讽的堂·艾乌赛彼奥，尽管几周前他在一次奢侈的领圣餐集会上花费了数百万，在饥寒交迫又衣不蔽体的群众面前，他又进行斋戒以寻求民众的支持，可笑的是，他居然战胜了反动派。

寓意？右派先生们，厄瓜多尔这个国家可不是只有愚蠢的人；右派先生们，厄瓜多尔是能认清事实真相并在时机到来时利用政治将它公之于众的，这规模可能是真实而又可以估量的。就像虽然西班牙殖民者们为了消灭印第安人的抵抗而强加给他们节日和仪式，还是有可能存在相当多虔诚的印第安人信徒。宗教的人文主义和善良、永远庇护贫困弱小和被剥削的人的教义才是它被人们尊敬和捍卫的原因，而不是邪恶地只会利用权贵的宗教，也不是错误地自封为富人守护者、穷人的天敌的宗教。

正如从多年前就开始进行的选举那样，最近的选举证明了厄瓜多尔人民不是好欺骗的，更不用说城市里的中产阶级和人民群众，学校里的学习已经让他们有了中等文化知识。这就是为什么保守派痛恨无宗教主义，因为没有人教他们，他们就不会和宗教对抗。他们内心得到解脱后，到了规定年龄就可以去行使人民的权利，接受现实的考验。而在宗教学校里，年轻人不仅受到道德的胁迫，还遭到体罚。受过教育的年轻人和孩子们排成一排遵照明确的指令走向选举台，把票投给这个或那个候选人，如果是像竞选共和国总统阿尔卡尔德斯这类单一候选人选举，只需等他们听完弥撒后让他们把将事先拿到的选票放入投票箱中即可。

由少数代表剥削厄瓜多尔人民的教士权贵行使人民群众的权利是偶然且暂时的，这并不是祖国自由的人民的过错，他们很清楚自己的责任，他们知道或者说能认清他们的权利和回报在哪一边。

这应该是嗜权如命、迷失方向、崇尚分裂主义的政治领导人的过错。只有通过最近的总统选举才能看出，当民主的力量前所未有地汇集在一起时，打败少数派的优势是压倒性的，而这足以使他们感到羞愧。

但又有哪一次不是民主派在数量上占优势？哪怕是在像面团或混凝土那样团聚在一起又全副武装的保守派面前，民主派分裂成两派时，两派中总有一派能取得胜利。

但在最近的总统竞选中，当民主派分裂成可怕的三派来对抗保守派时，三位民主党候选人几乎势均力敌。于是，仅凭数字上的微弱优势使在世界任意一个角落都占少数的27%成为相对多数，这也成了我们抱怨的荒唐事实。这至少让一个年轻的民族倒退七十年，在这种情况下，人们又分秒必争地脱离前进的道路，投身到黑暗时期迷失的人们才会做的自杀式宗教斗争中。

在国会上，由于国家统治者候选人身后代表的文化千差万别，最后大家一致认为，最理想的情况是厄瓜多尔应该找一个"20世纪的阿提拉式统治者"。也就是说，为了遵照历史，我们需要的应该是一个像"上帝之鞭"一样的统治者，马匹经过的地方寸草不生。

这是一次失败的举动吗？或许不是，但这一定被上层人士"津津乐道"。一些政府人士应该了解一些当中的历史，但他一定是从布鲁聂奥的《神圣历史简述》中看来的，因为正是这本书里讲述了阿提拉和"上帝之鞭"的故事，或者他是从电影爱好者常画的插图中了解到的。当然可以肯定的是，为了和书中描写得一模一样，在街道的柏油路上马匹们一定已经登场了。当然了，那里肯定是寸草不生。

就像狄奥多里克带领的西哥特人或是盖萨里克带领的汪达尔人一样，仅仅露个面也是有风险的，而阿提拉也在新婚之夜死在了妻子伊笛可的怀里。

据《马可福音》第十一章第十五、十六和十七节记载，一直很亲切从不发怒的拉比诺"打翻银行家的桌子和贩卖鸽子商人的椅子"，并狠狠地咒骂他们道："我的圣殿要作万民祷告的殿，你们却把它变成了贼窝。"我们的确需要"上帝之鞭"，我们需要的正是耶稣抽打在圣殿里商贩们背上的那根名副其实的鞭子。

厄瓜多尔人民已经受到了真正的"上帝之鞭"的惩罚，这样才能把教堂前厅和周围伪善的商人赶走，因为他们不仅篡改耶稣的教义，亵渎他的名声，几个世纪以来还非法霸占并压榨这片高贵而又亲切的土地，他们像榨柠檬一样直到把它榨干，再把它丢入垃圾桶中。

这才是最近举行这些选举的意义所在。至高无上的训诫已经开始了，我们要反思学习，要紧盯着唯一不可动摇的目标：实现国家统一，把祖国还给祖国的人民。

其他所有的一切都是次要的。我甚至还敢再多说一点，人们还应该做到团结一致和宽容以待。任何不能帮助达成目标的人，都应该像威廉·退尔将箭射向放在儿子头顶的苹果那样，做到直接可靠，万无一失，如有需要，还应带有牺牲和英雄主义精神。

我们已经受到剽窃来的"伸开手还是握紧拳头"的威胁，现如今，我们又面临更加野蛮粗暴的20世纪的阿提拉式统治者带来的威胁。耶稣说过："你们凭着他们的果实，就可以认出他们来。"从最新的选举结果来看，再一次证实占绝大多数厄瓜多尔民主派的群众才有最终决定权。但不管厄瓜多尔最终是生还是死，他们能做到的只有团结一致，团结一致，团结一致。

翻译：李文豪

校对：乔丹琳

10 议会的作用

拥有自由的时候，市民的权利和财富就会增长。

每当思考为什么古老的民族更加热爱自由，

相比较现代市民而言，

我认为理由都是相同的，

就像现如今人们变得比从前弱小，

教育的区别是什么？

基于宗教的区别。

——尼可洛·马基雅维利《君主论》

舒适主义已经让国家生活故步自封，虽然并不是所有媒体都感到幸福，一些国家报纸发出了欢乐的呼声，欢呼立法时代终结了，因为法制不健全，因为法制很糟糕。

我们如何明朗解读这种欢乐？非常简单，那些扫兴的人终于离开了，他们打破了修士、主教和枢机主教平静的生活，妨碍了他们消化美酒佳肴，妨碍了那些令人心满意足、平静的生活，对现在这个"无为政府"感到满意的人群，他们居住在布拉沃河和巴塔哥尼亚。土白混血人和外乡人终于离开了！他们胆敢冒犯我们仁慈的主人！他们的离开是上天的恩赐！甚至都没有来得及清算他们数不胜数的罪行。

被称为"绣花的土著""大家族的奴仆"的文学的职责似乎就在于揭露真相。通往卧室的走廊因为足够宽敞，所以主人们洋洋自得。除了那些大胆的混血儿和外乡人以外，没有人胆敢打破"小主子"的美梦，这是多么令人无法容忍的放肆啊。每个人都应该"清楚自己的位置"，主人是坐在桌旁、躺在床上享受的，而仆人是在厨房和牲口棚劳作的。

现在就是这种情形。两年来从"天生的主人"手中赢得的幸福生活被一些人起哄打破了，虽然这些对于厄瓜多尔纳税人来说不值一提，他们认为那些人是别有用心，从祖国的每个角落来到这里，打着老百姓的主意，越来越贪婪、凶狠。为什么布拉沃河到巴塔哥尼亚之间的人最幸福？这些人正在慢慢死去——在饥饿的驱使下他们不得不加入黑帮在边境捣乱，只为了能够有衣蔽体、有食果腹。他们问，为什么几年前建造的四通八达的公路最终半路切断，就像从前"尊敬的先生"说的那样公路的"宽度胜过长度"。

为什么？有什么资格说出这番言论？就因为这打破了成千上万的修士修女甜蜜的谣言？而他们唯一的罪行只是教导人们热情地祷告，就像指引温顺的羊群回到羊圈那样，指引学校里的男男女女，歌唱赞诗投票选举"教会的候选人"。投给放肆混血人的当然是反对票，如果是西班牙带着枪的小修士，"赤色分子"就将他们杀死在危地马拉山区。在卡斯蒂利亚的高原，在安达卢西亚的沃野，最明朗的眼眸蒙尘，最美的语言失声，我们失去了费德里戈·加西亚·洛尔卡①。烈士诗人悦耳的诗章由米格尔·埃尔南德斯②传唱下去。

在议会结束之夜，走狗们不和谐的声音亵渎了市政大厅，体制的打手羞辱独立民主的立法者。瓜亚基尔市民游行是唯一的真正的市民游行，因为游行发自民众，他们反对践踏自由思想，反对践踏进步理念。

少数的批评家采取了对立姿态，不但立马跳出来破坏瓜亚基尔市民的游行，还向基多的群众投掷烟幕弹和炸药。这些走狗只是严格履行他们的首要任务，粗暴驱使、碾压游行群众。暴力警察，就是我们所有人都见识到的走狗！

议会的功能不只是给这样或者那样的事项颁布法令。对此走狗们夸张地称之为"工作"，像囚徒挣脱锁链那样付出努力是"浪费时间"。走狗们宁可选择议会是正常"工作"，而不是"浪费时间"。也就是说，厄瓜多尔的议会顺从地承受施压，接受不正当手段，因为都是来自于"上面"的授意，是主人在发号施令。他们有神授的权利，他们有权利建造和摧毁，当然是摧毁居多，他们摧毁这

---

①费德里戈·加西亚·洛尔卡（Federico García Lorca, 1898—1936），西班牙诗人、剧作家，被誉为西班牙最杰出的作家之一。
②米格尔·埃尔南德斯（Miguel Hernández），20世纪的西班牙语诗人和剧作家。

个国家、摧毁这里的人民。

不，先生们，全世界的议会最高、最基本的职责就是歌颂捍卫祖国的最高本质：自由！尤其是当自由受到威胁的时候。

此时此刻，厄瓜多尔的自由陷入了危险的境地，是由于后退教条主义的影响，也是由于栖息于权力的集团影响力。当人们问集团的首脑，如果加强保守主义的国家权力，世俗主义是否会废除？他们在记者招待会上公开回答"是"，在值得纪念的厄瓜多尔议会听证会期间，以耶稣会的方式，几乎所有的天主教保守派和社会派重申，尊重世俗主义是宪法的基本准则，但重修国家宪法的时候又欲将这条废除。

厄瓜多尔的自由已经岌岌可危，1895年7月取得了自由主义最大的胜利，正是民族主义时代的初期，那时候将宗教教育从国民教育中取消，无论是政治自由，还是言论自由，在各个方面都取得了最大的胜利。一个世俗的国家在生活各方面推行世俗化，才是真正的最大的人权自由。健全完善的国家才能使爱国之花绽放，这样宗教信仰能得到尊重，民主也能得到推广。支持世俗主义，宗教信仰就会更加虔诚，政治热情也会更加高涨，人性英雄主义更得到推崇。如果在一个充满宗教束缚的环境下出生、成长，或者成为宗教信仰不自由这座温室里奄奄一息的花朵，那么人们就无法独立地表达政治主张，由此诞生各种伪善，甚至会有人退党退教。

重开议会，一方面让一些报纸媒体对"民主"的评论闭嘴，这些评论捍卫人们道德完善、思想正直，捍卫爱国意识和爱国精神。那么参与颁布无用法令的"工作"有何意义？这些法律从属性上来讲是良性的，或者只是用来加固祖国的精神和物质的锁链？

那是送给立法"奠基人"的掌声，送给非政客的掌声。诸君看到了愚蠢荒诞的言行了吗？还应该做些别的什么吗？世界上任何一个地方的议会除了政治还能做什么？议员们的权力是民众授予的，他们代表民众，议员们最不该做的就是成为权贵的帮凶走狗。如果民众不是因为饥饿的威胁去犯罪，是不会成为帮凶的。

1958年召开的议会才是真正意义上的议会，值得历史大书特书。因为有少数的民主派人士崛起捍卫世俗主义。因为他们直戳虚伪的践踏民众自由者的脊梁骨，他们向那些满口蠢话的国家代表开炮，他们捍卫宪法。是他们迈开了扭转历史的步伐，鼓励群众对抗虚伪保守的制度，这些制度最终由群众摧毁。那些沉迷于赞美及歌功颂德的人，那些"灵魂和心灵贫穷"的人，那些高税收导致高贫困而使群众衣不蔽体食不果腹的法令呢？多好的时代啊，多好的非"工作者"啊，他们投弃权票。但是，现在的"工作者"和"建设者"已经耗尽了国家信用，耗尽了国家贷款，因为大量的工程建设，比如在瓜亚斯河上造桥，比如建造奢侈的高楼。一点点地消耗，为了组织那些毫无意义的泛美会议，共和国的账单是这些迂腐频繁的会议唯一的最终结果。

"工作者"们赢得了一些评论家的掌声，因为他们高效又勤勉，因为建造"需要"建造的大楼，所以税收不断增高，而民众的饥荒进一步加剧。

民众领袖、反对派、闲人，他们唯一能做的就是捍卫自由……

译者：吕霄霄

147

11 论尊严：祖国的神学精神

　　譬如与周围环境与人群达成和解，在这死一般的氛围中，充满了扑面而来的臭气，叛教以换取一盘圣经里的宾豆。出于卑微的报复，不尊重文化也不尊重国家，只为了无尽地自我满足。两位年轻的文人写下了光辉的一页，给我们上了关于尊严、关于崇高精神的一课，罕见的关于人的尊严的一课。他们高贵地陨落，但是赋予生命荣耀与尊严。因为那个时代难以置信的原因，因为他们风华正茂而世界光明不足。

　　他们是阿尔贝尔多·阿科斯塔·维拉斯科和米盖尔·安吉尔·瓦雷亚·特兰。

　　我将他们的名字另起一行，突出又孤独。用古老又无可替代的，简短又再合适不过的词语来定义这两位年轻人："国家的良心"。

　　在之前的那封信中，我悲哀地发现礼仪和团结正在崩坏。是因为有野蛮人碾压了代表群众的立法者。而其他立法者面对同伴受到屈辱，却站到了施暴者的一边，站到了祖国最高机构议会的对立面。

　　今天是彼得拉布兰卡日，对于一些人来说是复活尊严的日子，是耶稣殉教三日之后从坟墓里复活的日子，正如拉萨罗的修女们说的那时候尸体都已经开始"发臭"了。

　　纵观历史，除了极少数的时候，人性尊严都在历史长河中熠熠生辉。尊严远比军人的愤怒和勇气更值得称颂，军人的勇气是男性的英雄主义。尊严定义了人性最高贵的品质，尊严用以对抗所有的羞辱和诋毁。

　　远在殖民时代之前，尊严就是厄瓜多尔的象征。殖民者以哈布斯堡家族卡洛斯五世的名义，下令杀死印加帝国的阿塔瓦尔帕。西印度编年史评价瓦尔贝尔德神父是"不安分守己且道德败坏的教士"，是他要求印加王发誓背弃祖先并皈依天主教。印加王以至高无上的王的尊严和人的尊严回答："我信奉的乃是太阳神，太阳神永不灭；我不能皈依基督徒的上帝，因为他放任你们这样邪恶又诡计多端的恶棍杀戮。"说罢庄重地将神父递上来的圣经远远抛开以示反抗。

贸易税革命者是值得尊敬的，官方历史却对杰出高贵的莫雷诺·贝依多不置一词。①革命者反抗西班牙王国不公正的纳税制度，宣布脱离宗主国独立。这是16世纪末爆发的美洲历史上的第一场革命，比我们8月10日的革命早两个世纪。面对西班牙宗主国的压榨他们拒绝缴纳税赋，这些源自美洲的税赋最终用于欧洲战场，这些战争除了让王国破产和维护无谓的帝国荣耀外一无是处。毋庸置疑，这场光荣的革命充满欧洲的英雄主义色彩，为什么历史学家没有将这场捍卫尊严的革命运动在史书上写下浓墨重彩的一笔？因为这场革命有违他们自身的既得利益，那时候的历史撰写者是殖民者和领主，他们是历史的胜利者。当然也有极少数例外，像基多的冈萨雷斯·苏亚雷斯大主教这样的人。此外，如果革命群众能与教士会一起，与那些坚守教义又世俗的教士阶层一起，这些耶稣会修士也会站出来反抗国王和压迫者大法官巴罗斯·德·圣米兰之流。为了尊严和自由而革命毕竟是少数。但是阿尔卡布拉斯革命是我们为自由和尊严抗争的起源，请听冈萨雷斯·苏亚雷斯在《厄瓜多尔共和国简史》中怎么说：

> 现在已经不是单纯的反对税收政策，而是反对殖民政府的统治阶层。一些起义领袖已经意识到现在的形势，还有人提出更加大胆的计划，就是彻底摆脱西班牙的控制。

纪念这场革命的巨型纪念碑在哪里？以此命名的街道或者广场在哪里？世界上每个国家都会为充满崇高英雄主义的革命感到骄傲，因为革命带来了新的曙光。这场革命运动是群众兴起的，也是为了群众利益而发动的，而不是为了宗主们的利益。

10月8日革命和8月9日革命的人们值得敬重。

1845年3月6日，革命者将那些外国人、庄园主从饱受压榨的祖国驱赶出去，无数征战之后我们最终赢得了独立。

高贵的厄瓜多尔人拒绝了令人不齿的"再征服"，在美洲大陆和新世界，厄

---

①1592年8月中旬在基多爆发了阿尔卡巴拉斯革命，莫雷诺·贝依多作为领导者遭到了当局的追杀，于同年12月28日晚遇刺身亡。

瓜多尔民族曾经饱受羞辱。

高贵的厄瓜多尔人反抗西班牙人的压迫，我们没有被打败也没有被肢解。高贵的厄瓜多尔人用鲜血洗刷历史的耻辱，特立尼特先生谦卑地向法国求助让厄瓜多尔蒙羞，他不是解放者玻利瓦尔，他只将厄瓜多尔当作富有丰饶的殖民地而已，他试图让历史河流逆流。

就像朱迪斯牺牲自己拯救贝都利亚的人民，8月6日人民起义捍卫了厄瓜多尔的荣耀和尊严。《旧约》第十三章《朱迪斯之书》记载了这位犹太女性的英勇事迹，因为她砍下了压迫者赫尔弗尼斯的头颅。

高贵的厄瓜多尔人对抗无耻的"国旗交易"，那些人为了权力不惜出卖国家的尊严，他们强取豪夺毫无克制，因为他们本就没有人性的刹车，他们本就毫无尊严。

祖国的军人付出无尽的牺牲，在生命中每个时刻默默地、奋不顾身地捍卫人民的尊严，军人来自人民也是人民将自己交于他们之手，将捍卫的武器交于他们之手。这些至高无上的公民，他们知道自己是人民的一部分，他们就是人民，他们不从属于其他人而只从属于人民。公民为了祖国武装起来，这是历史最庄严的时刻。他们不会在赞美或者利益面前迷失自我，因为他们有更高远的眼光，为了更宽广的道路：国家尊严之大路。

除去被黑暗笼罩的时刻，我们国家的历史是满载尊严的历史，这点我们必须承认必须捍卫。

多么叫人痛心疾首，贪污腐败的丑闻玷污了厄瓜多尔和人民的历史。人民撰写的历史每一页都是整洁又庄重的，因为是人民为了自由而战的历史。

厄瓜多尔国家形象正在发生改变，高贵的面孔在发生改变，现在已经变得面目全非，倒戈、背叛、逆来顺受，这是一场没有群众参与的无声的变革。在廉价混乱的民主市场，政客们每天都有新的信仰、新的背叛公开兜售。过不了多久，年轻人的声音也会因为官僚主义的众口一词而陷入集体沉默。

因此，彼得拉布兰卡两位年轻的律师给我们上了宝贵的一课，他们光辉的专业之路永不没落。我们捂住耳朵抵挡如同美人鱼般的权力歌声，时间会给出答案，他们用生命给我们上了最好的法律课。两位年轻人为了反对官僚主义而战，让所有人出乎意料。经此一役，最高法院作为司法机构已经大败，因为两位道德高尚的年轻人才是公正的保障。对于国家来说，他们的积极意义更是难以估计，两位年轻人的事迹提醒这个国家，政权不能跌入权力之手，必须对权贵保持戒备，国家年轻的生命不能白白牺牲。

为什么要挖开墓穴来埋葬糟粕？毫无疑问现在墓穴已经挖开了，但是光明火炬在传递，照亮亡者苍白的面庞。

译者：吕霄霄

12 基多的生日

> 基多王国是新世界高贵的一分子，作家传唱她的美丽富饶，因为她地处热带地貌独特，因为她气候温和宜人，因为她自然资源丰富，因为她有无穷尽的矿藏，因为这里是过去和现代革命的发生地，这就是接下来我将简述的内容。[①]
>
> ——胡安·韦拉斯科神父

我们不会掉入陷阱，我们更不会天真地接受这场剥夺性的浩劫。这里有总督后裔的热烈拥护，这里也有自由的灵魂发出共鸣的回响。

正如豪尔赫·雷耶斯[②]在一篇鞭辟入里的文章中所说的那样，圣·弗朗西斯科·德·基多正在被迫接受这一切。说是为了解放基多，为了使基多皈依天主教使其"西班牙化"，用这些名义让基多蒙羞受辱。基多，这个名字听起来就像是欧洲任何一个城市，像法国的巴黎、西班牙的马德里或者意大利的罗马；也像是美洲的任何一个城市，像秘鲁的利马、墨西哥的墨西哥城、巴拿马共和国的巴拿马城。

殖民者的努力即将化为泡影，但不幸的是他们在其他方面赢得了胜利。他们将本族地名篡改了，将圣徒的名字挂到了印加族的名字之上，比如加利福尼亚的圣弗朗西斯科、智利的圣地亚哥。波哥大的名字侥幸逃过一劫，信奉天主教和罗马教皇的殖民者用更优雅的方式处理了波哥大的命名。就在"哥特佬"[③]和"西班牙分子"更名圣达菲以后，哥伦比亚人出于对自己奇布查[④]祖先的骄傲（他们

[①] 见《基多王国史》，卷一。——作者注
[②] 豪尔赫·雷耶斯（Jorge Reyes，1905—1977），诗人兼记者，他的诗歌造诣在厄瓜多尔当代作家中脱颖而出。雷耶斯通过报纸杂志捍卫社会主义意识形态。
[③] 对西班牙人的贬称。
[④] 奇布查人，又称穆伊斯卡人，是哥伦比亚印第安人的一支。

创造出"没有门的小镇"这样美丽又充满人性真善的名字），奋起抵抗"圣达菲"这个看似成功却毫无个性的名字。将野心勃勃又无所归依的"圣达菲"，成功替换为更响亮、更本土、更个性的"波哥大"，也就是现在安东尼奥·纳里尼奥故土的名字。

我们多么热爱这位在阿塔瓦尔帕之后最伟大的基多人，没有陷入这愚蠢的更名闹剧。天真赤诚如基多议员，我们没有直呼其名弗朗西斯科·邱思科，而是用毫无个性但充满野心的名字弗朗西斯科·哈维尔·欧亨尼奥·圣克鲁斯·埃斯佩霍来称呼他。根据历史学家、智者冈萨雷斯·苏亚雷斯大主教的记载，如果可以，任何一个"大家族仆役"都会签订《新基多的露西亚诺》，他们会使用自己响亮又古老的姓氏，比如唐·哈维尔·德·奇亚、艾佩斯和佩诺切那。主教说"纳税只为了解决我们大多数人的最强烈最深刻的忧患"，又补充说"现代基多埃斯佩霍家族不再是贵族"，因为"死后不会登记在西班牙人或者白人的名册，而是登记在混血人、印第安人、黑人、黑白混血人的名册"。

我们满怀感激之情回顾这段波哥大历史，就算用盐将古西班牙语和"西班牙化"两者彻底搅拌混合，淳朴的哥伦比亚人也不会接受，将象征着奇布查荣耀的"波哥大"改名为奢侈又滑稽的毫无根基的"圣达菲"。正值波哥大这座富饶伟大的城市四百年周年庆，我依然能察觉"圣达菲"的贬义、做作、俗气。"波哥大"这个名字有强健的人性和旺盛的生命力，因为这个名字传统又现代，诞生于哥伦比亚土地充满生机的最深处。而"圣达菲巧克力""圣达菲房子""圣达菲穿衣风格"，即使是源自古西班牙语，还是会让人感到这是个浮华、虚假的地方。滑稽得就像一位韶华已逝的女子，如何身着绿色袜子，又头戴"意大利草帽"。

方济各会应当采取行动来对抗这滑稽的放弃自我的更名运动，至少应该做出最基本的努力，避免美洲所有的城市最后只能在文学中徒留感伤和回忆。然而只有基多，能够骄傲地勇敢地被叫作且只叫作"基多"。希望一个百分之百的基多人，像卢西亚诺·安德烈·德·马丁这样的人能扛起这场保卫战的领导权，就像他对抗好战卑鄙的胡安·韦拉斯科神父那样守卫西里斯。神父犯下前所未有的罪行，因为他想给国家捏造一个神话起源传说，就像日耳曼人的尼伯龙之戒，就像法兰克人的罗兰骑士，就像西班牙人的熙德，就像古罗马人的英雄埃涅阿斯，撒克逊人的亚瑟王和俄罗斯人的亚历山大·涅夫斯基。

布宜诺斯艾利斯最早叫作圣玛利亚·德·布宜诺斯艾利斯，没有一个理性的阿根廷人会一直用这个名字，因为没有什么浪漫的回忆。就像圣地亚哥·德·瓜达尔基维尔，圣安娜德洛斯里奥斯·德·昆卡，圣母无染原罪·德·洛哈。这些地名都和圣徒圣事有关，但是绝对不能替代原有的地名！

但是在基多，事态演变愈发严重。豪尔赫·雷耶斯警告说："现在不只是圣弗朗西斯科·德·基多的命名让人不喜，就像殖民者热衷于新的"再征服"，要在城市名字之前加上"教士会、正义、团体"。现在连司法文件上都要加上这些称号，已经成为每个基多人的日常生活。基多人陷入了"圣弗朗西斯科·德·教士会、正义、团体的"命名热潮。

是我们太怀念殖民时期的桎梏了吗？怀念我们国歌中"奴性的屈从"和"嗜血的恶魔"？为什么不是回归传统，称基多为西里斯人的城市？占有我们土地的殖民者为什么禁止我们认同自己真正的历史？他们因为我们是印第安人的后裔而感到羞耻吗？

卢西亚诺·安德拉德·马林说过："对一个民族而言，比占领国土创伤更大的，就是篡改它的历史。"这就是为什么那些人热衷于改名，因为可笑的种族偏见。所谓真正的完全的爱国者是热爱包括印第安人的所有人。这也是为什么那些爱国者、自由主义者，他们或者是因为胆怯，因为宽容，或者是因为天真、悲观，就选择了卑微地忍耐了下来。接下来，我必须抄录另一段卢西亚诺·安德拉德·马林的话，当他看到韦拉斯科神父试图修改基多历史，试图矫饰以求原谅甚至赞许的时候，发出呼吁：

> 韦拉斯科神父连一座纪念碑，一座雕像，一块石碑都没有。别说是在首都基多广场，即使在乡间，也没有一个广场、一条陋巷以他的名字命名，来纪念这杰出的厄瓜多尔之子。要知道，非常讽刺的是，许多本国的或者外国人廉价铜像都堆积在民族主义日渐式微的公共场所。

我们不禁要问，当基多王国首都的街道，以那些企图将祖国拱手让给外国、企图让祖国失去独立主权地位的人的名字命名的时候，阿塔瓦尔帕或者卢米尼亚维的纪念碑在哪里？以他们名字命名的街道在哪里？阿尔卡布拉斯革命者的纪念碑在哪里？他们才是真正的美洲独立运动的先驱者！

为独立而战的伟大民族英雄啊，永远只有少数。我们穷尽想象力，也无法真正给予这些英雄与之匹配的荣耀。我们也保留了一些国家主义的特性，就像所有国家面向游客，对外所展现出来的祖国的一面。难道不应该纪念真正的独立英雄苏克雷元帅？谁敢说不应该？但事实却非如此，在基多只有一座纪念碑、一座广场、一条中心街道以他的名字命名，在一个居民区，而且还是个贫民区，不幸还被叫作"女元帅"。那现在为什么又要重新包装、命名机场为"苏克雷元帅机场"？每个国家都用最典型、最有吸引力的名字来命名自己的机场，要么有历史渊源，要么和风景有关，要么和传统有关。比如哈瓦那的博耶罗斯机场，利马的利马·坦博机场，圣地亚哥的塞里托斯机场。甚至是马德里，即使到处都叫何塞·安东尼奥或者大元帅，都敢用巴拉哈斯这样地道的名字来命名自己的机场。我们为什么不能用美丽又有纪念意义的地名？用伊纳奎托①、查皮科鲁兹②、鲁米潘巴③这样的名字？

坦率地讲，我很高兴，几个月前报纸媒体就呼吁将"游客酒店"命名为阿塔瓦尔帕酒店。那些总督们会想到有这样一天吗？更名还要得到他们的许可吗？加拉加斯用印第安名字"塔马纳科"④命名酒店，波哥大也是，用了特肯达马⑤这个印第安名字，圣保罗用了雅卡拉瓜，里约热内卢用了科帕卡巴纳⑥。这样一来就冲击了城市的殖民主义：丽兹、萨沃伊、大陆酒店，现在就是满大街的希尔顿、希尔顿、希尔顿。

为什么即使在取得民主之后的六十年里，国家已经在自由派的领导下，却依然在命名的时候小心翼翼地避开解放厄瓜多尔的英勇事迹？为什么不让活生生的

①伊纳奎托（Iñaquito），厄瓜多首都基多的一个教区，位于该市北部，之前叫作贝拉尔卡扎尔，以西班牙征服者的名字命名。
②查皮科鲁兹（Chaupicruz），基多的一个郊区，该词的词源来自克丘亚语和西班牙语，"chaupi"表示中心，在西班牙语中，"Chaupicruz"意思是"十字架的中心"。
③鲁米潘巴（Rumipamba），在克丘亚语中是"大草原"或"石原"的意思。
④塔马纳科（Tamanaco），委内瑞拉马里奇和基里基雷部落的领袖，他领导了反抗西班牙对委内瑞拉领土的征服，是最知名的委内瑞拉酋长之一。
⑤特肯达马（Tequendama），一个陶器时代的考古遗址，位于哥伦比亚东南部，是哥伦比亚最古老的历史遗迹之一。
⑥科帕卡巴纳（Copacabana），是巴西里约热内卢南区的一个街区，在克丘亚语中是"蓝色瞭望台"的意思，是全世界最著名的海滩之一。

真实的历史出现在街道和广场上？这是与我们相关的历史，我们是历史的主人，也是共和国的主人。既然有弗洛雷斯街和加西亚·莫雷诺街，那么乌尔维那街和埃洛伊·阿尔法罗街在哪里？既然有马尼奥斯卡街，那么阿尔卡巴拉之子莫雷诺·贝依多街在哪里？3月6号街在哪里？

我们伟大的作家蒙塔尔沃在厄瓜多尔的首都曾经连一座纪念碑都没有。直到阿尔贝托·恩里克斯将军担任总统，路易斯·博萨诺博士担任总理的时候，在波哥大四百周年纪念日厄瓜多尔政府赠送了一座出自米德罗斯之手的作家胸像，此后基多才有了一座用来纪念这第一位厄瓜多尔作家的复制品雕像。

在基多之日，在基多成立之日，在她四百周年纪念日，缅怀这位最后的印加王阿塔瓦尔帕，为了他不屈的人格和崇高的精神！

译者：吕霄霄

13 关于罗得的妻子所受的惩罚

罗得的妻子转身向后看，立刻变成了一根盐柱。

——《创世记》

我们自由的厄瓜多尔人何罪之有，乃至我们不得不承受这般痛苦的惩罚？

《圣经》有云，上帝听闻在迦南有两个淫乱的城市，那里同性性行为成风。他勃然大怒，于是派了两位灭绝天使去烧毁罪孽深重的索多玛和蛾摩拉，并用硫黄火来净化灵与肉的罪恶。在此二城之中，唯独罗得夫妇和他们的女儿女婿一家人本本分分，夫妻恩爱，子孙满堂。此外，罗得还有两个从未亲近过男人的小女儿。

当索多玛的男人看到这两个幻化成美男子的天使到了老实的罗得家，他们就在罗得的房子前摇唇鼓舌，要求他交出这两个异域人。罗得很生气，对那群心怀鬼胎的人说："我有两个女儿还是处女，容我领出来，任凭你们的心愿而行。只是这两个人既然到我舍下，不要对他们做什么。"对于这位父亲宁愿以牺牲女儿们的名誉为代价来保护客人的行为，这些索多玛的无赖并不买账。于是两位灭绝天使借助上帝的力量搞得这些坏人晕头转向，连自家的房门都找不到。

在这群人的眼皮子底下，天使拉起了罗得夫妇的手，带他们从这座人间地狱中解脱出来，他们的女儿女婿、儿子儿媳以及众孙儿们紧随其后。但是，奉耶和华之命，在他们逃离这儿，从这座城远走高飞后，只要还没登顶并且翻过这座山，他们就不能回头看。

失乐园中那个春天的早晨，那个违背了上帝旨意的女人，也就是众生之母夏娃，她在蛇的煽动下咬了一口诱人的苹果，从那以后，上帝就罚亚当和夏娃到人间生存繁衍，夏娃的所作所为也受到圣·保罗的严厉谴责。罗得的妻子也像夏娃一样违背了上帝的旨意，回头去看索多玛的美丽山谷，她割舍不下他们的城市、他们的家、他们的葡萄园和他们的绵羊。

我亲爱的兄弟姐妹们啊，罗得妻子的违逆行为给她招致了奇特的惩罚：她变成了一根盐柱。这也就是说，上帝愤怒地抛弃了她！

盐柱是很高明的惩罚，只能任人鱼肉。让草场和附近山丘上的牲畜不断地去舔它，日复一日，直到它消失殆尽，化为乌有。毁灭了，溶解了。一切都源于"回头看"这一不可饶恕的罪行。

这也是我们不幸的国家厄瓜多尔目前的所作所为。我们最亲爱的祖国，像罗得的妻子一样沉湎于过去。漠视现在和未来，仍故步自封于因陈旧和腐朽而早该埋于黄土的旧模式。

与此同时，其他进步的、杰出的国家正在上演什么呢？美国最近几次国会选举重创了保守派的麦卡锡、杜勒斯和尼克松。在英国，工党在每次大选中都稳操胜券。巴西，我们最大的兄弟民族，承载着人民的期许，由左派社会主义自由党执政。还有墨西哥，刚刚重申了其争取正义和社会公平的革命宗旨，选举了年轻的、思想先进的劳动部部长阿道夫·洛佩斯·马特奥斯。

再来说法国和乌拉圭。似乎每一大事件都会有个相应的谶语：在伟大的法兰西，正如笛卡尔派的说法，第四共和国时期原本会发生一场让国家瘫痪的政治混乱。政府几个月、几个星期甚至几天就会垮台。金融系统也处于崩溃状态。殖民帝国正在解体，原因显而易见，所有的人民都渴望获得自由。而法国，犹如一个不愿没落的贵族。它竭尽全力来遏制解体，试图延长帝国的生命。戴高乐已经像圣女贞德和拿破仑一样被塑成了雕像，他走马上任，为阿尔及利亚、几内亚以及这个苟延残喘的帝国撑起"保护伞"。这并不是对右翼分子的召唤。我并不知道他与苏联人关系恶劣，但是他抵制英美，因此大部分法国人民奉戴高乐将军为民族英雄，他是抵抗运动的发起者，也是解放事业的领袖。法国需要这位伟大的士兵、伟大的法国人，他知道如何在法国被德国占领的可耻时期鼓舞本国人的士气。那时，法国右翼势力的代表人物，保皇派的教皇和查尔斯·莫拉斯，都成了德国法西斯的拥护者，与他们同流合污的还有三个法国的叛徒：蒙泰朗、萨卡·圭特瑞和凡尔登战役中的英雄——超级天主教陆军元帅贝当。而戴高乐选择了和正义的法国人同在，包括像艾吕雅和阿拉贡这样的共产主义者，甚至像雅克马里坦和贝尔纳诺斯这样的天主教徒。乌拉圭呢？更是一目了然。充满活力和革命性的红党执政九十多年，政局稳定。红党的领袖巴特列·伊·奥多涅斯和我们伟大的阿尔法罗有许多相似之处。巴尔塔萨尔·布鲁姆总统也是红党人。在红党执政初期，该党完全把控了政局。只要自称创始人，就能在乌拉圭政府中得到很高的职位。另一方面，没有宗教信仰和狂热主义的白党"世俗派"逐渐远离政权。白党主张支持危地马拉，该国被试图征服她的人贴上了共产主义的标签，国内还出现了叛徒。前辈埃雷拉的民族党也焕然一新，多次在捍卫民主事业上立功。按照我们的悲剧模式，白党、民族党或者埃雷拉党①是一面炫耀自己的主张一面违背自己的宗旨吗？

接着，让我们放眼美洲消灭专制和独裁上的民主进程。

阿根廷共和国出现了巨大的动荡，可怜的洛纳迪将军想要把这一局面归咎于右翼势力作祟，但事实并非如此。显而易见，他很快就被抛在一边。然后是由阿兰布鲁将军和罗哈斯将军组成的一个有清晰定位且强有力的中左翼政府，它有名副其实的声望并且标榜反庇隆主义。那么，在选举中，谁获胜了呢？是阿图罗·弗朗迪西，一个实打实的左派。在竞选中，他不得不做出一些让步，但不是因为右派，而是因为庇隆主义的"空白选票"给他平添了许多麻烦。

在哥伦比亚，对权力狂热追求的保守派犯下过不可描述的屠杀惨剧，其中有三个人臭名昭著：保守党国家总统奥斯皮纳·佩雷斯，他利用自由党在盖坦和图尔瓦伊之间的分裂造成约6—10万的死亡人数；保守党总统劳雷亚诺·戈麦斯（外号"怪物"戈麦斯），他是20世纪40年代哥伦比亚政治的领头羊，提出了"大胆行动"的口号，用最残酷的方式夺取了政权，牺牲了大约8—12万的哥伦比亚人；还有剽窃了我们"暴力索取"口号的保守党总统罗伯托·乌达内塔·阿维莱斯，他焚烧《时代报》和《旁观者报》，袭击和焚烧爱德华多·桑托斯、阿方索·洛佩斯和其他伟大的自由党人的房屋，牺牲了数千哥伦比亚人。保守党独裁者古斯塔沃·罗哈斯·皮尼利亚倒是没有像前几位保守党总统那样让那么多人丧命，但他开启了有组织的掠夺制度和寡廉鲜耻的腐败。在这一切都落幕之后，可以说，在美洲大陆杰出的民主主义者的激励和指引下已经建立起一个过渡政权，一个人民契约的政体。有目共睹的是，在上一次议会选举中，自由党的得票率为70%，超过

---

① 埃雷拉党，乌拉圭白党（民族党）的主要派系之一，奉行既不亲美也不亲苏的"第三立场"，在内地农民中有一定影响。代表人物是路易斯·阿尔贝托·德·埃雷拉。

了腐败不堪的保守党。但尽管如此，自由党内部仍有分歧。

说起让南半球面目一新的民主进步和反伪教徒的光荣事件，不得不提在军政首领德尔加多·查尔沃德和佩雷斯·希门尼斯手中，委内瑞拉民主受到摧残并渐渐死亡后，又迎来了伟大复兴。在250万选民中，数百万人支持民主党候选人罗慕洛·贝坦科尔特和海军上将拉腊萨瓦尔，只有20%左右的人支持保守派的基督教社会党候选人拉斐尔·卡尔德拉，但卡尔德拉是当今世界上十分和蔼可亲的人。罗慕洛·贝坦科尔特的胜利叩响了我们厄瓜多尔人那根敏感的心弦，许多人都听过这位伟大的社会主义者做出的关于维护厄瓜多尔权利的可贵讲话。如果说波哥大第九届泛美会议从盖坦被暗杀所造成的黯然失色中得到挽救，很大一部分原因是罗慕洛·贝坦科尔特高调参加了会议。"我给罗慕洛·贝坦科尔特投票"的标语也张贴在波哥大的街头巷尾。这句话已经成为委内瑞拉伟大而真实的民主的广告。但愿通过这件事，我们能够从犯下的反对庇护权的罪恶中清醒过来。

还剩下智利，智利民主的胜利是最伟大的案例之一。极左翼的社会主义共产党候选人萨尔瓦多·阿连德在上一次的选举中，连5万票都没得到。如今，一反往常，他的票数出人意料地超过了35万，和获胜的右派联盟候选人豪尔赫·亚历山德里相差无几，并且超过了基督教社会党候选人弗雷。

亲爱的同胞们，民主取得了前所未有的胜利，尤其是在我们美洲大陆上。因为在秘鲁，普拉多的人民政府在美洲人民革命联盟的支持下取得了胜利，政府也有像豪尔赫·巴萨德雷这样的部长，他是近代最伟大的秘鲁人何塞·卡洛斯·马里亚特吉忠实的朋友。

我们身临自由民主的有益环境之中。世界正在走向解放和正义。在美洲，有四个独裁政权的国家：特鲁希略政权下的多米尼加共和国，索摩查父子政权下的尼加拉瓜，巴蒂斯塔政权下的古巴和那个歹毒的斯特罗塞纳将军政权下的巴拉圭，他的姓氏比较难记。还有两个冥顽不灵的国家，一个是海地，一个是我们的厄瓜多尔。我们正在因为回头看的罪行而饱受折磨，就像罗得的妻子一样，我们在变成盐柱。我们何其不幸。

译者：岳林琳

校对：张琼

14 关于左翼的统一以及外国修道士

> 那些僧侣和修女，那些仍然保持着基督教传统，像父母一样来教育孩子的叔叔阿姨们……但是，因为他们必须为了这个世界，为了这个时代，为了让他们成为父母，为了公民生活，为了政治而教育孩子，所以在他们心中这种教育是矛盾的。一只蜜蜂可以教会另一只蜜蜂如何筑蜂巢，但是它却不能教会一只雄蜂如何使蜂王多产。[①]
>
> ——米格尔·德·乌纳穆诺

快到时间了吗？是的。现在我们是应该为了废除让我们遭罪的可悲惩罚而谈一谈团结性，或者说是厄瓜多尔这个国家的统一性的时候了。

我可以简单地从厄瓜多尔这个国家说起。我想我没有必要说明厄瓜多尔是一个自由的国家，因为这是最基本的，整个厄瓜多尔都是民主且自由的。我们可以证明那段最近才开始被写入书中的历史是真实的，尽管它来自研究院和一些私人档案（其实应该算是国家档案）。因为将基督占为己有的并不是厄瓜多尔的人民，而是一些权贵小团体，他们做了许多基督本不想对人们做的事情：剥削他们，奴役他们，或者让他们饿死。不，不是这样的，厄瓜多尔的人民绝不可能永远是受压迫者和受害者！他们绝不可能是那些没有能力，没有人性，没有国家进步感，甚至于自己也不求上进的压迫者们的囚徒！

请问那些为了找到可笑的头衔，而正在西班牙做着令人啼笑皆非的事情的，并遵从于教会等级制度或者权贵等级制度的人们，在福音书的哪个章节能找到奴役印第安人的指令？除非他们像正在表演的歌剧中的小伯爵和小侯爵，像伟大的修道士胡安·希内斯·德·塞普尔韦达所做的那样，坚信印第安人不是人而是

---

① 引自《基督教的挣扎》，洛萨达出版社，第90页。——作者注

"野蛮的动物"，是用来驮东西的牲口，于是一直剥削他们，直到他们累死也不给他们食物或者穿的衣服。而在那些"牧师"当中，哪里会有一位像圣洁又博学的巴托洛梅·德拉斯·卡萨斯[①]，把基督徒们的理想作为自己的奋斗目标，并且保护帮助他们的人呢？事实恰恰相反，大量外国的牧师只是西班牙长枪党租来亵渎耶稣这个名字的，他们支持那些反叛者所谓的对弱者的爱与保护的措辞。我们国家的弗朗西斯科·德·维多利亚神父、佩德罗·德·甘特神父、加西斯主教和帕拉西奥斯·鲁比奥斯牧师又在哪里呢？不幸的是，我们必须遗憾地承认，我们周围的信教之人已经自发地成为剥削者们的盟友，成为迫害自己同胞的人的盟友，成为阴险虚伪的人的盟友。也许他们会追随16世纪希内斯·德·塞普尔韦达和托马斯·托尔克马达信奉的那些荒谬的说教，以及那些将教堂变为贼窝的人的盟友。与他们相反，在山上宝训中，可怜和卑贱的人称赞这个革命篇章正如人类历史上少数的革命一样，如果是在今天发生，那肯定会被认为是最可怕的、最应受到谴责的一场革命：

　　穷人们有福了，因为他们的精神属于天国。

　　现在饥肠辘辘的人们有福了，因为他们以后会很富有。

　　富有的人有祸了，因为他们以后会挨饿。

　　现在笑的人有祸了，因为他们以后会呻吟和哭泣。

但无论如何，一个拥有民族感的牧师会眷恋他的祖国并且感受到厄瓜多尔人民的痛苦和喜悦。他会对厄瓜多尔的历史、地理和经济感兴趣，他会喜欢这个国家的风景、庄稼、水果、河流和海洋。一个瓜亚基尔的牧师的命运与当地的河流息息相关，不夸张地说，瓜亚斯河对于他来说就如父母一般。山区的牧师，比如基多的红衣主教，几乎都是混血的土著人。他们热爱那些山脉，那些山坡，他们为厄瓜多尔的泥土、阳光和空气而感到自豪。

但是那些带着政治目的和派别口号的外国牧师呢？他们又如何在著名的传教士学校里宣传圣母圣心爱子会和基督教教义，并告诉学生们国家的边界在哪

---

①巴托洛梅·德拉斯·卡萨斯（Bartolomé de las Casas, 1474—1566），西班牙多明我会教士，他的著作《西印度毁灭述略》是揭示西班牙殖民者种种暴行的重要文献。

里呢？

我爱那些为了寻找更好的地方去生活、去爱，直至死亡而来到我们国家的外国人，我爱那些因为法西斯和纳粹的独裁统治而宿醉的外国人，他们用自己对生活的全部热爱在厄瓜多尔全心全意地工作。他们为我们国家的发展进步和社会活力做出了多少贡献？而我们又欠他们多少呢？

我爱那些定居在厄瓜多尔的农村与城市，丰富自己工作和爱情的外国人。我爱那些在这片土地上养育孩子的外国人，他们实现了《圣经》中所写的"生存和繁衍"，也印证了萨米恩托所说的 "统治就是大量的繁衍"。对于那些想要与我们的生命轨迹有所交集，给我们带来生命、希望和快乐的人，对于那些想要通过自己的双臂、自己双手的才能、自身的技术能力以及一颗对所有的想法和工作都无限包容的心，从而给予我们力量的人来说，世界的道路是宽广的。

我爱那些将自己完完全全融入厄瓜多尔的外国人，当他们带给我们教育、知识和技能时，当他们用言语或者行动告诉我们一些使我们变得更好的事情时，我是优秀外国移民最忠实的拥护者。这些移民给我们带来了他们自己国家珍藏了几个世纪的古老文明中的小部分：他们教会了我们如何种植野葡萄，他们给我们带来了小猪，他们教会了我们如何处理织机以及如何塑造黏土。也是他们跑来告诉我们如何解决作物种植中的问题，特别是我们视为珍宝的作物，比如可可、香蕉、咖啡、其他水果和谷物。

在墨西哥的帕茨夸罗湖周围，从辛祖坦大草原开始一直到圣岛哈尼古欧，"老爹"巴斯克如今已成为了神话般的人物。神圣的牧师堂巴斯克·德·基罗加将"上帝的小猪"从遥远的西班牙大都会带给了米却肯的印第安人。他还教会了他们如何织布以及如何塑造黏土，这给予了他们穿针的智慧，以更好地结合萨拉佩①的两个部分。人们对那位高尚的，尤其是以基督教的衡量标准来看确实是一位好人的福音传教士的记忆，飘浮在那些田野、那些河流和那些湖泊上。对于那些印第安人来说，这就像是一种对他们祈求的安慰，它可以治愈生病的小猪、瘦小的小牛犊和下蛋的母鸡。因为所有这些他在生活中所做的事情——赤着脚走在群山之中或是在湖里游泳，最终都让这位牧师完成了他传教的任务，他接近了那

---

①萨拉佩，一种色彩鲜艳的毛料披风。中间有孔，可以从头上套下，披在双肩，胸背各半。

些被剥削的穷人，远离了那些剥削他人的富人。

人们偶尔能在厄瓜多尔的神职人员中发现一些和真正的基督教徒一样具有自我牺牲精神的人。但他们只是温顺的仆人，像羊圈里的黑羊一般。所以他们还是会在主教面前诽谤那个善良的牧师，并且几乎每一次都给他扣上莫须有的罪名：他是一个共产主义牧师，是他煽动了那些下贱的印第安人和傲慢的乔洛人。

但是无论如何，这个国家的牧师首先都应该是一个厄瓜多尔人，是这里阳光和土地的产物。他应该对厄瓜多尔这个国家的领土，国家的进步，国家的经济和同胞的福祉感兴趣。正因如此，他应该不那么顺从那些首领们的专制和剥削意志。

即使我知道他们的名字，我也不想说出来。但是我知道"根据上帝的法律"，这么做对这些将福音精神内化于心，并且将下面所提到的人的作品中的精神运用于自己作品中的牧师是十分不好的：圣·文森特·德·保罗，那些犯人、患者和穷人的圣人；圣·佩德罗·克拉维，奴隶们的保护神；一位名叫埃尔马诺·米格尔·费布雷斯·科尔德罗的神圣牧师，他和孩子们待在一起并不是为了教他们恨，而是为了教会他们爱；一位名叫费德里科·冈萨雷斯·苏亚雷斯的人，经常讲述凭借着教会法衣的庇护的人不断地用其丑闻腐化殖民社会的故事。

谈到外国牧师肯定会提到著名的舒马赫主教，他在那场剥削统治者和勇敢的解放者阿尔法罗自相残杀的战争中，发动过一些厄瓜多尔人去对抗其他人。如可怕的蛇怪一般的舒马赫大主教在某封教书中曾这样说："自由主义和激进主义如怪物一样来自地狱，给人们带来难以形容的恐惧：圣·胡安在《启示录》里看见的巴比伦大淫妇，如女人般骑在一头遍体有着亵渎名号的野兽身上。上帝与我们同在，纯洁的基多与我们同在，圣母玛利亚与我们同在！所以请抖擞精神，然后拿起武器吧！"

舒马赫的随从们，那些借着教会学校和教化殖民的名义如乌鸦般聚集成群的外国牧师们，往往不是厄瓜多尔东部地区的，而是来自最具有男子气概，最自由的沿海省份埃斯梅拉达斯。而埃尔奥罗省和洛斯里奥斯省，虽然没有如绵羊般温顺的牧师，却如同那个令人作呕的主教一样，有着一群来自农村的准备杀害厄瓜多尔人的卡宾枪中士。

厄瓜多尔的一体化进程才稍稍有所进展，内战的火焰便蔓延开来。因为那些右翼人士说："我们不会像你们想象的那样轻易地放弃！"这种年轻人的自负和骄傲是违反事物发展的自然规律的。这是一种违背自然的罪恶，我们不能任由其发展壮大。

厄瓜多尔这个国家值得她的子民们在熊熊燃烧的仇恨之火中，在无能的沼泽里，尽自己最大的努力，阻止它最后的毁灭，或者说，被歼灭。

持中立态度的人们和左翼人士们，现在已经到了我们该以拯救国家的最高姿态来认真地谈一谈团结，谈一谈进步人士的统一的时候了。我们不能让厄瓜多尔陷落，哪怕是以英雄的姿态也不行。正如伟大的大主教所要求的那样——"拿着武器到外面去"，在这个充满恶臭的沼泽，历史倒退的沼泽，过去几个世纪中伪善的沼泽，饥饿的沼泽中，我们每天都会陷下去一点点……

译者：沈心语

校对：侯健

15 关于知识分子的责任

年末。年初。时光飞逝，就像曼里克①所说的"河水奔流入海"。然后呢？"好人们"就甘心接受失落和失败吗？刚好相反。这两年，在我们的祖国，发生在我们身上的唯一一件事就是我们坠入无底深渊之中，我们退步了。我们已经认识到，或者说逐渐认识到，我们不能生活在那个"美好的城市"里，因为摩尔人已经来了，他们已经开始践踏我们了，而我们很难击败他们。

现在，这些摩尔人在这个国家身居高位，他们就像以前的耶稣会教士一样，试图征服一切，他们不想丢掉任何东西，哪怕是再小再不起眼的东西他们也不想失去。

要想联合起来对抗这一切，最简单同时也是最困难的方法就是和知识分子进行对话，或者说开始和他们进行对话。因为他们善于反思和思考。他们可以成为孩子们和成年人们的引路人，这些只有知识分子能做到。

保守主义盛行了许多年，孱弱的自由主义后来又走上了历史舞台，这造就了这样一个现实：知识分子没有分量。科学、艺术，尤其文学，它们处于人们的思想和情感的边缘地位，可这些都象征着公正、平等和自由。我们的文化是左倾的。

似乎所有那些恢复思考的行为都是徒劳的、无用的，不管再怎么努力也是一样。因为它已经被压抑了太久。授勋、声明、致敬，这些都无法让某一个名字被全国乃至全世界的人记住。因为仅仅在我们之中就有这样一个奇怪的现象：我们总是想通过政令和法令来树立知识分子的形象。

在所有人都斥责西班牙人的暴行之时，1937年我们却在基多出版了一本书来向那个国家致敬。那本书叫《我们的西班牙》。我们在1937年的表态烙着我们国

---

①豪尔赫·曼里克（Jorge Manrique，1440—1479），西班牙著名诗人。

家的印记，我们现在也能说出同样的话。

不过让我们再想一想，其实我们自己并没有完成文化和自由方面的建设，在知识方面也是如此。最近在自由主义阴影下成长的几代人，拿着阿尔法罗和普拉萨的奖学金到欧洲和美国学习的艺术家、作家和科学家们，并没有真正理解何为"知识分子的责任"。除了一些人联合起来，合作对抗知识分子和文化的敌人。之后几代人的情况也差不多，他们要么沉默不语，要么就使情况变得更糟糕。最后，许多人在一战不人道的环境中和二战的枪炮声中成长起来，自由文化面临的威胁更大了。

不过在20世纪20—30年代，还是有许多人在文学上进行了抵抗，例如皮奥·哈拉米略·阿尔瓦拉多、路易斯·A·马丁内斯、何塞·拉斐尔·布斯塔曼特等，他们是祖国、自由和荣耀的卫士。他们并不孤独，他们的作品在沿海地区、山区、南部和北部都有大量的读者。1930年我在欧洲称呼他们是"瓜亚基尔团体"：费尔南多·查韦斯开启了印第安文学，此外还有帕拉西奥或是罗哈斯的小说，卡雷拉·安德拉德、米格尔·安赫尔·莱昂、奥古斯托·阿里亚斯和贡萨洛·埃斯古德洛的诗歌。

最近还涌现出一些新的团体，里面有许多文坛新星，如阿历杭德罗·卡里翁、佩德罗·维拉以及他们的伙伴。此外还有诗人豪尔赫·阿多姆，他对人类和公正做出了细致的描写。达维拉·安德拉德在抒情诗方面造诣很深。

在祖国的不同地区，知识分子都在竭力发出自己的声音，例如安德拉德和科尔德罗，后者是很有创造力的诗人；擅长描写儿童和天使的库埃斯卡，迪亚斯·伊卡萨以及其他瓜亚基尔诗人；小说家有埃斯梅拉尔达、尼尔松·埃斯图皮尼亚·巴斯和阿达尔贝托·奥尔蒂斯。

另外还有一个人，他不像瓜亚基尔诗人团体那样显眼，总是默默进行创作，他就是阿尔弗雷德·帕勒哈·蒂斯坎塞科。

1953年，我开始领导厄瓜多尔一个叫作"第三次呼唤"的知识分子团体。团体成员在文化上有些焦虑，喜欢进行反思和自由思考。在他们身上我看到了这个国家的根本性精神，他们接过了我们国家那些伟大的文学奖的衣钵：埃斯佩霍、奥尔梅多、罗卡富埃特、蒙塔尔沃和冈萨雷斯·苏亚雷斯。

此后又过去了五年。危机更加严重了，我们如今面临着严重的文化退化的局面。我们在20世纪还在坚持着如中世纪般古老的体系和思想，这不是什么神话，就是实际发生的事情。

执政者不相信厄瓜多尔的民族性，反而去向西班牙人学习，可他们学到的都是些纳粹-法西斯思想，从佛朗哥那里学一点，然后再从希特勒和墨索里尼身上学一点，这才是最糟糕的。在几乎没有阻碍的情况下，在我们国家的土地上建起了一所长枪党军事学院。

面对这一切，厄瓜多尔的知识分子做了什么呢？讽刺之声不断，连惊恐万分的朋友们也表现得很冷漠，那些家伙已经准备好要跪下亲吻他们主人的脚了。

不，不能这样，厄瓜多尔自由的知识分子的责任不能被这样玷污。知识分子的任务并没有完成。死守在象牙塔里的时代已经过去了。逆来顺受？如果说我们的祖国还有哪些公民没学会逆来顺受的话，那么一定是懂得自由思考的人，因为他们很清楚自己要走哪条路，知道文明的源头在哪里，知道祖国的未来就在那些被禁的文章、报纸、杂志和图书里。我们已经受了不少罪了。因为我们已经目睹我们的近邻兄弟国家受了不少罪了：哥伦比亚和委内瑞拉，还有其他一些被迫向所谓的先进文明敞开大门的国家。

委内瑞拉已经不再是一所兵营了，哥伦比亚依然是一所学校，厄瓜多尔会再次成为一家修道院吗？希望我们的知识分子能行动起来。

译者：张琼

16 关于厄瓜多尔大学生的使命

在我们的祖国，需要做关于人的工作。大学的基本使命就是用它年轻而又充满活力的力量为建设国家做贡献。如果没有这个力量，那么在科学、法律、哲学领域所建设的所有东西都将不堪一击进而消亡殆尽，这就好比在沙地上建造宫殿一样。

今天的大学与厄瓜多尔人的锤炼是分不开的。厄瓜多尔拥有丰富的历史和地理财富，从古至今，人民对自由和文化的呐喊、精神的创造者、敏感的民族问题充斥着这个国家，像阿尔卡巴的反抗者们、1810年8月2日牺牲的烈士、艾斯佩霍、奥尔梅多、蒙塔尔沃……1845年3月6日的解放者以及1895年6月5日的思想解放者。比学习医学、法律、工程或者化学更重要的事情是明白做人这门学问的艰深，并成为国家的守护者。

我们的民族已经经历了漫长的痛苦和希望。每一盏已经被燃起的灯、每一项已经被征服的自由、每一项被申诉并且成功获得的权利，都是我们祖国人民的成果，我们的成果。前辈的鲜血和希望已经在法律、行为、态度和习俗中凝结。奴隶制度、剥削者的控制、地主和大庄园主在可怜的奴仆身上留下的鞭痕和烙印、已经犯下的毫无底线的罪行现在仍然施加在这片土地的合法所有者，即厄瓜多尔印第安人身上。所有一切都在召唤祖国青年学者无私、英勇地参与。所有这些都是一代又一代的厄瓜多尔学生应该完成的事业。

在书本和觉醒中，向祖国的现实发问。学习，不是为了一个正当却自私的目的来获得可以在经济上保证生活的职业学位，而是为了把获得的所有知识服务于最干净、最本质的精髓来滋养我们的祖国。

每一代的学生都有他们的任务要去完成。那些已经踏上大学道路的学生，他们有的出色完成了任务，有的却不尽人意。即使不尽人意的占了大多数，但是为了公平，我们对这些学生的审判不该是严苛的，而应该是有意义的，这样才能够从中获得启发。对于成功的例子，我们就去模仿去超越，对于失败的例子，我们就去避免去批判。

也许，正如何塞·马里亚特吉一样，厄瓜多尔当代的学生在经历了过去的评判之后，现在正身处"投票反对"事件中。我们本可以做得更多，但我们没有，因为忏悔本身就足够真诚。那样的确是值得的，不是作为借口或理由，而是作为一种信念和希望的行动，我们坚定地愿意继续这样做，继续战斗，继续为这个未来的建筑在这片土地上播种。

学者和立法者并没有对印第安人的救赎问题泛泛而谈，像皮奥·哈拉米略·阿尔瓦拉多这样的大家们的披露言论，他们遵循了圣杯上奥尔梅多关于废除徭役的倡议；废除印第安人的雇佣契约，最重要的理论家是厄瓜多尔社会学研究的创始人阿古斯丁·库耶娃；以及在自由体制下颁布的一些法律，这些自由体制想必是受社会主义者言论的启发。基于此，我们把我们最伟大的作家胡安·蒙塔尔沃极其悲伤的"利用暴露在我们土地的垄沟"这句话当作启发，以及现在再次被伟大的自由派改革者埃洛伊·阿尔法罗重新收回的被酋长、封建地主和大庄园主完全占据的土地，我们必须承认，只有土地法能将土地归还给种地的人，必须用本质性的方法去解决问题。勇敢直接、清楚明白的《土地法》，这必须由今天的大学生来制定和捍卫，直到使其成为强制性法规。

劳动者的公正问题，即使只是微小的公正，已经在由社会主义家们的共同协作所创立的自由体制下，开始进行勇敢又审慎的处理。《劳动法》和劳动律例，如果是完美、体面、值得称赞的，那么它至少是工人们在面对早期资本主义的压倒性威胁的法律防卫武器。那时候资本家们还很胆怯，但也最贪婪，有些软弱或者说没有准备充分来应对工人的捍卫措施，即法律以及强制性社会保险的法律条例。

在捍卫人权的重点领域，也做了一些事情。像1945年的《自由宪法》，其基本制度在目前的宪法中无法删除，这对国家来说意味着在共同生活的所有领域的秩序发生明显倒退，因为它是反对进步势力且背叛了当时的领导层意志的人颁布的。

国家动荡不可能是个助力剂。我还是要再重复一次，即使是我们，也必须推翻过去，推翻那个已经开始成为我们过去的一部分。但是，那并不是说在祖国建设的过程中一切都是灾难，不免有一些叛国者想极力促成动荡的局面，一些人已经做到了，他们导致了国家分裂、国家领土和人口锐减。

从1895年6月5日开始，厄瓜多尔通向未来的路被照亮。我们的国家开始走向世界，并向一些对实现现代化建设有益的、鼓舞人心的思想精神表示欢迎。从那之后，一些有关自由、平等的重要内涵开始渐渐得以充实，成为我们国家不可或缺的内容。

生活的自由，分解成人类自由行使所有的权利：走路、吃饭、恋爱、思考。在这个新的篇章里，许多东西在理论上已经实现，一些实质性的东西也慢慢在实践中日臻完善。我们已经达到了人民共存的状态，成为非宗教国家，或者是生活、教育、保持中立方向。因为研究是不偏不倚的，科学也是。希望永远不会有烈火烧毁伽利略，因为它发现了矛盾的科学真理的黑色和阿瓦萨巴卡多拉教条主义的真理。希望再没有烈火烧毁未来的米格尔·塞尔韦特或米格尔·德·莫利诺斯。也不要把未来的克里斯托弗·哥伦布或乔达诺·布鲁诺关进监狱。希望女性们不用再被迫痛苦地分娩，只有怀着对母亲的巨大敬意时，科学才能将母亲们从巨大的负担中解救出来。

大学生的根本使命是肯定和捍卫对国家的文明征服。所有东西都和这个使命息息相关：可能是左翼，也可能是中立的或者右翼的。人类所有的情感都趋向一种自由，这样他们才能得以生存和自我表达。我们必须摧毁诽谤的说法，即在非宗教国家没有上帝的位置。

在培养厄瓜多尔人这件事上还有很多事要去做。建设厄瓜多尔是厄瓜多尔大学生的使命，这项使命在今天比任何时候更加不可推卸。

首先，恢复祖国反抗的精神面貌。这不是悲观的不满，而是积极的反抗，不屈从，并教他人不屈从。大学生的立场是难以察觉的，他们的法定年龄在18岁至20岁之间，他们相对谨慎，面对可能的潜在的优势或危险，就像一个老年瓦列图丁人，把他的头低向土地。

其次，捍卫，特别是要捍卫思考和表达思想的自由。无论是在大学里还是走出大学后。这片土地上的所有人都在和那些把科学、调研挤在狭窄道路上的教条主义做斗争。希望我们不要反对达尔文的起源说，也不要反对伽利略或哥伦布。希望一些经济调查不会被禁止，因为它们削弱了一些富人和这个悲惨国家的剥削者们的利益。希望一些贫苦的人在抵抗剥削者的过程中得到耶稣的帮助。

第三，探求祖国的实质，学习它的深层次内涵。只有在祖国的领土上和祖国的历史中，我们才能调查它的实质并理解它：地理、历史、土地、空气、太阳和人民。尝试去弄明白低地势和高地势热带地区的区别，进而探索整个国家的真相。

第四，为祖国的统一和人民团结而努力。山区大学生和沿海大学生，应该立誓实现整个厄瓜多尔人民团结友爱。希望两个地区所有的不同点都成为互相超越的动力而不是变成自相残杀的利器。希望具有重要意义的不同点对寻找海洋和山地、平原和巨石的一些优质土壤都有帮助，这都是有益的，厄瓜多尔人民一直以来都热衷文化和自由。希望祖国的大学是地区和地区统一的重要道路。

第五，为公平和生活而工作。厄瓜多尔的人民通过合理利用国家物资来享受最低的便利条件。社会平等对于厄瓜多尔的学生来说应该是奋斗的目标，同样，它的缘由是劳动者的动机，并且大学生在为获得权利的请求而奋斗的过程中是一直和劳动者统一战线的。

第六，保护厄瓜多尔人，即祖国的人力财富。在健康、道德、文化和公正方面捍卫他们。提供一切必要的支持，并在可能的情况下开展卫生运动、扫盲运动，以及土地和地下资源的合理利用的教育知识。法律专业的学生可以帮助劳动者维权以及教给他们基本的专业知识，医学专业的学生投身于保障健康事业中，工程学、化学、农学、兽医学专业的学生则协助调查国家财富。最后，哲学、教育、语言学专业的学生提供道德和正义的教育来创建一个安全并且能够在厄瓜多尔的地界里可以生活发展的民族。

第七，用劳动和奋斗的精神在厄瓜多尔的一些重要的意识里面创造乐观自信的意识。消除自惭形秽心理，这个心理使我们认为我们是世界上最差的民族，比如和一些行政、宗教和人文科学领域强大的敌人做斗争，这些人的存在不会预示国家好的发展迹象，他们崇洋媚外。

第八，学会在希望和喜悦中去生活。在吟唱颂歌时候怀着最喜悦的心情，每天，我们都要奔向希望，所有这些都建立在取得的调查和研究上，这个方法是祖国给予他的子民的，他们敬爱祖国的伟大并且不遗余力为他们的目标努力。

第九，打消自私的个人主义，在所有的公共事务中宣扬集体主义高于个人主义。

第十，学习。

以上这些就是厄瓜多尔学生的十条戒律。

译者：李绪茹

校对：张琼

17 关于走向自由的美洲

祖国是人民的血肉之躯创造的。

——何塞·马蒂

对，这是事实。独裁，并不像听上去那么遥远。历史上我们确实少有强大的独裁统治。如果一定要说，那就是在加西亚统治时期，当人民感觉到它有可能成为永久独裁的危险时，人民英勇地推翻了它。其他人都属于零星的、不成系统的、不能算得上真正意义的独裁者，比如弗洛雷斯、贝特米利亚、卡玛尼奥、派斯和贝拉斯科·伊瓦拉。除了加西亚·莫雷诺的独裁统治之外，我们哪有像罗德里格斯·德·弗朗西亚、洛佩斯·德·桑塔·安纳、罗萨斯、梅尔加雷霍、胡安·比森特·戈麦斯和特鲁希略·莫利纳那样的独裁者？

我们的国家没有强权政治或是欺骗制度，并且这种制度也不会长存下来。我们的军队一直致力于维持公共秩序，当然，也有像罗卡富埃特、乌尔维纳和埃洛伊·阿尔法罗这样的杰出统治者使用武力来斗争，但武力是用来保家护国的。

有一首广为流传让人差点信以为真的民谣，相比加西亚·莫雷诺，罗卡富埃特更加专制，他枪杀的人不比加西亚·莫雷诺少。但他们没有注意到实质性的差异。在本世纪，像米兰达或是安东尼奥·纳里尼奥这样为自由而奋斗的人不得不对抗由弗洛雷斯从委内瑞拉派来的贪婪无度的士兵，并且努力让厄瓜多尔彰显自己的民族性。而反动派弗洛雷斯却在迫害爱国和进步人士，如胡安·博尔哈医生、马尔多纳多将军、阿根廷自由党人士圣地亚哥·比奥拉和詹贝利岛上的英雄和老弱病残们。何塞·马里亚·贝拉斯科·伊瓦拉是加西亚·莫雷诺的极端拥护者，他于1921年在国家图书馆发布的一篇维护加西亚·莫雷诺的文章中说："罗卡富埃特总统大张旗鼓的军事行动中伤亡的人数比加西亚·莫雷诺杀害的人多。"贝拉斯科·伊瓦拉说："罗卡富埃特枪杀的暴徒是独立战争后留在厄瓜多尔的委内瑞拉和哥伦比亚籍军人，国民多次对这些军人的滞留问题提出严正抗议。这是罗卡富埃特总统对他枪杀行动的积极、雄辩的解释。有必要压制外国士兵，因为他们在委内瑞拉弗洛雷斯将军的领导下已经养成破坏厄瓜多尔社会的习惯了。"

因此，使用武力来捍卫人类自由和压迫人类之间是存在巨大差异的。使用武力措施来保卫自己的家园和向敌人卖国（无论是在加西亚·莫雷诺时期的卡斯蒂利亚或是法国）也是不一样的。

玻利瓦尔、华盛顿、圣马丁和莫雷洛斯可以使用武力，但罗萨斯、梅尔加雷霍、加西亚·莫雷诺、胡安·比森特·戈麦斯、巴蒂斯塔、佩雷斯·希门内斯和鲁希略·莫利纳却没有权利使用武力。当人民的权利受到威胁时，使用武力是正当的，但当人民的利益受到损害时，武力永远是不正当的。像何塞·马蒂一样毕生致力于为自己的祖国和世界人民的自由而战的天使般的人使用武力时，人们为他欢呼鼓舞；但是像鲁希略·莫利纳和加西亚·莫雷诺这样奴役、迫害人民的魔鬼和幽灵一般的人使用武力时，人们纷纷为之唾弃。即便是那些愚蠢的人对我们唯一的独裁者的歌颂里也是充满了谴责和谩骂：

我们去山上，
我们会在那里生活。
没有人会找到我们，
就连加西亚·莫雷诺也不行。

企图篡改历史是不对的。在真理与柏拉图之间，我们始终会选择真理。特别是在历史的谎言已经被人操控的情况下，试图通过美化这些暴君、杀人狂魔的人物形象，在人民脑海中粉饰这些暴行，仅仅是因为这些独裁者唯一的信仰就是征服。他们不信奉崇尚和平、平静和虔诚的天主教，在20世纪，这些独裁者可以被一些别有用心想要去征服别人的人作为榜样、借口。有些人不希望我们国家的形象是暴君的形象，而是自由的人的形象。我们更喜欢埃斯佩霍、蒙塔尔沃、罗卡富埃特和阿尔法罗。在理论家中，我们更喜欢康德、卢梭、玻利瓦尔和马蒂，而不是西班牙女王伊莎贝尔二世的宠臣多诺索·科尔特斯。虽然庇隆、罗哈斯·皮尼利亚、佩雷斯·希门内斯和富尔亨西奥·巴蒂斯塔都已经下台了，但是多诺索·科尔特斯写下的大量关于独裁的文章却成为当今独裁者们的教科书。

当像古巴这样受玻利瓦尔（文化和自由）和马蒂（正义和善良）思想影响的国家遭遇独裁统治时，这个国家的政权受到了撼动。独裁统治受到外部势力影响，与邻国独裁者为伍一同来对抗本国的民主力量。因此，菲德尔·卡斯特罗[1]的奇迹才有可能出现。在多年的浴血奋战中，他发动群众、鼓舞学生（这些青年大学生在马埃斯特腊山的荆棘里接受了爱国主义教育，这比无用的职业课程对他们更有益处），让整个民族都受到爱国主义的熏陶。给古巴独裁者输送武器的是由鲁希略和索摩查统治的所谓的"自由世界"国家。

正是为了揭露美洲独裁统治的丑恶，我和罗慕洛·贝坦科尔特[2]、赫尔曼·阿西涅加斯[3]决定出版一系列美洲历史上最残酷的独裁者的传记。罗慕洛负责写戈麦斯，我负责写加西亚·莫雷诺，劳尔·罗亚[4]负责写马查多，记录这些独裁者的行径刻不容缓。我确实履行承诺并写下了我国独裁者的传记。这件事对我们来说是有所裨益的，因为它可以让人们以史为鉴，从善如流，从恶如崩。相比萨米恩托的传记，充满恐怖气息的罗萨斯的传记更会激发人们对自由的向往。很多人想去天堂不是因为对天堂的向往而是因为对地狱的害怕。在最后的命运（即死亡、受审、地狱和天堂）的布道中，庄严的神父会着重强调前三者，因为它们会给人带来恐怖感，所谓的"对上帝的敬畏"，因为后者的目的是表现上帝的爱，这是基督教宣扬的教义。事实就是这样的，这就是耶稣不回来的原因。

如今，罗哈斯·皮尼利亚、佩雷斯·希门内斯和富尔亨西奥·巴蒂斯塔这类独裁者们（他们有民主的勇士的支持，这些勇士被视为"自由世界"的盟友）都下台了，这证明美洲不接受独裁，或限制公民自由的独裁、退步和落后现象。令人感动的是，保守势力及其盟友神职人员将这一切归功于人民，是人民打败了他们的独裁者、剥削者、欺骗者、专制者。这给人一种悲喜交加的感觉。在庇隆倒台时，一度是他忠实追随者的保守势力充当了革命的主角。结果阿根廷即刻选

---

①菲德尔·卡斯特罗（Fidel Castro，1926—2016），古巴共和国、古巴共产党和古巴革命武装力量的主要缔造者，被誉为"古巴国父"，是古巴第一任最高领导人。
②罗慕洛·贝坦科尔特（Rómulo Betancourt，1908—1981）委内瑞拉政治家、作家，民主行动党创始人、总统。
③赫尔曼·阿西涅加斯（Germán Arciniegas，1900—1999），哥伦比亚作家。
④劳尔·罗亚·加西亚（Raúl Roa García,1907—1982），古巴政治家。

举了一个像阿兰布鲁这样的左派领导人来替换保守派洛纳迪将军，政权只持续了几天，不久后他就绝望地客死他乡。罗哈斯·皮尼利亚倒台时人们欢呼雀跃，将这一成功归功于神职人员而不是广大的哥伦比亚人民。结果真正的解放者阿尔韦托·耶拉斯在和保守派公平选举竞争失败后强占了玻利瓦尔的御座而掌权。委内瑞拉的叛乱也一样具有戏剧性，在教堂庄严宣布了废除可恶的侏儒独裁者。但是在成立政府的时候，向往自由的委内瑞拉人民进行选举，他们将210万的选票（130万票投给罗穆卢斯，90万票投给拉拉查保）投给了所谓的进步势力。生于20世纪，十分亲民的保守派候选人卡尔德拉博士仅获得15%的选票（40万票）。

古巴也是一样，高唱胜利的凯歌。而在我们的国家厄瓜多尔，当自由的古巴人表达自己的喜悦时，他们在瓜亚基尔和基多被辱骂，我们表示了虚伪的祝贺，因为这被认为是反动势力的胜利。结果呢？在7月26日解放革命中产生的第一个内阁，我们遇到了美洲杰出的左翼人士，优秀的大学教授罗伯特·阿格蒙特博士。这位伟大的作家，《独裁者加西亚·莫雷诺》的作者，在对这位独裁者进行精神分析后，将加西亚·莫雷诺定义为偏执狂，历史上最危险的疯子之一。阿格蒙特非常拥护蒙塔尔沃，他提醒说加西亚·莫雷诺的继承者们又开始掌权了。古巴重要的政治人物、左派人士爱德华多·奇瓦斯烈士的弟弟劳尔·奇瓦斯在面对自己的不实指控时开枪自尽了。整个美洲都在大步朝着自由走去，这种自由不仅要求摧毁独裁和暴政，更呼吁一种自由的思想。现在我们呼吁自由的时刻到了。

译者：韦倩

18 关于不变的保守主义：对印第安人的仇恨

印第安人的特点是他们的故土性。他们的生存依附于这一小片土地，并且当他们的生活与之结合后，形成了一种水乳交融的情感漩涡。或许在印第安人中也能找到一个卡普德维拉，他有许多名言，而其中最准确的表达莫过于："人类，精神化的黏土。"

——贡萨洛·卢比奥·奥尔布博士《我们印第安人》

你们应该懂得阅读历史。你们不能像那些卖弄学识的人一样仅仅知道蒙森和汤因比给出的理论知识，而应该运用最严谨、最准确的解释学知识——不使用孤立的事实或是随机的事件，而是去寻找规则、传统、意识形态和信仰之间的必要联系。历史的链条没有"缺失的环节"。

厄瓜多尔的牧师是殖民时期土著居民村落领主遗产的继承者，也是在侵略者和传教士们的夹击中逃脱的贪婪冒险家财产的接班人——很多时候那些传教士就是所谓的冒险家。那些成为胡安·吉恩斯·德·塞普尔韦达修士追随者的厄瓜多尔牧师，认为印第安人是野兽。相反，博学又圣洁的恰帕斯主教和巴托洛梅·德拉斯·卡萨斯修士的追随者们，则认为那些可怜的美洲印第安人如西班牙王国的人民一样是上帝的孩子。对他们来说耶稣同样被钉死在十字架上。他们同样懂得耶稣的话，"彼此相爱"。并且如果我们相信世上最初的夫妻——人类的祖先，亚当和夏娃所说的教义，那么这些印第安人，这些时不时被保守派和天主教徒杀害、折磨、剥削和奴役的印第安人，也是我们的兄弟姐妹啊！这是多么恐怖的事情啊！我们说厄瓜多尔的牧师在杀害印第安人的漫长历史上又增添了新的一页。事情发生在奥塔瓦洛①。我们会永远记住安东尼奥·马查多在奥塔瓦洛为费德里

①之前为印第安奥塔瓦洛部落聚居地。

科·加西亚·洛尔卡所唱的挽歌。他为了西班牙保守党而牺牲，他因成为第一个使用卡斯蒂利亚语的诗人而牺牲：

> 犯罪发生在格拉纳达，
>
> 在他的格拉纳达。

在奥塔瓦洛杀害印第安人，奥塔瓦洛的印第安人。在这片拥有湛蓝色湖泊和天空的土地上，我们这些厄瓜多尔人，甚至是那些来自最南端的萨拉古罗斯、帕尔塔斯和布兰堡王国的人都坚信，在印第安人眼中，在战争受害者眼中，在殖民时期和共和时期被奴役的人们的眼中，这片小小的土地无疑是神圣的。那个奥塔瓦洛的印第安人是被白人学生们枪杀的，而这群学生则是受一名正在担任学校校长、理事会主席和共和党参议员的天主教学校的老师指使的。这所学校恰巧是奥塔瓦洛最著名的学校，在全国都很有名气，它以高效并且多方面地培养学生的智力和能力而出名。但是这些能力和智力有致命的缺点，过于自由、缺乏创造力和自主判断力，还总是带着一种现代主义精神的腔调。并且在今天黑暗而又险恶的厄瓜多尔，这种缺点是很难弥补的。因此，我们应该去寻找如脊柱、膝盖一般的思维上的灵活性和弹性，承认对当代世界思想的无知，同时应该厌恶那些觉得奴隶主比奴隶身份高贵，或是承认贵族头衔的文化和认知。最近，在奥塔瓦洛这片孕育着聪明头脑的沃土上，知识分子们充实着自己的思想，以散文、传记、小说和新闻的方式续写着民族文学，一切都指向对土著人，对印第安人，对奥塔瓦洛人的严谨探究、热切关注以及粗俗或诗意的解释。很少能有一群杰出的人愿意把他们全部的思想价值用于捍卫和研究同一件事情，比如奥塔瓦洛的知识分子们对印第安人的研究。这也是自然的，特别是对于奥塔瓦洛的印第安人来说。但是，正如我们所说过的那样，成为自由的人是会有致命缺点的。所以，我们应该明确一点，在奥塔瓦洛是不存在能够处理所有事务的人的。如果发现了这么一个人，那么人们就会把所有的重担、荣誉和尊严都归咎在他身上！

保守主义的厄瓜多尔牧师的政治表现就是将虐待、奴役印第安人作为自己的历史使命，以避免其成为独立个体的人种，而使其变为一种低等动物，以便印第安人像机器般为他们服务。而当这种便宜的工具坏掉的时候，往往会被扔进垃圾桶。在保守派的三个统治阶段中，我们总能找到类似事情的痕迹，那些大庄园主、封建主义者和牧师们总是针对印第安人。这些都是保守派统治中的不变量，无一例外。大概是因为只有不断地实施暴行和虐待，保守派才能统治中下阶级的人民吧。

保守派统治的第一阶段，弗洛雷斯时期。第一届由外国士兵和穆拉托人①组成的制宪议会通过了《印第安人法》作为新共和国的现行立法，这正印证了在宣布独立后的利马所广为流传的话：

> 这是专制的最后一天，也是第一天。

但是卡贝略港的大人物们并不满足于此。他们觉得西班牙王室的殖民法律过于温和宽厚，于是就如皮奥·哈拉米略·阿尔瓦拉多所说：

> 弗洛雷斯总统的首批行动之一，就是要小心那些戴着脚镣的印第安人，并且鉴于这些贱民的灵魂中所隐约显露出的对自由的热切期盼，他命令部长巴尔迪维索签署了一份奴隶制文件。

据记载，在1831年11月1日的通知中，颁布了许多专门针对手无寸铁的印第安人的可怕规定。其中就包括禁止他们居住在村落里，迫使他们从气候寒冷的地方搬迁到气候炎热的地方，并根据庄园里的规矩和雇主的意愿计酬。但是这些规定对于那些贪婪的，想要讨好在战争中功勋累累的克里奥尔贵族的新首领和新贵族们来说还远远不够。1863年1月16日，委内瑞拉的穆拉托人借着向印第安人提供学校的机会颁布了行政令，命令将印第安人的土地收回并公开拍卖。哈拉米略·阿尔瓦拉多讲道：

> 警报在厄瓜多尔拉响。这个带着独裁性质且不公正的政令，意在掠夺印第安人仅存的一小块土地，而就是这一小块土地，还曾经遭受侵略者的抢

---

①穆拉托人，指黑人及白人的混血。

夺。印第安人们为了捍卫他们的土地不断发动起义，从而引起了巨大的社会动荡。

那些原本在弗洛雷斯的鼓动下压榨印第安人的首领们害怕了，于是1832年拒绝批准弗洛雷斯对印第安人的攻击。并且在委内瑞拉新贵下令废除原有的政令的前提下，那些首领说："我们已经为自由牺牲了如此之多，不应该再继续虐待印第安人了，连（西班牙）独裁政府都比我们对这个可怜的阶层更仁慈，这种现象不应该再发生了。"

哈拉米略·阿尔瓦拉多说1832年国会通过了一项政令，字面上的意思是，废除可耻羞辱的鞭刑并且允许所有厄瓜多尔人检举揭发违反这项政令的人。这与现在厄瓜多尔外交部给出的虚假声明又有多大差别呢？（"官方声明"中确认玻利瓦尔在1821年废除了奴隶制。）

保守派统治的第二阶段，加西亚时期。根据耶稣会历史学家令人尊敬的勒·戈胡尔神父的说法，政府对印第安人的不满充耳不闻（他们申诉一个白人对一个印第安人所做的两件坏事）。出于这种不公平的对待，1871年11月18日，钦博拉索省亚鲁基地区的土著居民们发动了一场大规模起义。让我们听听这位尊敬的耶稣会士所说的话：

> 这场起义后来蔓延到了普宁，一天中造成了四个人死亡。
>
> 同一天下午，战斗的号角声开始在利科多、普宁、亚鲁基、卡恰和卡哈班巴高地上空不断回响，这可把里奥班巴的居民们吓坏了。同时，一大群印第安人在旧时君主后裔（弗朗西斯科·达奎莱玛）的命令下蜂拥而至，并且宣布他是印第安人的国王。
>
> 从20日起，钦博拉索省宣布被包围。政府宣称，除了那些头领、杀人犯、强奸犯和强盗们，将对所有愿意投降的印第安人进行赦免。国王被判处死刑并且在佛罗里达郊区被击毙。已经获准的赦免也因为太过匆忙没有及时下达。于是那些印第安人就这样艰难地继续生活直到1885年。
>
> 正如勒·戈胡尔神父一样，能改变历史的往往是一个拥护独裁统治的人，而不是一个危险的共产主义者……

同一时期，在阿苏艾省和卡尼亚尔省发生了多起由阴暗的神权政治所指使的屠杀印第安人的事件。

保守派统治的第三阶段，当前的"社会基督教"时期。由于对那些土著们的虐待和屠杀，之前在大会上还能听到少数自由立法者的抗议。那么现在呢？大会上只有爱慕虚荣的统治者和穷奢极欲的平庸之人（那些只会耍小聪明的人）。他们的决定是临时的，是缺乏绝对逻辑的，甚至更糟的是，缺乏最基本的"理性"。完成的事情往往没有好的结果，而这种"理性"哪怕对于一个厨师或是一个见习水手都是必备的。他们会先签订建造一家酒店，接着就会开始盗取本应该建造酒店的那片土地。直到一家名为ARQUIN的公司的建筑师（这家公司的老板是公共工程部的部长）进行了基本的调查才发现，用于建造酒店的土地并没有被收购。为什么呢？其实原因很简单，因为这块土地是属于印第安人的，"那些印第安人的"，而这对这些人来说无异于一颗定时炸弹。

希望这次的事件能成为导火索。但是事件的后果应该由学校的学生和校长共同承担，因为是他们亲自购买了子弹。当邀请小孩子在湖边看如何狩猎野鸭的时候，他们会被别的更诱人的事情所吸引："狩猎"印第安人。来吧，孩子们，杀死湖中的印第安人！在杀死鸭子和杀死印第安人之间，孩子们会毫无疑问地选择更有意思的、更新奇的后者。他们会开心地说："我们要去湖里'狩猎'印第安人啦！"

这样的罪行正发生在奥塔瓦洛，在"他们的"奥塔瓦洛……

译者：沈心语

校对：侯健

19 关于对异教的需要

在你们中间不免有分门结党的事，好叫那些有经验的人显明出来。

——圣·保罗《哥多林前书》

在一家天主教书店购买了这本由基督主教编写的书之后，这些天我一直在阅读。正如所有真正受到尊重的书一样，这本书带有巴塞罗那教会主教赐予的"准予出版"标志。为什么他们会称那些准许出版好书的牧师为"主教"呢？还是说他真的就是个"主教"？这本书有一个非常有吸引力的书名——《异教简史》。

谁会不去读异教简史呢？异教的历史是很悠久的。我准备了一本赞扬人类历史上推动了世界进步的伟大异教的无名之书（现在没有名字的书是很少见的），并将它寄给了一家墨西哥出版社。这些异教都强有力地推动了人类历史的发展。伟大的犹太异教徒，如亚伯拉罕、摩西、使徒保罗。伟大的希腊异教徒赫拉克利特、普罗提诺、阿基米德、苏格拉底和欧里庇得斯。伟大的罗马异教徒格拉科家族、斯巴达克斯、喀提林、塞内卡和马尔库斯·奥列里乌斯等。那些中世纪和文艺复兴时期的异教徒乔尔丹诺·布鲁诺、米格尔·塞尔维特、米格尔·德·莫利诺斯、伊格纳西奥·洛约拉、伽利略·伽利莱、莎士比亚、马丁·路德、巴鲁赫·斯宾诺莎和克里斯托弗·哥伦布等。

人们赞美这些伟大的人，赞美他们能够对他们所处时代流行的法律、科学、哲学、道德或者文学提出不同的看法。如米格尔·安赫尔、贝多芬、牛顿、爱因斯坦、皮兰德娄或者是尊敬的米格尔·德·乌纳穆诺先生等，那些曾经或正在"反对这个和那个"的异教徒们，现在也正坚定地为此而努力。

这艰巨的任务（读书）几乎要将我压垮。读书的时候，时间往往过得很快，不久就到下午了。但是我不会停下，我会像陶工塑造一个玻璃杯那样，继续认真地阅读。

基督主教在将那些异教定义为"分裂，统一的破裂，意见分歧"后，他补充说这是一个源于希腊语的术语，"几乎不为古典语言所知，但是却经常被教堂神父所使用"。

基督主教继续说道："什么是异教？异教就是精神、性格、气质上的多样性，归根结底，就是人类的自由性。"当一个人在这些方面思想丰富时，我们就可以称之为自由主义者。引用伟大的异教创始人圣·保罗的例子，他反对《摩西律法》并且认为存在相信异教的好人，这导致后来他被使徒雅各的门徒砸死。也正是因为如此，人们称他为"异教的使徒"。我们将圣·保罗的思想翻译成现在人们所习惯的用语就会变成天主教徒和非天主教徒，信徒和非信徒之中都存在好人。基督主教引用圣·保罗的表达时是这样说的："在你们中间不免有分门结党的事，好叫那些有经验的人显明出来。"

那些异教和异端邪说被东正教人士所接受是因为它们符合法律。在最近的分析中，正如圣·保罗接受并宣扬人的自由，人们也开始接受有人会对某项法律持不同意见。

异教徒，在那里；东正教徒，在这里。但统一，不是在异教徒和东正教徒之间，而是在异教徒中的异教徒和东正教徒中的东正教徒之间。因此，东正教领袖刚刚提出的呼吁完全可以是对该学说最完美的解释。让我们再听一遍基督主教在书的开头段落中所写的话：

"在被《圣经》解经家称为'祭司祷告'的崇高祷告中，基督痛苦地向父祈求他的门徒们始终保持团结。"他引用了《约翰福音》第十七章中的经文。

所以说，无论是伊斯兰教徒还是基督教徒，无论是保守党还是自由党，无论是左翼还是右翼，团结永远是第一位的。

保守派的大主教带着一点教书中的痛苦语气，带着丝丝担忧和焦躁不安的恳求语气，为了让他们团结，为了防止他们分裂，为了请求他们不要有那样的期待，他对信徒说："你们难道没有发现几乎所有的教书都带着一些痛苦的感觉吗？这是为了防止教会的恶行。因为如果我们接受分裂，接受个人主义或'圈子'精神，我们就背叛了我们的原则，并且这将会使我们为之奋斗的事业失败。"

紧接着他又说："重要的时刻即将来临，不仅是厄瓜多尔的神圣利益将受到威胁，而且厄瓜多尔保守党的生存也将受到威胁。"

因此，厄瓜多尔反动派的首领要求更加重视党的团结而不是国家的团结。大家看到那些裂缝了么？我想这是毫无疑问的。众所周知，在所谓的保守派中，一边是贵族和百万富翁，另一边是乔洛人，他们之间存在着永恒的斗争。无论历史的进程如何（不仅仅是在那个时期），那些贵族和富人总是在寻找能让人大笑的维也纳轻歌剧，而那些乔洛人则总觉得自己会在成为大股东并获得分红的时刻被贬低、被遗忘或被孤立。以前，还没有找到驯化这些"野兽"的方法。但是贝拉斯科·伊瓦拉博士，这位"奥兹国的巫师"却找到了确实可靠的灵丹妙药——外交。

　　鉴于这种情况就像承认他们贵族化的可能性一样，混血保守主义最伟大的领袖们投降了。而现在的统治者们也都沿用了这个方法。他们保留了保守派的做法。

　　已经可以窥见骚动了：时不时地巡查，我在不知不觉中成了贵族，我已经拥有了我所需要的东西……一个康德的头衔？我觉得这并不太困难，只要他们能提供金钱或服务，佛朗哥或是教皇都可以授予他们。在如此之大的危险面前，在前所未闻的，让一个乔洛人统治我们的"可怕的不幸"面前，我们应该呼吁并且要求团结和纪律。这种情况一直持续到某天的凌晨为止，那天举行了"小型教宗选举"（正如1956年的选举一样）并且指定了继任者。他们的口号是："首先是一个自由主义者，然后才是一个乔洛人。"这句话一点也不精彩！

　　那这些阿苏艾人呢？他们在哪里得到这种异教理论：党是第一位的，祖国是其次的，"事业"①是其次的——在卡尔洛斯或现在的战争时期，以及佛朗哥时期，这个词都是首字母大写的。加西亚·莫雷诺痛恨这些阿苏艾人，因为他们经常给他找麻烦，如自由党里的博雷罗家族、阿里萨加家族和马洛家族，保守党里的马努埃尔·维加。

　　当这个可怕的独裁者想要在那些"好笑"的文件中辱骂马纳维人时，他会说他们是"沿海地区装老实的人"。根据现在统治者们的说法，这些阿苏艾人有一个巨大的缺点，他们对自己土地的热爱胜过一切。他们重视并尊重自己美丽的家园。但是，他们会向谁抱怨呢？他们和我的同胞中一些身份卑微的人一样，做了一件十分愚蠢的事情。这件事让我们所有人陷入了混乱的历史洪流之中，让我

---

①原文是Causa。

们顺从了他们的想法：不去关注他们的能力并且最终选择了一个小人，一个纸老虎一般的、生活奢侈的、拥有莫名自信的卑鄙下流之人。这个人觉得统治这样一个有印第安人和乔洛人的国家，一个人们经常因饥饿而死的国家，一个要支付整个大陆上最昂贵生活费的国家（一位北美的旅客刚刚证实过），仅仅需要一些像宫殿一般的酒店和像酒店一样的宫殿。这是他的首要经济措施，除了压榨平民之外，他想不到任何其他事情。他维持着"射杀"的命令，因此那些可怜的民众没有别的办法，只能从南方或者北方购买又便宜又好的商品。同时，他还对一所学校里的学生下令，要求他们射杀奥塔瓦洛的土著居民——那些为了自己的家园与令人讨厌的白人剥削者不断抗争的土著人。那些剥削者从来就没有理解过他们，甚至为了更好地利用他们，就用鞭子鞭打他们，让他们像运货的牲畜一样工作，甚至连贵族们的进口斗牛都不如。并且当他们年纪大了，就一枪把他们打死。

我相信我所听到的尊敬的主教的话，并且相信右翼会统一。1960年的总统大选候选人中不乏白人、贵族和富人，我们还有什么好要求的呢？他们有强大的盟友：魔鬼、地狱、耶稣会和圣母圣心爱子会。即使是厄瓜多尔本国的神父和"傲慢无礼的乔洛人"（或者说是其中的一些人）也会选择支持他们。

可那些异教徒们呢？我们觉得埃斯佩霍（印第安人）、蒙塔尔沃（桑博人）、冈萨雷斯·苏亚雷斯（贫穷卑微的乔洛人）都是厄瓜多尔到目前为止最好的"产品"，当然还少不了南美番荔枝、菠萝、香蕉和木瓜。敌人已在前方严阵以待。宫廷狩猎官已经吹响了狩猎的号角，为我们开路。我承认我们也可以拥有强大的盟友：那些被我们的历史所证明的严重的饥饿问题、那些不公正的对待以及对自由和世俗的渴望。可是除了上帝，谁又能知道呢。

译者：沈心语

校对：侯健

20 关于在沙漠中的呼喊声

我要走了，但是我还会回来的，小鸽子。

——流行歌曲

给我的祖国厄瓜多尔，寄二十封信，这是我一整天的安排。在每一封信中，我都谈及了我的痛苦与希望，我的真诚与乐观，以及我的祖国所拥有的永恒的精神。这种精神是不灭的，是持久的，它基本上不会因不幸、错误、恐惧或者是暂时的、令人沮丧的、让人感到羞辱的"疾病"（对于恶势力的顺从）而改变。

他们想让我们改变国家的面貌、国家的灵魂，但是他们不会得逞。他们不可能永久地改变厄瓜多尔这个国家善良和令人尊敬之人的本质，无论是那些因为贫穷或是几乎将我们淹没的危机而感到痛苦和疲倦的灵魂。这些好人只是暂时地在新的政权面前低头罢了。说起来很悲伤，但事实就是这样。当然他们也进行了小小的复仇——对在某一时间段里挥舞着真理旗帜的人，实行经济收缩政策。这个惩罚无异给了那些承诺会给我们带来美好生活的人一记响亮的耳光。

今天，我想向厄瓜多尔的人民，向那些在任何情况下都没有停止书面或口头支持和鼓励我的人申请一个许可——这几乎是英雄的行为。那些在国外认真的承诺，对旅行的需求，以及我忠实无私的读者对他们所应得的休息的渴望。

这二十封"致厄瓜多尔的信"，将会被制成一本小且实惠的书。这本书会被运送到厄瓜多尔的每一个角落，会被分发到这个国家每一个学生和每一个士兵的手里，会到达所有真理尚未渗透的地方。带着这样的希望，这些拥有忘我爱国热情的厄瓜多尔人会日复一日地工作，他们会大量印刷这本书，以便让它传播到更远更深的地方去。

我打算回国，并且很快就重新开始写一个新系列，一本新书。这将是新的

"呐喊声"。它们为什么没有被注意到，没有被听到？这不重要。在约旦河的岸边，那个可怜的艾赛尼派圣若翰洗者，不惜以付出自己的生命为代价也要说出真相："我是在沙漠中呼喊的声音。"

有沙漠在我们之间？非常遗憾，答案是肯定的。但是这种沙漠是暂时的，是我们可以战胜的。这种邪恶的少数主义的沙漠，使灵魂和肉体变得懒惰，即变得顺从和忍耐。尽管我们不能否认它现在已经非常糟糕了，但是我们原以为它会更糟。这片由利益组成的不祥沙漠，只有用强大的意志力和坚定的意识形态才能打败它。这片因为某些人的需求所产生的悲剧沙漠，这片以自我为中心的、属于贪图安逸和游手好闲之人的沙漠，与我在1943年开始写《致厄瓜多尔》时，人们为之抗争的沙漠恰恰相反。在那时，面对着那个时代种种可怕的束缚，别人对我说，我的声音就像是"沙漠中的呼喊声"。但事实并非如此。厄瓜多尔很好地做出了回应，敌人的号角推倒了新杰里科的城墙。

我们不想为了推倒城墙而吹响我们的号角。相反地，为了了解国家的真实情况，为了确认厄瓜多尔非保守派代表着至少75%的国民意志这一事实（尽管没有统一），我们希望听到的是呼吁所有"拥有强大意志之人"团结一致的号角。这个比例与哥伦比亚和委内瑞拉的情况差不多。委内瑞拉的左翼政党在大选中占据了85%的投票，取得了压倒性的优势，而与之相反，保守党比较惨淡，仅占有总票数的15%。

我们的号角和杰里科的不一样，我们吹响号角并不是为了推倒城墙，而是为了削弱那些非法占有权力的人的权力，从这个意义上来讲，我们的号角声不应该停止。当敌人的罪行达到某种程度时，我们是可以做到这一点的。但是现在，相反地，我们应该全力帮助这个统治我们的人，以便在他执政的四年中，我们能够获得和平与安宁。但我们通过不断杀害无辜生命而换来的"平衡"将会是肮脏的、令人窒息的（除非在一年半内发生奇迹）。正如真空气泵一般，让人难以呼吸，如在月球之上，毫无生命迹象。

沙漠中的呼喊声将在短时间内不断回响。因为我们都知道，最终这个国家里那片显而易见的沙漠将会成为一片孕育话语的沃土，更会成为一片孕育行动的沃土。随着时间一天天过去，那种窒息的痛苦也变得越来越难以持续。即使根据某位大师的解释，"人们不单单为了面包而活着"，但是人们确实需要面包来维持生活。马儿会逐渐明白人们把马嚼子放在它嘴里是为了控制它，也会明白当它咀嚼时起的白沫不是食物饲料、营养苜蓿或者其他使其营养均衡的食物，它更会明白那只是主人为了控制它、阻止它和指挥它而放的一块铁。

越来越多、越来越智慧的厄瓜多尔人将会明白那些虚伪的、只会做样子的独裁者们都是会杀死他们的毒药。首先独裁者们会通过羞辱可耻的方法毁掉他们的精神。使他们在饥饿面前选择向恶势力低头，在危机面前毫不犹豫地选择自保，在基本的自由也被慢慢剥夺的情况下，对"太监"也百依百顺。这种统治也许是独裁者最恶毒的谎言，这也是整个国家的人民都知道的。也正因如此，我相信厄瓜多尔的人民在短时间内不会再上当受骗，不会再掉入这可悲的陷阱之中。

这段时间结束之后我们会赢得胜利，我们之后的生活会无比明亮，我们的信仰终将实现。到那时，我们不再需要用加入了社保的酒店员工的微薄积蓄来解决饥饿问题，而贵族们愿意帮忙只是为了炫耀自己的显赫身份，因为这些贵族头衔在将矛头指向厄瓜多尔人民的、卑鄙无耻的假面舞会中是必不可少的。但是直到现在，厄瓜多尔的人民还顺从卑贱地默许着这种情况的发生！

然后，最初呼喊正义的声音将不再在沙漠中回响。那些后来的人，将会听到这个国家人们焦急、迫切的呐喊声。现在大家能清楚听到的，是因为饥饿以及不断丧失人权而感到的痛苦所导致的震耳欲聋的声音。也因此，人们开始思考和表达他们的想法。

现在，在厄瓜多尔的山区、在印第安人的领土、在奥塔瓦洛，都流淌着印第安人的血液——这些血液如水泥和砖瓦之间的黏合剂一般。他们用这些血液建造起一个"豪华酒店"，而我们想用这个"豪华酒店"让整个美洲相信我们是一个贵族国家，我们是一个经过了证明和注册的贵族国家。这家酒店的地基非常坚固，因为印第安人的血液与水泥、沙子混合后将会是目前为止人们所知道的最好的砂浆。

只有像穷人的汗水和泪水一样坚固的材料，才能用来建造旅游酒店"阿塔瓦尔帕"。为什么这么说呢？我的同胞们，你们已经注意到了这种过分奢侈的建筑永远不会创出那些目前必需的，能让人们生存下去的条件。也许乡村旅馆很漂亮，但是它不可能比得上一个比基多人口数多五到二十倍的城市里的酒店，正如波哥大最中心的特肯达马酒店，利马最中心的玻利瓦尔酒店、克里翁酒店和萨沃伊酒店，圣地亚哥最中心的卡雷拉酒店，墨西哥最中心的普拉多酒店、雷福马酒店、巴梅尔酒店以及布宜诺斯艾利斯中心的广场酒店、城市酒店和克拉里奇酒店。相反的是，乔洛人不会去那些地方——因为他们没有足够的钱，并且身无分文的不幸之人往往就是那些蓝眼睛的乔洛人。虽然厄瓜多尔人懂得自尊自爱，但这个国家和世界上少数几个国家一样存在歧视现象。

它的胃口不会被瓜亚斯河上的美景大桥或立法酒店填满。这个西半球生活成本最昂贵的国家将会意识到人们不仅仅是为了那些所谓的头衔而活，他们还为了面包、为了完好的住所、为了漂亮的衣服而活。同样，他们会为看到了一场便宜的演出所感到的那一点点开心，为了摆脱那些拥护佛朗哥主义的外国牧师获得自由而活。

那些粗俗的话语将会被其他人听到。但是随后，在这真理的时刻——真理的到来不断地催促着那些正在升职的人们——我们可以更加清楚地听到广袤无垠的沙漠中的呼喊声，并且这声音将在整个厄瓜多尔一遍又一遍地回响。

美洲会听到我们的声音。他已经在聆听我们发出的声音了。到了1960年，他再也无法蒙着眼睛来到基多，只看他想看到的东西了。他将会看到"文明"政府摧毁文化的种种罪行，这些罪行现在正在文化之家中进行展示。他还会在豪华酒店的地基旁，看到一个难以形容的旅游景点：一些木质十字架。这些十字架代表着被崇尚社会基督教文化的新民兵杀害的印第安人的坟墓。

美洲会听到我们的声音。他要求公正地执行美洲国家组织制定的《民主宪章》中的指令，其中规定：

有效执行代议制民主。

很快他就会再次听到"沙漠中的呼喊声"。

译者：沈心语

校对：侯健

附录

厄瓜多尔总统年表（1830—1963年）

时　间	总　统
1830.5.13—1834.9.10 1839.2.1—1843.1.15 1843.4.1—1845.3.6	胡安·何塞·弗洛雷斯 Juan José Flores
1834.8.8—1839.1.31	比森特·罗卡富埃特 Vicente Rocafuerte
1845.3.7—1845.12.8	何塞·华金·德·奥尔梅多（临时总统） José Joaquín de Olmedo
1845.12.8—1849.10.15	比森特·拉蒙·罗卡 Vicente Ramón Roca
1849.10.15—1850.12.7 1869.5.19—1869.8.10	曼努埃尔·德·阿斯卡苏比（第二次为临时总统） Manuel de Ascásubi
1850.12.8—1851.9.12	迭戈·诺沃亚 Diego Noboa
1851.7.24—1856.10.15	何塞·马里亚·乌尔维纳 José María Urvina
1856.10.16—1859.5	弗兰西斯科·罗布莱斯 Francisco Robles
1859—1861	（危机中的政府）
1861.1.17—1865.8.30 1869.1.19—1869.5.19 1869.8.10—1875.8.6	加夫列尔·加西亚·莫雷诺（第二次为临时总统） Gabriel García Moreno
1865.9.7—1867.11.6	赫罗尼莫·卡利翁 Jerónimo Carrión

时　　间	总　　统
1867.11.7—1868.1.20	佩德罗·何塞·德·阿尔特塔（代总统） Pedro José de Arteta
1868.1.20—1869.1.19	哈维尔·埃斯皮诺萨 Javier Espinosa
1875.8.6—1875.9.15	弗兰西斯科·哈维尔·莱昂（临时总统） Francisco Xavier León
1875.9.15—1875.12.9	弗兰西斯科·哈维尔·埃吉古伦（临时总统） Francisco Xavier Eguiguren
1875.12.9—1876.9.8	安东尼奥·博雷罗 Antonio Borrero
1876.9.8—1883.1.10	伊格纳西奥·德·贝特米利亚 Ignacio de Veintemilla
1883.10.15—1888.6.30	何塞·普拉西多·卡马尼奥 José Plácido Caamaño
1888.8.17—1892.6.10	安东尼奥·弗洛雷斯·希洪 Antonio Flores Jijón
1892.7.1—1895.4.16	鲁伊斯·科尔德罗 Luis Cordero
1895.4.16—1895.6.5	比森特·路西奥·萨拉查 Vicente Lucio Salazar
1895.6.5—1901.8.31 1906.1.16—1911.8.11	埃洛伊·阿尔法罗 Eloy Alfaro
1901.9.1—1905.8.31 1912.9.1—1916.8.31	莱奥尼达斯·普拉萨 Leónidas Plaza
1905.9.1—1906.1.15	利萨尔多·加西亚 Lizardo García
1911.8.11—1911.8.31 1911.12.22—1912.3.5	卡洛斯·弗莱雷·萨尔杜姆维德（代总统） Carlos Freile Zaldumbide
1911.9.1—1911.12.21	埃米利奥·埃斯特拉达 Emilio Estrada
1912.3.6—1912.8.1	弗兰西斯科·安德拉德·马林（代总统） Francisco Andrade Marín
1916.9.1—1920.8.31 1931.10.15—1932.8.28	阿尔弗雷多·巴克利索 Alfredo Baquerizo

时　间	总　统
1920.9.1—1924.8.31	何塞·路易斯·塔马约 José Luis Tamayo
1924.9.1—1925.7.8	贡萨洛·科尔多瓦 Gonzalo Córdova
1925.7.9—1926.4.2	（临时政府）
1926.4.3—1931.8.24	伊西德罗·阿约拉 Isidro Ayora
1931.8.24—1931.10.15	路易斯·拉雷亚·阿尔瓦（政府领导人） Luis Larrea Alba
1932.12.5—1933.10.19	胡安·德·迪奥斯·马丁内斯 Juan de Dios Martínez
1933.10.20—1934.8.31	阿贝拉尔多·蒙塔尔沃（代总统） Abelardo Montalvo
1934.9.1—1935.8.21 1944.6.1—1947.8.23 1952.9.1—1956.8.31 1960.9.1—1961.11.7 1968.9.1—1972.2.16	何塞·马里亚·贝拉斯科·伊瓦拉 José María Velasco Ibarra
1935.8.21—1935.9.25	安东尼奥·庞斯（代总统） Antonio Pons
1935.9.26—1937.10.23	费德里科·派斯（最高行政长官） Federico Páez
1937.10.23—1938.8.10	阿尔贝托·恩里克斯·加略（最高行政长官） Alberto Enríquez Gallo
1938.8.10—1938.12.1	曼努埃尔·马里亚·博雷罗（临时总统） Manuel María Borrero
1938.12.2—1939.11.17	奥莱利奥·莫斯克拉·纳瓦埃斯 Aurelio Mosquera Narváez
1939.11.18—1939.12.10 1940.9.1—1944.5.28	卡洛斯·阿尔贝托·阿罗约·德尔里奥 Carlos Alberto Arroyo del Río
1939.12.11—1940.8.10	安德烈斯·科尔多瓦（代总统） Andrés Córdova
1940.8.10—1940.8.31	胡里奥·恩里克·莫雷诺（代总统） Julio Enrique Moreno

时　　间	总　　统
1944.5.29—1944.5.31	胡利奥·特奥多罗·塞伦（临时总统） Julio Teodoro Salem
1947.8.23—1947.9.2	卡洛斯·曼切诺·卡哈斯（临时总统） Carlos Mancheno Cajas
1947.9.2—1947.9.16	马里亚诺·苏亚雷斯·本蒂米利亚 Mariano Suárez Veintimilla
1947.9.17—1948.8.31	卡洛斯·胡里奥·阿罗塞门纳·托拉 Carlos Julio Arosemena Tola
1948.9.1—1952.8.31	加洛·普拉萨 Galo Plaza
1956.9.1—1960.8.31	卡洛斯·蓬塞·恩里克斯 Carlos Ponce Enríquez
1961.11.7—1963.7.11	卡洛斯·胡里奥·阿罗塞门纳·蒙罗伊 Carlos Julio Arosemena Monroy

译后记

　　2018年5月，厄瓜多尔驻华大使卡洛斯·拉雷·达维拉博士到访常州大学，并提出希望双方加强交流与合作。同年底，为了庆祝中厄建交40周年，受厄瓜多尔驻华大使馆的委托，我校拉丁美洲研究中心部分成员和西班牙语系部分师生共同承担了本雅明·卡里翁的《致厄瓜多尔/再致厄瓜多尔》一书的翻译工作。

　　本雅明·卡里翁（1898年4月10日－1979年3月8日）是厄瓜多尔重要的政治家、文学家，是二十世纪厄瓜多尔国家文化的主要推动者。《致厄瓜多尔/再致厄瓜多尔》一书是其代表作，书中共收录的37篇散文作品，涉及厄瓜多尔的历史、政治、社会、文学等各个方面，为大家呈现了一个真实的厄瓜多尔。

　　厄瓜多尔地处南美洲，近年来与我国在经贸、文化等方面的交流日益频繁，其重要性日益提升。然两国相距遥远，加之历史原因，我们对厄瓜多尔的了解有待加深，此书的翻译与出版当成为一个契机。该书分两个部分，结合作者自身思考，从多个角度详细展现了十九世纪末至二十世纪中叶厄瓜多尔的社会发展、政治活动等各个方面，对我们了解厄瓜多尔的现代历史和发展大有帮助。我中心和西班牙语系共有20余名师生参与该书的资料查阅、翻译和校对工作，感谢各位参与者的努力与支持。受限于可参考资料不足，而书稿中有大量的比喻和引用，我们在翻译过程中遇到了不少困难，虽经反复打磨和多轮编辑加工，书中还是难免会出现一些错漏，期待读者朋友多提宝贵意见。

最后，特别感谢厄瓜多尔驻华大使馆为该书的出版提供了支持与帮助，感谢朝华出版社的编辑老师们不辞辛苦，为该书的出版做了大量细致的工作。希望该书的出版能够为中厄文化交流略尽绵薄之力。

常州大学拉丁美洲研究中心
2020年11月6日于常州